A LIBRARY OF
DOCTORAL
DISSERTATIONS
IN SOCIAL SCIENCES IN CHINA

中国
社会科学
博士论文
文库

被书写的现代：
20世纪中国文学中的上海

刘永丽　　著

导师　朱寿桐

中国社会科学出版社

图书在版编目（CIP）数据

被书写的现代：20世纪中国文学中的上海/刘永丽著．—北京：
中国社会科学出版社，2008.5
（中国社会科学博士论文文库）
ISBN 978-7-5004-6842-4

Ⅰ．被… Ⅱ．刘… Ⅲ．社会变迁－研究－上海市－20世纪
Ⅳ．K295.1

中国版本图书馆 CIP 数据核字（2008）第 041921 号

责任编辑　罗　莉
责任校对　韩天炜
技术编辑　李　建

出版发行　*中国社会科学出版社*
社　　址　北京鼓楼西大街甲 158 号　　邮　编　100720
电　　话　010－84029450（邮购）
网　　址　http://www.csspw.cn
经　　销　新华书店
印　　刷　北京新魏印刷厂　　　　装　订　丰华装订厂
版　　次　2008 年 5 月第 1 版　　印　次　2008 年 5 月第 1 次印刷
开　　本　880×1230　1/32
印　　张　9.625　　　　　　　　插　页　2
字　　数　228 千字
定　　价　24.00 元

作者简介

刘永丽　山东莱阳人。2005年毕业于南京大学中文系,获博士学位。现为四川师范大学文学院副教授,主要从事现当代文学研究。在《学术研究》、《文艺报》等刊物上发表学术论文二十余篇。

内容提要

本书名为《被书写的现代——20世纪中国文学中的上海》，目的是以上海这个都市作为观察点，考察百年中国现代性的变迁历史。中国作家一直是在"文以载道"的观念支配下进行创作的。现代思想理念在中国的传播，也大多是经由文学这条途径。作家对上海的书写方式和态度反映的其实是作家的一种观点和态度。所以文学是考察民众思想意识观念的一个重要途径。那么，在文学中，现代是如何被书写的？作为现代之样板的上海是如何被书写的？本书正是拟从这种书写中，考察西方的现代性理念在上海的变迁历史，考察中国民众对现代性的抉择，剖析其中所透露的心态及利弊得失。本书以百年上海现代性的发生、发展演变、不同历史时期的发展特色为脉络，展开了具体而详细的论述。

四川省社会科学研究
"十一五"规划 2007 年度项目

总　序

在胡绳同志倡导和主持下，中国社会科学院组成编委会，从全国每年毕业并通过答辩的社会科学博士论文中遴选优秀者纳入《中国社会科学博士论文文库》，由中国社会科学出版社正式出版，这项工作已持续了 12 年。这 12 年所出版的论文，代表了这一时期中国社会科学各学科博士学位论文水平，较好地实现了本文库编辑出版的初衷。

编辑出版博士文库，既是培养社会科学各学科学术带头人的有效举措，又是一种重要的文化积累，很有意义。在到中国社会科学院之前，我就曾饶有兴趣地看过文库中的部分论文，到社科院以后，也一直关注和支持文库的出版。新旧世纪之交，原编委会主任胡绳同志仙逝，社科院希望我主持文库编委会的工作，我同意了。社会科学博士都是青年社会科学研究人员，青年是国家的未来，青年社科学者是我们社会科学的未来，我们有责任支持他们更快地成长。

每一个时代总有属于它们自己的问题，"问题就是时代的声音"（马克思语）。坚持理论联系实际，注意研究带全局性的战略问题，是我们党的优良传统。我希望包括博士在内的青年社会科学工作者继承和发扬这一优良传统，密切关注、深入研究 21 世纪初中国面临的重大时代问题。离开了时代性，脱离了社会潮流，社会科学研究的价值就要受到影响。我是鼓励青年人成名成家的，这是党的需要，国家的需要，人民的需要。但问题在于，什么是名呢？名，就是他的价值得到了社会的承认。如果没有得到社会、人民的承认，他的价值又表现在哪里呢？所以说，价值就在于对社会重大问题的回答和解决。一旦回答了时代性的重大问题，就必然会对社会产生巨大而深刻的影响，你也因此而实现了你的价值。在这方面年轻的博士有很大的优势：精力旺盛，思想敏捷，勤于学习，勇于创新。但青年学者要多向老一辈学者学习，博士尤其要很好地向导师学习，在导师的指导下，发挥自己的优势，研究重大问题，就有可能出好的成果，实现自己的价值。过去 12 年入选文库的论文，也说明了这一点。

什么是当前时代的重大问题呢？纵观当今世界，无外乎两种社会制度，一种是资本主义制度，一种是社会主义制度。所有的世界观问题、政治问题、理论问题都离不开对这两大制度的基本看法。对于社会主义，马克思主义者和资本主义世界的学者教有很多的研究和论述；对于资本主义，马克思主义者和资本主义世界的学者也有过很多研究和论述。面对这些众说纷纭的思潮和学说，我们应该如何认识？从基本倾向看，资本主义国家的学者、政治家论证的是资本主义的合理性和长期存在的"必然性"；中国的马克思主义者，中国的社会科

2

学工作者，当然要向世界、向社会讲清楚，中国坚持走自己的路一定能实现现代化，中华民族一定能通过社会主义来实现全面的振兴。中国的问题只能由中国人用自己的理论来解决，让外国人来解决中国的问题，是行不通的。也许有的同志会说，马克思主义也是外来的。但是，要知道，马克思主义只是在中国化了以后才解决中国的问题的。如果没有马克思主义的普遍原理与中国革命和建设的实际相结合而形成的毛泽东思想、邓小平理论，马克思主义同样不能解决中国的问题。教条主义是不行的，东教条不行，西教条也不行，什么教条都不行。把学问、理论当教条，本身就是反科学的。

在21世纪，人类所面对的最重大的问题仍然是两大制度问题：这两大制度的前途、命运如何？资本主义会如何变化？社会主义怎么发展？中国特色的社会主义怎么发展？中国学者无论是研究资本主义，还是研究社会主义，最终总是要落脚到解决中国的现实与未来问题。我看中国的未来就是如何保持长期的稳定和发展。只要能长期稳定，就能长期发展；只要能长期发展，中国的社会主义现代化就能实现。

什么是21世纪的重大理论问题？我看还是马克思主义的发展问题。我们的理论是为中国的发展服务的，决不是相反。解决中国问题的关键，取决于我们能否更好地坚持和发展马克思主义，特别是发展马克思主义。不能发展马克思主义也就不能坚持马克思主义。一切不发展的、僵化的东西都是坚持不住的，也不可能坚持住。坚持马克思主义，就是要随着实践，随着社会、经济各方面的发展，不断地发展马克思主义。马克思主义没有穷尽真理，也没有包揽一切答案。它所提供给我们的，更多的是认识世界、改造世界的世界观、方法论、价值观，是立场，是方法。我们必须学会运用科学的世界观来认识社会的发展，在实践中不断地丰富和发展马克思主义，只有发展马克思主义才能真正坚持马克思主义。我们年轻的社会科学博士们要以坚持和发展马克思主义为己任，在这方面多出精品力作。我们将优先出版这种成果。

李铁映

2001 年 8 月 8 日于北戴河

目　录

序

都市写作的背景意义与识名现象

朱寿桐

刘永丽来自山东半岛，硕士研究生就学于古城扬州，又到滨海城市南通工作，她的人生轨迹越来越靠近上海，我想这可能是她选择上海都市写作作为博士论文题目的潜在原因。然而论文一答辩完，她就走上了远离上海的西去之途，去往川中，那旁边就是 20 年代作家蹇先艾笔下的"老远的贵州"。一位正直的学者还以为她遭到了排挤或者打压，曾为她鸣过不平，殊不知她原是随她的夫君走过了不再艰难的蜀道。

刘永丽到了成都，仍然坚持做原来的课题，并有了如此令我欣慰的成果。重新看了她的书稿，感到她虽然离她中意的上海越来越远，但其学术感觉却离都市越来越近。对了，成都其实是早就成就了的都市，她所研究的都市写作在成都这个相对陌生的都市环境里还依然不失为一个适合的课题。

但上海的都市写作与成都的都市写作又很不一样。或者说，相对于上海这样一个为各个时期作家所热衷于表现的都市而言，成都简直就不能成为一个像样的都市文学话题。于是，她的都市文学研究还必须绕回老远的上海。从她的书中，我观赏到了都市文学写作的现代精致与魅力，同时更感受到，都市文学创作实际上寓含着比我们的一般认知大得多的学术空间和学术可能性。且

1

借刘永丽的书角，约略陈言近日所示，也算是对她的著作的一种回应。

一　都市言说的空间硬件

其实叙事文学中的乡村言说也是一样，不同的作家面对不同的故事在不同的叙事策略中对待都市空域会有着不同的言说。任何故事都需要在一定的时空坐标中展开，如果将这空域坐标选择在都市，那么就产生了我们讨论的都市文学的原初形态。不过这样的都市文学所展示的都市不过就是故事发生的场景，有时候甚至就是背景，对于这样的都市置景式的写作，许多学者可以写出许多论文，但可供拓展的理论空间仍然很大。在中国现代文学研究领域，由于鲁迅当年的特别关注与经典性论述，那些以乡村为写作空域的所谓"乡土文学"受到了热烈的追捧，但都市写作却没有得到足够的学术阐论。刘永丽选择这样的题目正体现出这样一种学术敏感和学术自觉。有了刘永丽的这个成果，结合其他都市文学论述的成就积累，特别是吴福辉、李今等人出类拔萃的有关研究，不难发现，正像作家在言说都市的时候其思想状态和情感状态总比其言说乡村的时候显得更其复杂而深邃，研究者在思考都市写作的时候其学术敏感与学术自觉也总比那些所谓乡土文学的研究显得更其鲜明而深刻。

对于文学写作者来说，上海作为都市在现代中国显然有着其他任何城市都无法比拟的吸引力。现当代中国文学名著，直接以上海作标题或书名的就不在少数：《上海屋檐下》，《上海的早晨》，《上海往事》乃至《上海宝贝》等等，随便列举就远远超过包括北京在内的其他都市，更不用说《上海滩》、《夜上海》之类的影视作品。如此密集的上海都市写作充分显示了上海在中国现当代文人心目中突出的地位。对于这种地位，刘永丽在她的论著中已经作了较为独到的阐论。概而言之，上海毕竟是中国现代化最先、最突出、最具代表性的地域空间、社会空间和人文空间，这里汇聚着旧中国各式各样的风习与色彩，展示着新时代五花八门的景观与气味，市井在这里显得深邃莫测，洋场在这里显得活灵活现，豪气华贵与腐水朽城并存在弄堂之间，嗲气十足的吴侬软语与肉麻兮兮的洋泾浜混成一片，留声机的音响和乡里乡气的叫卖声嘈杂不堪，构成了这个空域充满肉色和体味的现代氛围，这样的氛围里，几乎所有人物都可能现身，几乎所有的故事都可能发生：优雅的、俚俗的，奇崛的、平淡的，浪漫的、严峻的，红色的、黑色的，革命的、保守的，喜剧的、悲剧的，上层的、下层的，古典的、时髦的，真实的、想象的，或者是它们之间的交叉品。这就孕育了各种文学的培养基，形成了各种文学构思和写作的丰富基壤。20 世纪 30 年代的新感觉派小说家，以及现实主义作家茅盾等，在描写上海的时候都不约而同地习惯于采用铺排的笔法和富于动感的罗列，正是对上海作为都市其市井景象、社会万象和文化现象不可比拟的丰富性的一种反映。是的，上海所体现的市井景象、社会万象和文化现象是那么全面、生动，以至于包括北京在内的其他任何中国都市在文学写作和文化描述中只能有条件地展现其地方色彩和地域特性，类似于北京的大碗茶、京韵大鼓和前门楼子，还有深秋季节特别噪乱的老鸹：这些北京风物在老舍的《想北平》和郁达夫的《故都的秋》等散文中会体现得特别有韵味，不过那也不过是北京地域风味。其他属于都市风韵的一切都似乎与上海结缘，而且似乎只与上海结下深厚的尘缘，于是上海成了中国现代都市的代表，上海其实就是现代的都市中国。

那时候没有"最适宜居住"或者简称为"最宜居"的概念，如果有，文人们将毫不迟疑地圈选上海。不仅沉溺于都市文明的新感觉派文人在批判上海的同时坚守着上海，便是将都市打扮成魔鬼的沈从文也选择了上海。不必说鲁迅将他最终定居的地点选择在上海，原与北京难解难分的陆小曼坚决拒绝了夫君徐志摩的规劝甚至恳求，义无反顾地锁定了上海。陈西滢赞美过南京，那并不是将南京当作都市赞美的，而是欣赏南京的"城野不分"。如果有兴趣作一个统计，则完全可以认定，从 20 年代到 40 年代，中国文学家选择上海作为自己的居住地和写作基地的人数绝对是大多数。他们居住在上海，书写的现场离不开上海，笔下的故事很自然地发生在他们熟悉而且也确信许多读者都熟悉的上海，即使不是描写上海的故事，也将上海当作作品精神的归宿地，在笔墨中或隐或现。

上海在 30 年代就有"东方巴黎"之称。在文学描写中，上海也确实可以与西方的巴黎相媲美。巴黎是一个备受文学家青睐的都市，法国文学家从巴尔扎克到雨果都愿意将他们发现和构想的故事置景于巴黎的街巷，在前者那里，巴黎是其笔下人间喜剧的主要生活场景，在后者那里，一个显然是虚构的故事却毫不犹豫地被置景于巴黎圣母院中。法国文学家也许是太爱巴黎了，他们写作虚构的故事往往注意置景于这个都市的一个十分具体，以至于让人们便于指认的建筑和景点，除了巴黎圣母院之外，当然还有塞纳河。巴黎的魅力在于，它使得每个作家都对之能够激起某种写作的冲动，于是俄国的托尔斯泰不忘记书写巴黎，英国的狄更斯为了有条件叙写巴黎，则构思了《双城记》这样奇特的故事，与之相比照的是，被马克思称为感伤的小资产阶级作家的欧仁苏，以法国作家的身份在巴黎设计了让外国人出演的巴黎的秘密。巴黎供养过无数个文学家，不过描写巴黎或者说想描写巴黎的文学家在数量上会大大超过这个"无数个"。巴黎的如此秘密实际上与我们通过上海揭示的颇相仿佛：它体现了都市人生景象、社会万象和文化现象的全部丰富性和生动性，同时它又是一个在特定的时代让文学家们感觉到最宜居的一个辉煌的地点。这两方面的一拍即合是都市文学表现的硬性条件。

同样是叙写故事，有的作家忙迫于都市的或乡村的置景，有的则相反，有意模糊甚至涂抹故事情节中的空域，无论是都市还是乡村。如果说上海和巴黎成为中国和世界文学中特有的置景热点，那也是它们正好际遇到一批又一批在写作习惯上热衷于坐定都市空域的作家。这样的热衷或许并不仅仅出于习惯。一定写作题材的选择与强调，作品真实性和可信度的举证，都市风情的渲染与烘托，都可能成为并凸现都市写作的置景要求。特别是那些以上海或者巴黎直接命名的作品，既然已注定选择了这些都市的题材，其故事展开的空域当然会以这些都市为主。新感觉派小说热写都市生活的种种生态、状貌与滋味，展现上海作为地域上的天堂或天堂里的地狱的社会文化特征，自然离不了上海这个特定的空域，这是他们作品的题材甚至主题决定的。有意思的是，30年代文坛上曾人为地热闹起京海两派，京派文学家很少以北京作为自己的叙写对象或言说空域，海派文学家在现实题材的写作中却很少将笔端从上海挪移到别处。

在文学发展的一个甚至几个特定的时期，或者在特定的社会阅读环境下，作家的写作往往会特别在意真实性意义上的被认可。越是虚构性强的作品往往越是如此。《巴黎圣母院》等作品其虚构的意味如此之浓以至带有某种魔幻的色彩，于是雨果将它的空域明确无误地锁定在那个早已成为名胜古迹的圣母院。徐訏的《鬼恋》应该说是现代文学作品中颇为少见的魔幻作品，或许是出于类似于雨果的那种创作心理，作者言之凿凿地将故事的地点，也即那可恋的漂亮女鬼出没的地方点明在上海山西路口和南京路，以及斜土路等等。这种为了求真以掩饰小说虚构性的创作理路在其他小说家那里也时常出现，诸如郭沫若的《孤山的梅花》、郁达夫的《迟桂花》等。当然不只是都市题材的作品如此，乡村题材也是一样，可以借助具体的地名甚至景点强化作品叙事的写实性意味。蹇先艾的《在贵州道上》反复叙写的九龙山沟、石牛栏、祖师观、闷头井等等，就是为了强化叙事的真实性，同时也起到了渲染特定的地方色彩的作用。当然这方面最为突出的是沈从文，他的《长河》展示了湘西一带交叉的水系和繁复的山脉，地方特色和文化氛围特别浓郁。

上海作为中国现代都市的杰出代表，其都市特色和文化氛围的浓郁与强烈，几乎可以不言而喻，于是给了现代文学家一个特别的便利。只要他将故事的空域设置在上海，就意味着直接赢得了上海的都市特色、人文景观和文化氛围，省略了许多描写之功，却给人以勃郁芳烈的都市风情的生动感受。从这一意义上说，上海之于中国现代文学作家而言，就是一个现成的都市言说的空域硬件。这大概是许多作家乐于叙说上海故事，乐于将故事情节置景于上海的原因。

二　都市作为空域背景的多个层次

都市言说的巨大吸引力当然不是在于它的省事，而是在于它可能的文化蕴意，这种文化蕴意远远超过特定的都市景观所呈示的人文环境和生活氛围。如果说在空域和地方色彩的层次上言说都市，是将都市当作小说叙事的一种硬件，那么，追寻都市超越空域甚至超越题材所蕴含的意义，其实就相当于都市言说在写作中的软件。诠释学理论认为，精神创造的作品"在它自身内，在它的只是外在的经验的生活中，独特的东西就是文字（letter）；就它的内在存在，它的意味性和与整体精神（这精神以独特的方式表现自身）的关系而言，这种独特的东西就是意义（meaning）；处于和谐统一之中的文字和意义的完美无缺的内涵就是精神（spirit）"。对于这样的作品，"精神本身乃真正的生命"。① 将这番被翻译得有些惨兮兮的言论剖析开来，其实就是说精神创造的作品是由语言文字这样的硬件，以及其所表现的意义和精神这样的软件相合构成，而精神产品的解读无疑要将重心放在意义、精神等软件上面。于是，都市文学所需重点关注的当然不在于其所书写的都市空域，而是这种空域之于作家、之于读者、之于作品中的人和事的意义。

在这一点上，都市文学的研究需要吸取乡土文学研究的教训。乡土文学的概念之流行并发展成泥沙俱下的一门学问，无疑得力于鲁迅的推动。鲁迅在给出乡土文学概念的时候，从来就没有准备将这一概念在题材或是故事空域的硬件意义上展开，他所强调的正是这类文学所写空域的软件意义："蹇先艾叙述过贵州，裴文中关心着榆关，凡在北京用笔写出他的胸臆来的人们，无论他自称为用主观或客观，其实往往是乡土文学，从北京这方面说，则是侨寓文学的作者。"② 关键是走出乡土的人们用笔写出的"胸臆"。体现这种"胸臆"的那乡土景物，例如许钦文记忆中的"父亲的花园"，或许已经不存在，但对于乡土文学家而言，"回忆故乡的已不存在的事物，是比明明存在，而只有自己不能接近的事物较为舒适，也更能自慰的——"重要的正是这种心理和精神上的自慰，是隐现着乡愁的精神情感，而不是乡里的风景与地域的设施。理解了鲁迅这段著名论述的含义，就不会将乡土文学概念从题材意义上铺展得那么宽泛，以至于漫漶成一个煞有介事的学科。都市文学的研究就目前看来没有乡土文学的研究那么热，其成果的总体水平也不像乡土文学研究那么平甚至于滥，就是因为这一课题的研究从未将都市写作宽泛地理解成一种题

---

① ［德］弗里德里希·阿斯特：《诠释学》，洪汉鼎主编：《理解与解释》，东方出版社 2006 年版，第 12 页。

② 鲁迅：《中国新文学大系》小说二集序，《且介亭杂文二集》。

材，这一课题上的学者这样一种严格、谨慎而矜持的态度决定了这一话题上的成果都显现出相当的学术档次。刘永丽在其学术道路的起点上就能立足于这样的学术档次，这更是我倍感欣慰的事情。

在鲁迅的意念中，在北京写作的乡土文学家们之所以写他们的故乡，并不是要复现故乡的生活以抒写自己的乡愁，也不是要回归故乡而回到从前的世界，实际情形是，当他们立足于都市的生活场景，领悟人生的真谛和社会变迁的教训，需要家乡的生活原型作为参照。这时候，赛义德关于叙事与社会空间的议论非常适合用来解析他们的创作：作家对于某一社会空间的描写往往意味着是一种暗示，表明一种写作的"态度与参照结构"。① 当悲凉的乡土作为作家们表明或印证自己写作态度或精神暗示的特定空域与场景时，无论这样的乡土是否是故事置景对象还是背景，都拥有了它无法逃脱的意义——如果将这样的乡土空域仅仅理解为题材的意义，反而严重妨碍了这种意义的呈现和被正确、充分地解读。对于都市的描写也是如此。现代文学家书写上海等都市，都暗示着或寄托着对这一特定空域的某种态度和价值认知，某种意义上说，作家们是实还是虚写这样的都市已经不那么重要，也就是说，是否以这些都市为题材，是以都市为实景还是为背景并不很关键，关键是都市写作在空域意义上到底体现出作家怎样的"胸臆"，弄清楚作家都市书写所暗示或寄托的精神意涵。这是都市文学研究必须面对的深刻的学术任务。刘永丽的著作充分意识到自己所面临的这样的学术任务，虽然不能说她在这方面已经提交了完满的答案，但她所显示的充分的学术自觉值得嘉许。

---

① ［美］赛义德：《叙事与社会空间》，《赛义德自选集》，中国社会科学出版社1999年版，第220页。

就中国现代作家的写作实际看，都市这一空域的精神意涵至少可分为三个方面，或者说三个层次。第一个层次，是将都市作为现实的表现对象，类似于前面所论列的硬件空域，对于写作者而言，是一种"此在"的经验。以上海而论，最有代表性的应是穆时英等在30年代的上海现场描写，其中最有代表性的都市判断语是《上海的狐步舞》中所反复强调的："上海。造在地狱上面的天堂！"新感觉派所刻画的几乎全部新感觉都来自于现代都市，来自于上海，这派小说家凭着这样的新感觉（确实非常新，既不是满腔热忱的歌颂也不是咬牙切齿的诅咒，而是充满着轻蔑的批判同时也充满着醉熏的沉溺）表现着他们对于都市的"此在"感兴。

　　第二层次是将都市当作"彼往"的空域，去对现实的乡土或者人生作对比，引发出相应的人生感叹或社会批判。这种将都市当作背景的写作并不十分普遍，至少比将乡土当作背景的写作情形少得多。中国现代作家多的是由乡土辗转到都市的侨寓者，很少有由都市迁入乡土的隐遁者，于是他们的写作从空域关系来说，一般都是立足于都市的此在书写乡土的彼往，这便是乡土文学的原生态。沈从文的主要写作内容以及主要写作成就都是通过这样的空域关系呈现的。正是在这一意义上，中国现代作家中很少出现托尔斯泰或哈代式的奇人：以"此在"的乡野回溯都市人生的"彼往"。当然，20年代到30年代的一些关注乡土的作家，往往在书写乡土、反思乡土、批判乡土的时候总是以都市人生作为精神的依托，后来的知青文学太多这样的内容，不过那样的文学写作并没有完全将都市真正当作令人怀念的"过往"，而是当作矢志回归的期诣对象。这在空域背景的处理上属于下面要论述的第三层次。

　　都市既不是"此在"的空域，也不是或者不仅仅是已经逝去的"过往"的追忆，而是写作者通过人物所期颐并随时准备归诣的所在，这便是都市作为"期诣"空域的文学写作现象。作为精神创造的结果，包括小说在内的文学作品都灌注着写作者的精神诉求，这种精神诉求不仅表现在思想倾向和情感意向上，还体现在与这种思想倾向或情感意向构成紧密关联的特定空域上，于是这样的空域或作为作品的背景，或作为故事发展的前景，既成为主要人物的，也成为作者和大部分读者的期诣对象。上海作为现代都市的代表，常有机会充任这样的期诣空域。上海在许多作家的心目中，代表着自由与开放，拥有着现代革命和现代社会发展的无限可能性，诚如巴金代表作《激流》所暗示的，青年人走出家庭投入类似于上海这样的都市就是泳入了时代的激流，诚如郭沫若年轻时候所理解的那样，只要一出夔门，就能乘风破浪叱咤翱翔。叶圣陶的《倪焕之》是中国现代文学史上较早成熟的长篇小说，也是较早将上海作为现代都市的期诣价值进行文学揭示的作品：倪焕之在苏州乡下屡屡碰壁，他不得不离开那样的是非之地，上海才是他最终试练自己的地方，虽然不是他的人生价值最终实现的地方，但毕竟是他判断自己的人生是否能实现价值的最可靠的地方。

将上海当作期诣空域的感人作品应推柔石的《二月》，萧涧秋像倪焕之那样满怀着教育改革的理想来到乡村，也同样像倪焕之那样陷入了乡下的重重矛盾纠葛之中，他的下场没有倪焕之那样悲惨凄凉，是因为他胸中自有自己的向往与追求，那向往与追求的实现空域便是女佛山——鲁迅明确指出女佛山便是上海。这时，期诣空域确实是通过暗示而不是实写呈现出来的。随着时间的推移以及政治形势的变迁，现代作家写作的期诣空间也发生着巨大的变化，具体地说，作家通过人物表现的期诣对象变了，到了30年代中后期已经不都是或者主要不是现代都市上海，而是更富有"磁力"的地方，正如沙汀的小说《磁力》所揭示的那样。夏衍的《上海屋檐下》非常成功地帮助中国现代文学史完成了这样的期诣空域的转换：匡复作为革命者所期诣的正是离开上海，而投入到如火如荼的革命空域。即使不那么革命的文学作品也发生了类似的变化，曹禺的《日出》早已经将上海描写成吞噬一切善与美的人间地狱，方达生没有能够带走陈白露，他所前往的空域虽然并不明确，但一定是远离上海，是一个作家和人物共同期诣的别处。

有意思的是，在实际的写作中，正像曹禺写作《日出》以及后来的《北京人》一样，作家不仅可以将这样的期诣空域当作淡淡的背景来处理，甚至完全可以回避它的所指与所在。这种期诣空域的虚置实际上是中国现代文学的惯有特色，其远处影响甚至可以追溯到易卜生主义。当年易卜生主义鼓励一代青年走出家庭，特别是号召女性走向社会，似乎一旦离开家庭便什么问题都迎刃而解。这就形成了那个时代极为普遍的"娜拉现象"，对这一现象的学术表述则可以是，在期诣空域十分模糊并难以确定的情况下鼓动时代女性盲目地走出家庭。鲁迅对这样的现象曾予以激烈的声讨与批判。后来的文学创作并非不明了它所指的期诣空域，不是无奈的虚置，而是有意模糊或隐匿。显然，当革命话题遭到忌恨甚至虐杀的时候，"磁力"所指的期诣空域显然必须作模糊或隐匿处理。也有的情形下是作家们的自觉处理。当王鲁彦、许杰、许钦文等以沉痛而犀利的笔锋，通过《黄金》、《惨雾》和《疯妇》揭露悲凉的乡土人生的残酷、野蛮之时，他们很少会提到他们赖以批判乡野的现代胸臆所由来的都市，勃郁着现代意识、现代观念、现代思想情绪的都市无疑成了他们现代批判力量的精神家园，但他们在写作中雪藏了这样的都市及其都市意识。

都市作为空域与乡土一样，既可以成为作家创作所描写的对象与场景，也可以成为创作的背景；而成为背景的情形又相当复杂，可能是"彼往"意义上的背景，也可能是"期诣"意义上的背景，或者不如说前景。中国现代文学史上存在着众所周知的时间上的方向转换，其实在空域处理上也存在着这样一种期诣转换：由以上海及其所代表的中国现代都市作为期诣空域，转换为以背离都市、背离上海的特定乡村为期诣空域。当现代文学的期诣空域进行着这样一种背负于上海的转变时，文学的主导倾向、文学的普遍主题都发生了变化。这样的变化对于中国现当代文学的影响相当深刻，直至新中国成立以后，像电影《护士日记》等文艺作品都在渲染上海以及大都市的灰暗，而将荒僻的工地和艰苦的地方作为"明朗的天"的象征而绘写成青年人应该期诣的空域。

三 都市写作与识名的现代意义

在中国现代文学家中，鲁迅以他无比的深刻和洞察力，最善于消解期诣的意义。他的杂论每每对空头支票式的期诣心理实施批判与否定。一开始他批判易卜生主义式的空洞而幼稚的空域期诣——似乎一走出家庭便走进了一个崭新的世界，后来他又怀疑和否定对革命乌托邦式的浪漫而空虚的时间期诣——似乎一旦革命成功便获得了一个辉煌的世纪。他的小说也从不用期诣空域调人的胃口或者引人的眼球，《故乡》里的"我"和《祝福》中的"我"虽然都厌恶"此在"空域，多次发愿"明天决计要走了"，但要前往的地方依然是灰暗一片，空濛一派，没有任何亮色。不仅如此，鲁迅的小说创作对于"此在"意义上的地名都一概忽略，常常用"S城"、"S门"之类替代真实的城市和地名。但在"彼往"的意义上他倒不计较很多，诸如咸亨酒店、古轩亭口等等实名也并不回避。一方面，这是为了强化小说叙事的真实感，另一方面，这样的地方色彩的渲染也是可以使相当一部分读者与作者一样产生某种亲切之感。

相当多的都市或乡土地名景名的如实叙写，除了强化真实性意味而外，都能够起着增加阅读的亲切感，进而加强读者与作家的沟通这样的积极作用。这样的作用特别适宜于都市文学中发挥。试想，像上海这样的都市有那么庞大的读者基数，熟知上海的人数更多，他们对文学作品中描写的地名景名自然能够唤起某种亲切感，这样无疑会增强他们对作品的兴趣，进而增加对作者的认同度。这也许就是现代文学家最喜欢借上海进行文学的都市置景的又一层原因。这种阅读的亲切感与认同度来自于共同的识名现象。

文学写作与阅读中的识名现象，是借助孔子的学说加以命名的。孔子云："小子，何莫学夫诗？诗，可以兴，可以观，可以群，可以怨，迩之事父，远之事君，多识鸟兽草木之名。""识名"借自"多识鸟兽草木之名"。对这一句话学界多有歧解，有时甚至莫衷一是。有的人以今匡古，谓这句话说的是自然保护，解释说，诗通过兴观群怨，从近处说可以孝顺父母，从远处说可以侍奉君主报效国家，从更远处说则能使人恢复当初那种人与自然息息相关相通的亲缘关系，保持对一草一木的细微认识和敏锐体察，因而具有人类生态意义。这样的解释虽别开生面却明显有以今律古之嫌。"多识鸟兽草木之名"本身并不难理解，难于理解的是这句话与前面的"迩之事父，远之事君"如何建立逻辑联系。整个这段话论述的是《诗经》的言论功能，兴观群怨都是言论方式上的一种策划效果，后面的识名也是言论策略上的一种需要，只不过这样的识名言论其功用在于事父与事君。无论是在家里还是在朝中，要使得自己的言论达诚致信，必须借助于《诗经》中的鸟兽草木之名以丰富言说的内容，增强言说的真实感、生动性与感染力。在文学言说中，不仅仅是鸟兽草木之名有这样的功效，地名、景名也同样可以达到这样的功效，于是都市文学写作中的地名、街巷名、景名的实际展示，其所包含的道理正类同于孔子所理解的识名现象。

都市识名的文学表现不仅可以唤起读者的都市记忆以增强对作品的认同，而且可以有效地渲染都市的文化氛围，由此增加作品的人生表现力和艺术感染力。当人们对各个都市文化特性有了相当的了解之后，会自觉地形成这样一种文化习惯：在都市密集的或疏松的识名性描写中，该都市的文化韵味便得到鲜明的凸现。越是得到文学青睐的都市越是能够体现出这样的文化韵味。对于上海这样特别受各个时代文学家重视的都市来说，对它的每一个部分每一个景点甚至每一条街巷的识名性描写，都能够激发起读者的一种文化记忆，包括历史记忆与文学记忆。缀满了这样的文化记忆，自然就丰富地呈现出文化韵味，这样的韵味会大大地调动起作家的胃口和读者的胃口，于是他们一旦有机会就会不约而同地沉浸于这样的识名性书写或阅读之中。确实是这样，一个城市的文化能够看得见摸得着想得到的首先是它的各处地名，各个景名，各条街巷名所代表的一长串历史，一系列记忆，当这些地名、景名、街巷名被识名性地描写出来的时候，其所代表的历史与记忆自然就鲜活地呈示在人们的眼前，人们不禁感到无比亲切，而且也感受到其中必然包含的特定的文化韵味。

都市识名现象在上海表现得特别热烈，不过在当代小说的写作中，作家们的兴趣已经溢出了旧上海，而走向更多的都市。除了北京被老舍、邓友梅等人的京味儿写作托显得有声有色而外，冯骥才的津门风物描写，贾平凹的西安废都刻画，池莉对武汉充满汗腥味的市民生活的写照，都凸现了各个都市人生的文化韵味。他们的写作表明，都市识名现象有着明显的和成功的推衍与扩大。这样的推衍和扩大无不与文学家追求小说的文化底蕴有关，由此也可以反证，都市识名现象所体现的正是都市独特的文化韵味。相比之下，广州这一很有特色也很有文化内蕴的都市倒是被忽略了，过了当年"反特"题材的尴尬风光之后，很少作家注意广州的识名性描写。虽然陈国凯等确有以广州为题材的作品问世，但其中并没有通过强烈的识名凸显出这个城市独特的文化风味。至于娜朵《麻石街的女人》倒是专门为广州写作的，不过过于定向的地方性又似乎消磨了识名现象的本来意义。

上海比起其他任何一个都市，都似乎是一个更适合作家们进行识名性描写和文学言说的都市，无论在现代历史时期的哪一个阶段，与上海有关或者并不十分有关的作家都会通过他们的作品，通过作品中的人物，或者通过作品展示的背景，紧张地或者从容地述说上海，使得上海作为都市在现代文学作品中成为"出镜率"最高的地方——在民国时期，它远远高过首都南京，在共和国时期，它也比首都北京更常见于各类文学写作。说起南京，在这一意义上真的是一个令人叫屈的都市：极少小说以它为现场，甚至极少以它为背景，即使在散文中，也并没有十分踊跃的描写，只留待一两个实在不知道学术为何物的学人编辑一两本与南京有关的莫名其妙的散文集。在现当代著名作家的较多忽略中，南京又一次黯然收敛起它曾有的王气。

当然还有些都市，例如成都、重庆，在都市识名性的描写中还不如南京。如果说无名氏的小说，陈楚怀的戏剧，田汉的电影以及后来诸如叶兆言、朱文等人的描写中，南京还残留着一些不愿刻意绕路的作家用他们的笔尖划出的一道道印痕，成都则连这样的印痕也很少见。它似乎是一个让作家们绕着走的都市。巴金的《激流三部曲》写的是成都故家，但作家就是不愿十分明确地点明，至少是不愿重复地强调他所写的乃是成都的故事；他的《憩园》所写的仍然是成都的故事，但作家更是讳言这个城市的名称。李劫人的《死水微澜》等大河小说写的是川中的故事，而且还是非乡村的人和事，可作家就是有意避开了大成都而只写边缘小镇天回。他的巨大功绩之一是将天回镇的名气搞得很大，另一项功绩则是给现代中国文学史研究的人们提供了一个学术之谜：何以放着现成的都市不写却拿那个本来名不见经传的小镇说事？

有些都市很容易进入作家的作品，有些都市则无此深缘，有些都市与文学描写的因缘深一些，有些都市则非常之浅。这是都市识名写作的一种引人入胜同时也令人迷惑的现象。而且这还与都市的影响力、重要性以及文化底蕴没有必然的联系。这当然与作家的喜好有关：有些作家喜欢将自己的故事落实在一个现实的都市，有的作家却宁愿隐匿起现实中的都市景观而将故事的场景架设在一个虚构的空域。不过显然问题远比作家的喜好和习惯复杂得多，是都市识名现象中的一个有待从社会心理学和创作心理学交叉的角度进行探讨的命题。

文学描写中的都市识名与乡土识名现象有一点不一样，都市识名描写常含着某种显摆或显派的成分，就像生活在大都市的市民们总喜欢在别的地方客人面前作类似的显摆或显派一样。曾几何时，开往上海的列车充满着"阿拉"们的高谈阔论，其中较为密集的便是对上海地名、人名、景名的列举，可以想象到那时谈客们的眼睛放射出如何骄人的光芒。人，越是普通的人，越容易显摆或显派，一个下三滥家庭出身的人为了显派就会将八竿子打不着边的一个同姓的古人奉为祖宗，然后顺便改变了自己的籍贯。不过这样的显摆或显派已经完全过时。当代人普遍了解了都市，熟识了都市，都市识名的现象已经失去了它原有的显摆或显派的意思。这样的社会状况会使得都市识名的文学现象显得更加单纯，也更有意义。

都市识名现象包含着相当深刻的社会文化心理和文学创作心理，应该由刘永丽这样的都市文学研究者付出更多的劳动加以更深入的研究。我的上述议论只能算是引玉之砖。刘永丽对于都市文学写作有了长期的学术关注与探讨，相信这本书并未用尽她的积累与才识，如果有兴趣的话，她大可以在这样一个引人入胜的问题上作更广更深的研习并奉献更有魅力的都市文学研究成果。

朱寿桐
记于澳门大学 108 工作室
2007 年 10 月 29 日

导　言
百年上海
——现代性的追求

　　普遍的观点认为，了解中国的历史，五千年看西安，千年看北京，百年看上海。北京、西安可资"看"的是传统文化，而百年上海，其独特之处就在于它的现代都市色彩，也就是一种现代性的都市文化氛围。何谓"现代性"？在近几年的学术界，现代性研究是一个具有跨学科特征的"共识性"话题，它涉及哲学、社会学、历史学和诗学等领域。这个话题聚讼纷纭，对其繁复内涵的厘定，一直处于众声喧哗的言说状态。国内外对现代性的论著已多，① 我在这里不想再给现代性下定义，只是简要陈述一下我在使用"现代性"这一话题的具体用意。

　　现代性（modernity）是一个源自西方的概念，它和现代（modern）、现代化（modernization）都是相类似的同一家族的概念。从词义来看，现代性（modernity）是现代（modern）的派生物，现代（modern）的本意是"目前"（the present）、"现在"（right now），表现的是与"往古"相对的涵义。但如果单纯从历史时间的意义上把握"现代"这一词语是没有意义的，因为，人类历史上的任何一个时间区域都曾经属于"现代"，而必

---

　　① 经典式的论著有马泰·卡林内斯库《现代性的五副面孔》，商务印书馆 2003 年版；刘小枫《现代性社会理论绪论》，上海三联书店 1998 年版。

将也被视为"过去"。由此，有必要凸显"现代性"这一概念。从形式上看，"现代性"一词是以"现代"一词为词根加上表示"性质"、"状态"、"程度"等意义的后缀"—ity"构成的。因此，如果说"现代"一词本是一个时间分段的概念，那么，"现代性"则更多的是一个表达现代时期的社会生活所具有的品质或状态之类涵义的概念。① 这是两者的原初区别。但在实际的运用中，现代性越来越成为一个宽泛的概念，被当作"现代"社会的总体特征在人文社科领域得以推广，现代和现代性就成了两个意义相近并且可以互相使用的词汇。它们的本质涵义通常在与"古代"、"传统"的张力关系中得到确定。

相对于"现代"和"现代性"，"现代化"一词有某种"动态"意涵，它通常被用来描述从前现代社会向现代社会的历史变迁。在一定意义上，可以把"现代性"看作"现代化"所要达成的目标，而把"现代化"看作是"现代性"目标的实现或展示过程。② 国内学者在辨析"现代性"和"现代化"的含义时，有大致相似的观点，即："现代化"更多地指向社会实体层面，突出科技、工业、商业和政体等方面的变革；而"现代性"，更多地指向精神文化、价值体系层面，指现代化社会所具有的意识形态、价值观念、生活方式等方面的取向和特征。

本文所取的现代性的涵义，也即是在文化视域中的现代性，即国内学者所认同的在精神文化、价值层面上的现代性。有一点需要说明的是，现代性是一个源于西方的概念，现代现象在西方，是一个循序渐进的历史发展过程，在动态的社会发展中，现

---

① 参见汪晖《韦伯与中国的现代性问题》，《汪晖自选集》，广西师范大学出版社 1997 年版；张凤阳著《现代性的谱系》中对现代性涵义的解析，南京大学出版社 2004 年版，第 5 页。

② 参见张凤阳《现代性的谱系》中对现代化涵义的解析，南京大学出版社 2004 年版，第 5 页。

代性并不是一种性质单纯的现象，而是一幅包含着多元取向的矛盾图景。所以在西方现代化历程中，有关现代性的种种矛盾、冲突，也是与社会发展相俱而来的自然现象。无论是卡林内斯库所说的两种现代性（资本主义的现代性和审美的现代性）的冲突、相互否定、反对，[①] 还是鲍曼所指出的现代性的内在矛盾（现代存在即社会生活形式和现代文化的对抗），[②] 或者如魏尔默所说的"启蒙的现代性"和"浪漫的现代性"的两相悖反，[③] 都是现代性发展过程中出现的正常现象，是不和谐中的和谐。而中国的现代性，是对西方近三百年来历史进程中积淀的各种现代性文化资源进行整合和接受的结果。作为后发的现代性国家，近现代中国是在 19 世纪西方列强的霸权威胁和生存打击下，在中国失去古典性的中心地位后所引发的"中心化"焦虑的巨大压力下，才开始了"被迫现代化"的历程。这种现代性的真正开端，是以 1840 年的鸦片战争为标志。鸦片战争，摧毁了中华天朝帝国"普天之下，莫非王土，率土之滨，莫非王臣"的优越感，自此，中国开始了以西方现代科技、政治、经济及思想文化为参照系的现代性历程。王一川说："中国的现代性主要是指中国社会自

---

①　卡林内斯库在《现代性的五副面孔》中指出，在西方现代化历程中，产生了两种现代性：一种是作为科学技术和工业文明产物的"资本主义现代性"；一种是代表现代主义文化和技术的"审美的现代性"，后者对前者是一种全面拒绝，是一种强烈的否定情绪。

②　英国社会学家鲍曼指出，现代性在西方历史上体现为两种规划，一种是伴随着工业社会一起发展的生活的社会形式，一种是伴随着启蒙运动一起成长的文化规划。两者都在追求一种秩序，反对分裂和矛盾。但鲍曼发现，现代性对统一秩序的追求，又必然带来一个秩序和混乱的辩证法：秩序对混乱既排斥又依赖。由此，现代性的两个规划便出现了断裂。参见周宪《现代性的张力》，首都师范大学出版社 2001 年版，第 10 页。

③　西方学者认为，启蒙的现代性最典型的方式是数学，而文化的现代性的代表则是艺术。前者体现了理性的力量，后者却表征了非理性、混乱、零散化和多元宽容的反动。两者的冲突显而易见。

1840年鸦片战争以来，在古典性文化衰败而自身在新的世界格局中的地位急需重建的情势下，参照西方现代性指标而建立的一整套行为制度与模式。"①

由此，有学者称中国的现代性相对于欧美国家的"早发内生型"而言，是一种"后发外生型"，是在强势的外力胁迫下不得不如此的举动。在中国，现代性的历程也即是中国社会由传统向现代的转型过程。刘小枫说："现代现象是人类有史以来在社会的政治—经济制度、知识理念体系和个体—群体心性结构及其相应的文化制度方面发生的全方位秩序转型。"② 但中国社会由传统向现代的转型不像西方国家是循序渐进的，是社会矛盾发展到一定阶段的产物。中国的现代性历程主要还是靠外力的冲击。一个不容忽视的现实是，现代性是在中国的封建宗法社会势力、封建思想观念依然很强盛的文化语境中输入中国的。历史学家陈旭麓考察鸦片战争之前的中国社会，这样写道：

> 在明清之际，中国社会一度出现过比较明显的转变迹象。主要是：（一）星星点点，互不联系的资本主义萌芽破土而出；（二）徐光启、李之藻、宋应星、李时珍、方以智等人的科学思想的出现；（三）黄宗羲、唐甄的民主思想如流星过夜天。此外，还有后来出现的《癸巳类稿》、《镜花缘》、《红楼梦》。这些东西给中国社会带来了新气象，产生过明亮的火花。但是，它们总体上又是微弱的，不能突破封建主义的硬壳。一直到龚自珍，还只能是"药方只贩古时

① 王一川：《中国现代性体验的发生》，北京师范大学出版社2001年版，第19页。

② 刘小枫：《现代性社会理论绪论》，上海三联书店1998年版，第3页。

丹"。在中国，新东西的出现只能在鸦片战争之后。①

可见，中国社会由传统到现代的转型，从而开始现代化的历程，西方现代性的侵入起了决定性的作用。西方经由三百多年的积累而形成的现代性理论，在同一时间在中国思想界抛洒，各种相互矛盾的现代性理论，在同一时间被摆上现代性的平台，这种横向移植，对浸染在几千年封建文明、封建思想观念根深蒂固的中国人来讲，不能不经过一个生吞活剥、画虎类犬的接受过程。由于此，中国的现代性不可能有西方现代性那样完整的体系，甚至可以说，在20世纪的中国，现代性一直是一个"未完成的方案"，含有"未来"和"理想"的意味。追求现代性，一直是20世纪思想文化界的主流，但因为现代性工程是政治、经济体系和知识理念、观念价值等精神文化体系环环相扣的整体的发展，而在现代性被硬性植入、封建陋习依然强盛的中国，必然存在着这样那样的现代性发展的缺失语境。因而中国现代性的发展必定是不完备的。很明显的例子是，依照西方现代性理论，现代性社会可以从两个层面展开分析：客观的制度层面（国家、经济、法律）和主观的意识层面（知识学家、艺术、哲学、道德和宗教）。前者涉及生活的实在基础，后者涉及世界理解、自我理解以及意义问题。现代社会模式的品质可以描述为政治上的民族主权国家，经济上的资本主义经营，法权上的世俗—人本自然法，知识学上的意识历史化原则，精神上（艺术、哲学、宗教、道德）的非理性个体化。② 而比照现代性客观的制度层面来讲，自晚清到1949年新中国成立前，作为现代性社会重要标志的现代民族国

① 陈旭麓：《近代中国社会的新陈代谢》，上海人民出版社1992年版，第19—20页。

② 参见刘小枫《现代性社会理论绪论》，上海三联书店1998年版，第89页。

家一直没有真正建立起来。从中国的历史进程来看，1911年的辛亥革命是力图建立现代民族国家的起点，但辛亥革命只是初步确立了现代民族国家的雏形，而没有真正确立能行使主权的现代民族国家。辛亥革命以后，袁世凯复辟，二次革命，军阀统治和混战，"五四"运动，北伐战争等，中国一直处于寻求现代民族国家确立和完成的过程中。1927年，国民党成立了看似具有民族国家形式的国民政府，但实际上，"这个政权统治下的中国，不仅有难以纳入统治范围的外国租界和外国势力的大量存在，更有实际上独立为政的众多地方军阀势力及遍布数省的中共红色政权的存在，国民党中央政权真正的统治范围，用历史学家的话说，当时不过长江流域中部的数省而已"。[①] 后来又历经抗日战争、解放战争，这个政府一直为巩固政权而疲于奔命，根本没有能力为中国的现代性追求提供合理化的制度保障。可以想见，一个在现代性的制度层面没有完善的国家，其所追求的主观意识层面的现代性必定也是不完善不成熟的。

再者，西方的现代性理念，一直在不断的肯定、否定的扬弃过程中发展，在矛盾中前进，但中国的现代性语境起源于民族国家的救亡图存运动，所以在20世纪，中国人所渴望的现代性，还是标志中华民族繁荣昌盛的经济、政治体制的完美，是科技领域的现代化。中国人对现代社会的展望，还是一个现代化强国的形象。所以在走向现代的路途中，中国对科技、经济的发展投入了过多的热情，而缺乏对现代性本身的反观与批判。对于在现代性发展过程中存在的有关人的生存际遇问题，也缺乏人文精神的反省，这也标明现代性在中国，是一个"未完成的方案。"

---

① 参见逄增玉《现代性与中国现代文学》，东北师范大学出版社2001年版，第255页。

本书正是以这样的现代性视点来考察 20 世纪中国文学中的上海书写。以文学中的上海作为考察对象，是因为上海于现代中国的意义巨大。近百年来，上海一直是中国的商贸港口和最重要的现代化城市。在中国近现代历史发展中，在东西文化碰撞及交融的过程中，在由传统向现代转化的过程中，上海都占据不可缺少的中心位置。美国学者罗兹·墨菲把上海比喻为"现代中国的钥匙"，在其专著《上海——现代中国的钥匙》中，他这样写道：

> 上海，连同它在近百年来成长发展的格局，一直是现代中国的缩影。就在这个城市，中国第一次接受和汲取了十九世纪欧洲的治外法权、炮舰外交、外国租界和侵略精神的经验教训。就在这个城市，胜于任何其他地方，理性的、重视法规的、科学的、工业发达的效率高的、扩张正义的西方和因袭传统的、全凭直觉的、人文主义的、以农业为主的、效率低的、闭关自守的中国——两种文明走到一起来了。两者接触的结果和中国的反应，首先在上海开始出现，现代中国就在这里诞生。①

中国的现代性最早发端于上海，而中国内陆地区现代性的发展，也大都经由上海辐射。上海是展现中国现代性的一个窗口，是中国现代性发生、发展的典范，它一直作为"现代中国的缩影"而存在。所以考察上海的现代性追求，也是展现中国现代性追求的一个范本。

百年来对上海的研究有两次热点，第一次的"上海研究热"，起于 20 世纪二三十年代，以"上海通社"诸人为代表；第二次

---

① ［美］罗兹·墨菲：《上海——现代中国的钥匙》，上海人民出版社 1987 年版，第 4、5 页。

的"上海研究热",则在20世纪后期中国改革开放之后,从80年代至今,特别是1999年出版15卷本、600万字的《上海通史》,标志着第二次"上海研究热"的成就。第二次的上海研究热不仅在国内,也遍及世界各地。[①] 据统计,在1927—2003年间,海外关于上海研究的博士论文有138篇,而其中在90年代就有89篇。[②] 上海何以有如此大的魅力让研究者乐此不疲?我想,上海成为研究热点不是偶然的,是因为它从经济、文化、思想等各个方面都提供了中国现代性发展的绝好样本。可供地方史、移民史、城市史、文化史以及各种史学的实践研究和理论发挥。

上海的现代化历史是和它的殖民史同时进行的。所以上海这个城市的现代性发展,和中国其他城市有不一样的地方。现代性在上海,有两个不同层面。其一,对作为客体的城市上海来讲,其现代性是"内生型"的。上海在1843年开埠前,还只是一个荒凉的小城镇。开埠后,随着租界的开辟,外国人进驻上海,上海的重要性才得以突显。就上海这座城市本身来讲,是先有殖民地的租界,然后才有现代性的上海。所以说,上海最初发端于租界的现代性已是一个完备的体系,不像内陆中国,对现代性的接受是被动的,也是支离破碎的。外国殖民者把一套发展已很成熟完备的现代政治经济体系、组织制度、管理模式移植到租界,也把秉有现代思想精神、观念意识的一批人移民到租界,使租界成了一个与西方发达国家齐步而行的

---

① 在巴黎有白吉尔（Marie-ClaireBergere）及安克强（ChristianHenriot）的队伍,在德国有瓦德特、叶恺蒂及其弟子们,在澳洲有MarkElvin、叶晓青等人,在美国有魏克迈（FredericWakeman）、叶文心、傅葆石、BrynaGoodman、LindaJohnson、GailHershatter等多人。参见梁元生《近八十年来的上海研究热》,载《档案与史学》2000年第4期。

② 参见朱政惠《海外博士论文中的上海研究》,《档案与史学》2003年第4期。

现代小社会。这个小社会的组织结构及思想观念的一切，又延及辐射到租界以外的其他地区。就发端于上海现代性的成熟完备这一方面讲，我们说上海这座城市本身的现代性是"内生型"的。研究上海历史的唐振常也认为上海城市的现代性是经由租界的辐射而成。他说："在清代社会还处于中世纪状态时，当清朝统治系统内还没有出现近代城市的管理体制时，上海城市的近代化，就从租界移植西方近代城市的发展模式开始，逐渐完备起来。随着上海城市近代化的拓展，由租界肇始的这套近代化城市模式的影响不断地延伸。"①

其二，对作为城市生活的主体上海人来讲，上海的现代性是"外生型"的。租界中秉有现代思想观念的外国移民毕竟只是少数，上海这座城市的主体还是从中国内陆四面八方涌来的中国人。现代性对这些经受中国传统思想熏染的中国人来说是外来的，他们对现代性的接受也是被动的。上海自开埠后，随着经济的发展，人口也快速增长，到20世纪30年代，已发展成为世界第六大都市。在上海城市的现代化过程中，上海容纳了各地的移民，形成了一个五方杂处，各色人等组成的上海。这些由中国内陆前往上海的居住者在面对现代上海时，他们是一种什么样的态度、心态？什么样的心理体验？这些人所追求的又是什么样的一种现代性？其中包含着什么样的文化心理、反映出什么样的心态？现代性于中国人又有什么样的积极意义？这是本书所要重点考察的问题。

本书题名为"被书写的现代"，意味着是从作家的书写方式来看其观念态度、意识形态。王德威曾有"小说中国"的说法。王德威认为："小说的流变与'中国之命运'看似无甚攸关，却每有若合符节之处。""比起历史政治论述中的中国，小

---

① 唐振常：《近代上海探索录》，上海书店出版社1994年版，第138页。

说所反映的中国或许更真切实在些。"① 王德威"小说中国"的概念并没有局限于"由小说看中国",而是强调说"小说之类的虚构模式,往往是我们想像、叙述'中国'的开端"。② 而美国的新历史主义理论家海登·怀特认为,任何历史不过都是一种文本的修辞活动,是一种"修辞想象"。我们所能看到的历史,实际上都是作为文本的历史,而文本虽然以客观的历史为依托,但更取决于写作者的修辞态度,取决于他的解释方式、解释角度与价值立场。"对于历史学家来说,历史事件只是故事的因素。事件通过压制和贬低一些因素,以及抬高和重视别的因素,通过个性塑造、主题的重复、声音和观点的变化、可供选择的描写策略,等等——总而言之,通过所有我们一般在小说或戏剧中的情节编织的技巧——才变成了故事。"③ 因而,同一个历史事件,由于叙述者的阶级立场和价值观念不同,所作出的解释是完全不一样的。

从中,我们可以看出小说叙事的重要。小说家对小说各方面人物关系的设计,对小说情节的编排,突出某一细节简化某一细节,以及对人物命运、故事结局的设定,都反映了作家对现实的一种态度,是现实社会意识形态的一种表现。

本书题名:"被书写的现代——20世纪中国文学中的上海",隐含的也是从书写者的眼光来看待上海的现代问题。中国作家一直是在"文以载道"的观念支配下进行创作的。现代思想理念在中国的传播,也大多是经由文学这条途径。作家对上海的书写方式和态度反映的其实是作家的一种观点和态度。所以文学是考察

① 王德威:《序:小说中国》,《想像中国的方法——历史·小说·叙事》,三联书店1998年版,第1页。

② 同上。

③ [美]海登·怀特:《作为文学虚构的历史本文》,见张京媛编《新历史主义与文学批评》,北京大学出版社1997年版,第163页。

民众思想意识观念的一个重要途径。那么，在文学中，现代是如何被书写的？作为现代之样板的上海是如何被书写的？本书正是拟想从这种书写中，考察都市上海现代思想观念的变迁。

本书试图从20中国文学中的上海书写中来考察百年上海现代性的变迁历史，其所面临的困难是不言而喻的。首先，现代性是一个含义繁复、内涵宽广的理论谱系，要进行其面面俱到的考察是不可能的。本书试图把现代性构架中的某种理念与上海的城市精神相结合，并寻找一个能够契合自己的知识积累、人生体验及情感阅历的关联点和入口，来触摸历史，表达自己对历史的一种感悟。丹尼尔·贝尔说："一个城市不仅仅是一块地方，而且是一种心理状态，一种主要属性为多样化和兴奋的独特生活方式。"① 确实，城市既是一个景观，一个标志现代经济发展的空间，一种人口密度，一个生活中心，但同时也是一种人文氛围，一种生存状态，一种城市精神。上海在其现代化的发展历程中也形成了其独特的城市精神，这种精神就是一种不定型的、处于流动状态的现代性，一种包容万状的自由氛围。这种城市精神由其所浸润的现代思想而形成，但同时，这种城市精神又决定着对西方现代性思想理念的抉择。西方经由几百年的历史发展而形成的现代性理念有一系列完整的体系，这套现代性体系在上海并不是全盘地被移植。上海在对这些现代思想理念的抉择过程中，存在着取我所用的特征。如鲁迅所说的是一种拿来主义，有用的留下，无用的去掉。当然，这里的为我所用也并没有一个统一的价值标尺，不同的人为我所用的标准也不一样。鉴于此，本书不可能面面俱到地描述现代性理念在上海的演变过程，而只是取其与上海的城市精神相契合的典型之处，加以论证。

---

① 丹尼尔·贝尔：《资本主义文化矛盾》，三联书店 2003 年版，第 154—155页。

其次，审视整个 20 世纪中国文学，有关书写上海的文学作品比比皆是，不可胜数，所以本书不可能把大量有关书写上海的文本都毫无遗漏地囊括进去，而只能围绕论述主题选取具有代表性的作品进行分析、解读。当然，本书在论述方法上，将尽量避免片面的、局部的论述，而采取现象学的整体性的观照方法，力求客观地还原历史。同时，运用人类积累的各种现代思想成果如社会学、伦理学、女性主义等理论，对 20 世纪文学中的上海书写进行客观的历史分析，以求对百年上海现代性的历史有一个准确的把握。

正是基于这样的考虑，本书以百年上海现代性的发生、发展演变、不同历史时期的发展特色为脉络展开论述，剔除文本中芜杂的枝蔓，凸显最能表征现代上海城市精神的那些因素。本书依时间顺序分四章展开论述。在第一章中，重点考察的是人们初次经历现代性时的态度。从最初的惶惑到对现代性的向往，表现了民众对发展的渴望，对民族富强的渴望。在第二章中，重点考察的是以自由为代表的现代性理念在中国的被接受的情况，分析其利弊得失。第三章重点突出新中国成立后被革命现代性改造过的上海，分析其独特性所在。本书的第四章，选取了当代文学中具有代表性的对于上海的"怀旧"书写，分析民众对现代性的态度、对发展的态度。

20 世纪的中国社会一直为落后于西方发达国家的阴影所笼罩，所以赶超英美等发达国家的发展的焦虑一直困扰着中国民众，追求现代性，也一直是 20 世纪中国社会发展的一个总体思想。在文学领域里，由于中国作家所具有的感时忧国的忧患意识，对现代性的追求，也是 20 世纪作家永远的梦和理想。而如前所述，由于中国的现代性是在宗法社会思想依然很强盛的时候被移植到中国社会的，现代性在中国，没有像西方那种自然发展的现实语境，所以 20 世纪中国的现代性追求，不可避免地存在着一些缺陷。如过多地注重了科技经济指标的发展而忽视了人文精神及生态环境的问题，缺乏对现代化本身的反思与批判等等，都是我们以后在现代性的发展中要加以深省的。当今的中国社会，提出科学的发展观，这对于引导我们国家的合理发展，对于我们构建一个良好的适合于人类生存发展的人文环境、生态环境，都有极其巨大的意义。

这也是本书的论述目的所在。本书就是拟以 20 世纪中国文学中的上海书写作为分析对象，考察 20 世纪的中国民众对现代性的追求历程，剖析其利弊得失，尽我所能，为中国的现代性发展提供一点可资借鉴的经验。

第 一 章

初 历 现 代 性

——晚清小说中的上海书写

　　本章主要是考察晚清至"五四"时期的上海书写。这一段历史时期的上海民众对现代性感觉还很混沌。本章主要是考察人们初时经历现代性的态度。上海自 1843 年开埠，正值西方的资产阶级现代思潮强盛之时。开埠后，西方的各种科技器具进入上海，给人们带来极大的惶惑、震惊及艳羡体验。继之，西方资本主义的政治制度、组织制度、管理方法移植上海，各种西方哲学思想也开始侵袭浸润，润物细无声地改变着上海人的世界观、人生价值观、思维方式及深层的文化心理结构。本章正是通过这一时期文学中对上海的书写来考察面对西方现代性的入侵，中国人的态度及其价值观念的变迁。这里重点要考察的还有，在西方列强对上海的殖民过程中，知识分子和爱国人士表现出的忧患意识，他们面对西方列强在物质层面、文化层面的入侵所引发的焦虑，以及他们建立强大的民族国家的渴望。在初历现代性时，中国社会各个阶层的人真正关注点所在，从中所透露出的民众的心态，以及民众观念之变迁的价值意义所在，皆是本章所关注的问题。

　　本章考察的文本主要是晚清以上海作为书写对象的通俗小说和政治小说。

第一节　惶惑与惊羡
——晚清通俗市井小说中的上海书写

一　惶惑体验：儒家传统观念审视下的都市上海

（一）上海：作为罪恶之都

晚清以书写上海为主的通俗小说如《歇浦潮》、《海上繁华梦》等，都视上海为不良之地。所以这些小说作者往往声明自己写作是以劝善为目的。像《歇浦潮》的作者是意欲"仗着一枝秃笔，唤醒痴迷，挽回末俗"[①]；在《海上繁华梦》中，作者陈述自己的写作目的，也是因为上海"繁华之地，偶一不慎，最易失足"，所以他"广平日所见所闻，集为一书，以寓劝惩，以资谈助"。[②]

租界的开辟，洋人的入住，各种西洋器具的涌入，迥异于传统的生活方式和意识观念，律师、保险公司……以及各式各样的西洋景，只是让生活于其中的人感到茫然无措。新的西化的商品社会需要遵循现代化的运行规则，而习染于传统生活方式、生存观念中的中国人对这一切的变化只是处于被动的懵懂状态，他们不可能理解这种变的深层意味，只能眼睁睁地看着"世风日下，人心不古"的一切，随波逐流。在他们的意识中，上海这座城市所经历的一切都是不可捉摸的，上海像个万花筒，炫目而又扑朔迷离。

所以他们以传统的眼光来看视西风熏染下的上海，必定看到的是负面的上海景像。如《海上繁华梦》的作者，视上海为非正常人世，而是梦境：

---

①　海上说梦人：《歇浦潮》上，上海古籍出版社1991年版，第1页。
②　海上漱石生：《海上繁华梦》，上海古籍出版社1991年版，第3页。

15

海上繁华，甲于天下。则人之游海上者，其人无一非梦中人，其境即无一非梦中境。是故灯红酒绿，一梦幻也；车水马龙，一梦游也；张园愚园，戏馆书馆，一引人入梦之地也；长三书寓，幺二野鸡，一留人寻梦之乡也。推之拇战欢呼，酒肉狼藉，是为醉梦；一掷百万，囊资立罄，是为豪梦；送客留髡，荡心醉魄，是为绮梦；蜜语甜言，心心相印，是为呓梦；桃叶迎归，倾家不惜，是为痴梦；杨花轻薄，捉住还飞，是为空梦。况乎烟花之地，是非百出，诈伪丛生，则又梦之毒者也；既甘暴弃，渐入下流，则又梦之险而可畏者也。海上既无一非梦中境，则入是境者何一非梦中人！①

这种梦境也是迥异于传统的，各种现象并非古而有之，不是传统中国人可以靠自身的经验所能把握的。无怪乎置身于这种梦境中的普通文人，喜欢也罢厌恶也罢，只能张眼观望，而无力去改变社会现实。

《歇浦潮》中有如此描述：

据说春申江畔，自辛亥光复以来，便换了一番气象。表面上似乎进化，暗地里却更腐败。上自官绅、学界，下至贩夫、走卒，人人蒙着一副假面具，虚伪之习递演递进；更有一班淫娃荡妇、纨绔少年，都借着那自由的名词，施展他卑鄙龌龊的伎俩。廉耻道丧，风化沉沦。②

---

① 海上漱石生：《海上繁华梦》，上海古籍出版社1991年版，第3页。
② 海上说梦人：《歇浦潮》上，上海古籍出版社1991年版，第1页。

吴趼人在《二十年目睹之怪现状》说：

> 凡在上海来来往往的人，开口便讲应酬，闭口也讲应酬。人生世上，这"应酬"两个字，本来是免不了的；争奈这些人讲的应酬，与平常的应酬不同，所讲的不是嫖经，便是赌局，花天酒地，闹个不休，车水马龙，日无暇晷。还有那些本是手头空乏的，虽是空着心儿，也要充作大老官模样，去逐队嬉游，好像除了征逐之外，别无正事是的。所以"空心大老官"，居然成为上海的土产物。这还是小事。还有许多骗局、拐局、赌局，一切稀奇古怪，梦想不到的事，一切都在上海出现。于是乎又把六十年前民风淳朴的地方，变了个轻浮险诈的逋逃薮。①

海上说梦人所著《新歇浦潮》，更是把上海写成万劫不复的罪恶之窟："……上海一埠实为万恶之窟，那离奇光怪的事迹、变幻不测的人心，虽罄南山之竹，书罪无穷；扬东海之波，流毒不尽。"② 上海社会，也是腐败万状，简直也不可称其为社会："纵目社会，在在黑幕高张，商界则机诈万端，女界则怪态百出，政界则蝇营蚁附，军界则虎噬狼吞，以视当年有加无已。'信义'两字，何须计及，'廉耻'一道，久已无存。"③

小说家们对上海的总观印象有几方面：首先，上海是一个繁华的商埠，是五方杂处、各色人等聚集的地方。其二，在繁华的表面，上海是一个阴诈诡异、险象环生的地方，各种各样稀奇古

---

① 吴趼人：《二十年目睹之怪现状》，《近代文学大系·小说集3》，上海书店1994年版，第1页。

② 海上说梦人：《新歇浦潮》（上），上海古籍出版社1991年版，第1页。

③ 同上。

怪、梦想不到的事情在这里发生。其三，上海开风气之先，娱乐业特别是妓院发达，由此导致了社会风气的腐败和堕落。

我们说，这些作家是以儒家的传统眼光来看视经受现代思想浸润的都市上海，必定看到太多的迥异于传统的质素，这是他们视上海都市为恶的根源所在。上海异乎寻常的繁华、险诈、堕落都是相对于传统农业文明中的城市而言的。中国之有城市，历史十分古远。汉字中的"城"是"要塞"、"城堡"的意思。中国古代的城是诸侯的住地。在中国，城市这一概念只有在和乡村相对时才有其意义。相对于乡村来说，历史上的城市是高等权力机构的所在地，是政治功能占主导地位、掌握乡村的政治、军事和经济的场所。但在中国，那些古典城市并没有显著区别于宗法家族制农村社会的特征。马克斯·韦伯在分析中国古典城市时指出，直到近世，中国的城仍然是帝王代表及其他高官要人的住地。"它是这样一个地方，在这里……花销的主要是息金，一部分地租，一部分官俸，还有别的政治性的收入。"① "迁到城里的居民（特别是有钱人）仍然保持着同祖籍的关系，那里有他那个宗族的祖田和祖祀，就是说，还保持着同他出生的村子的一切礼仪性的和个人的关系。"② 可以说，在"通商口岸"出现之前，中国没有一座城市脱离得了封建形态，还是处于前现代的性质。在儒家思想占主导地位的中国，城市、乡村在价值观念上没有什么显著的区别。所以文人在看视已具现代资本主义思想意识的上海时，仍然用传统儒家的价值观念去衡量、评判。

西方列强被迫开放"通商口岸"之后，中国的一部分城市才开始由古典形态向现代形态转化。上海作为最重要的商埠，也较早进入由古典形态向现代形态的转型。现代城市和古典城市的根

---

① 马克斯·韦伯：《儒教与道教》，商务印书馆1997年版，第58页。

② 同上书，第59页。

本区别，即前者以自由经济为本位，而后者以极权政治为本位。在现代的城市中，金钱的地位取代了政治权力的地位，无形中成为社会生活中最有力的价值尺度与调节手段。这一切都影响到市民的价值观和道德观。在上海"你有钱，你可买小姐的青睐，若是没有钱，烧饼店的芝麻也莫想吃一粒，一切是钱说话"。[①] 正是因为上海的金钱杠杆使这个都市在观念和生活方式上包含了太多的迥异于传统的成分，所以才被视为是罪恶的渊薮。

晚清以降的市井小说中写到，到上海的许多人，是抱着发财的欲望去的。上海是个销金窟，同时也被人视为是淘金宝地。张秋虫在《海市莺花》中说到外地人来上海无非是为了钱：

> 有钱的想到上海来用钱，没有钱的想到上海来弄钱，这一个用字和一个弄字，就使斗大的上海，平添了无数奇形怪状的人物……高鼻子的骄气，富人的铜臭气，穷人的怨气，买办的洋气，女人的骚气，鸦片烟的毒气，以及洋场才子的酸气。……

而正是对于钱无休止的攫取欲望造成人心的险恶，造成"礼崩乐坏"的道德沦丧。传统儒家对钱财观念是"君子爱财，取之有道"，在上海，明目张胆地欺骗，为了钱，可以无所不用其极。像《歌场冶史》中，半伶半妓的花美倩这样传授她的"耍人儿手法"：

> ……我看呀，主顾多一个好一个，把他们俩都抓在手里耍着玩儿……最要紧的是第一回跟他下水时，斧子要砍得重。这个机会若是错过了，你就拉倒了。就像开井一样，泉

---

① 邗上蒙人：《风月梦》，北京大学出版社 1990 年版，第 178 页。

眼要打得深，水才来得涌，反正做这种事情，胆子要大，心
要细，眼眶子要睁得高，迷汤要灌得厚，钱要看得轻，手段
要辣，心肠要狠，嘴里尽管仁义道德，肚子里不妨男盗
女娼。

《上海游骖录》中，也写到钱所导致的民风不淳。上海开埠
后，引进了西方的管理体制，像保险，在当时就是一种新事物。
有些人趁机钻保险的空子。小说中写道："自从有了保险，火烛便
多了。""有一种狡猾险恶的人，故意保了险，却自己去放火图赖，
这个且不必说。譬如我们住在乡下，没有保险的，偶然遇了领空
失事，没有个不出死力去救的，就是我家失事，邻家也是舍命来
救，推其原故，无非是防到连累自己。大众都存了这个心，自然
火烛就少了。"① 而现今有了保险公司，入了保险后，即便是被烧
也有赔偿，造成的现实是，救火的少了。《歇浦潮》里写到钱如海
为了填补亏空，策划骗钱方案，先入保险，然后雇人放火，制造
失火的假象，骗取保险公司的钱财。为了钱完全不择手段，置社
会公德于度外。可见，在通俗作家笔下，致使上海都市恶之根源
还是因为资本主义式的商品经济经营模式的形成与发展。

（二）文人对上海嫌恶之原因探析

文人们对都市上海的嫌恶反映了中国由传统向现代转变的过
程中人们的一些惶惑不安的心理。随着西方政治、经济势力及思
想观念的渗入，旧的传统根基在崩溃，而新的赖以支撑社会的价
值体系的建立遥遥无期，前路何在？中国要通向何处？这是文人
们焦虑不安的根源所在。可以看出，文人对都市上海的惶惑还是
基于道德层面，因为商业气和西方"自由"思想使身居上海的人

---

① 吴趼人：《上海游骖录》，《吴趼人全集》第三卷，北方文艺出版社 1998 年版，
第 463 页。

"廉耻道丧，风化沉沦"，传统古朴的民风不淳，世风日下，人心不古。很明显，这种价值评判还是以封建道德观念为依据，是承袭传统文学中对城市的评价方式。有一个明显的现象是，在传统中国文学中，以儒家思想为主导意识的传统中国知识分子一直在经营着"反城市话语"，主要是因为城市是商业和消费的集中地。在封建社会里，儒家的重义轻利观念使以盈利为目的的商业一直受到贬抑，而传统儒家的尚俭观念使人们视奢侈消费为一种道德上的堕落。我们知道，古典城市和乡村不一样的地方是它是商业和手工业的中心，也是大规模的消费场所所在地。中国历史上城市的繁华程度往往和它的商业兴盛发达的程度相关联。像唐时扬州的繁华，是以盐商雄厚的经济实力为背景。商业的发达，城市的繁华往往带动消费的奢靡，而消费同时又促进了城市的繁华。而这种商业和消费都是儒家传统所拒绝的。传统中国社会注重"礼治"，在乡村，所谓礼治就是对传统规则的服膺。传统乡村秩序注重修身，注重克己。理想的礼治是每个人都自动地守规矩，不必有外在的监督。商业的存在往往使传统的礼崩乐坏，因为"无奸不商"的现实破坏了儒家所倡导的温柔敦厚，从而也使礼治废弛。所以，传统中国文人的"反城市话语"，在情感上倾向于乡村生活的古朴，其实也是儒家习染已久的求社会稳定的心理需求。借用日本一位学者的话，可以说，"反城市话语"是"权力关系、世界观、文化偏见、审美观等儒教价值观的集中体现，更可以说是将村落共同体（乡村）的伦理和情绪理想化了的原始儒家以来的价值观在潜意识中的体现"。①

　　文人对上海的惶惑体验首先表现在对上海繁华场中的声色及色情的恐惧上。封建伦理一直视"万恶淫为首"，传统社会对性

　　① ［日］山口久和：《中国近世末期城市知识分子的变貌》，见《中国的现代性和城市知识分子》，上海古籍出版社 2004 年版，第 5 页。

一直是严加防范与歧视的。任何与性有关的事，总是被认为低微、卑鄙、猥亵，有碍风化。无论是东方儒道释社会还是西方基督教社会，对性都持一种歧视态度。费孝通指出，社会对于性的歧视，个中原因在于"性威胁着社会结构的完整"，[①]"性可以扰乱社会结构，破坏社会身份，解散社会团体"。[②]儒家伦理非常讲究建立井然有序的社会结构，它所规定的各项伦理规范其目的就是为了维护社会的稳定。"若是让性爱自由地在人间活动，尤其在有严格身份规定的社会结构中活动，它扰乱的力量一定很大。它可以把规定下亲疏、嫌疑、同异、是非的分别全部取消，每对男女都可能成为最亲密的关系，我们所有的就只剩下了一堆构造相似、行为相近的个人集合体，而不成其为社会了，因为社会并不是个人的集合体，而是身份的结构。"[③]儒家思想认为没有了社会身份，没有了结构的人群是和禽兽无异了。既然性是社会结构的破坏者，难怪乎社会要时时警惕、防备性了。

对性的防备表现在对声色所持的敌对态度上。儒家观念一直视纵情声色的靡靡之音为亡国之音。声色往往会消磨人的意志，扰乱生活的正常秩序，历代统治者亡国之兆就是沉溺于声色，继而疏于朝政。对于有平天下之志的君子来说，修身自持，避免声色的诱惑是君子人格节操的体现。儒家的君子人格理想一直回避美色的诱惑，"好色"被视为是不可救药的一切道德的敌人，是正人君子所不齿的行为。

历史上，往往是声色娱乐消费促进了城市的繁华。比如唐朝扬州的繁华场是由歌妓通宵达旦的笙歌舞蹈支撑的。六朝繁华，也是借助于"脂粉"如云。传统知识分子的"反城市话语"主要

---

① 费孝通：《乡村中国·生育制度》北京大学出版社 1998 年版，第 140 页。
② 同上书，第 140 页。
③ 同上书，第 143 页。

是基于儒家传统观念，反对的主要是城市的侈靡和声色。清代程景思之母曾经"徙扬州。不数年，求去，复还吾郡，之西河。曰：'扬人风俗侈靡，吾不忍多见也'。"[1] 母亲的行为被表彰。这里，书写者所反对的正是和传统节俭朴素观念相冲突的侈靡生活。而对脂粉之地南京，也同样心存警惕。宋代乐溥想去南京，受到其母阻挠，"乐溥跪请其故，母曰：'南京繁华之地，儿年少未娶，恐为所诱，不能自持，则致辱身亏行矣'"。[2] 这里母亲所忧惧的正是声色对儿子的诱惑，声色之诱，"辱身亏行"，这是为士大夫最为不齿的。

通俗小说中，上海最为首要的特征，就是声色之娱。贾老太太阻止贾氏兄弟去上海的理由就是，"那里混帐女人多"，《海上繁华梦》中，朋友们劝少牧不去上海的理由也是"上海地面太觉繁华，少年的人血气未定"，李伯元在《南亭笔记》中写到有人劝被劾的易顺鼎说："君至上海，勿荒于色，遵时养晦，当有复起时也"，而易曰："我到了上海，是目中有妓，心中无官了"。在上海的环境中，唯有对声色的追逐，而其他一切是非荣辱，都置之脑后了。

上海作为商埠，自开埠时起就畸形地发展了它的娱乐业，这也是上海吸引外地人的一个重要原因。吴趼人在《新石头记》中，借薛蟠的口说，在上海，"除却跑马车、逛花园、听戏、逛窑子，没有第五件事"。[3] 早在 1872 年，报刊上就记载一位在沪居住了 20 年的人所写的对上海娱乐业繁华境况的感慨，题为

---

① 施闰章：《程母七十寿序》，《学馀堂文集》卷十。《文渊阁四库全书》第1313 册。上海古籍出版社 1987 年版，第 121 页。

② 徐溥：《先妣何夫人行状》，《谦斋文录》卷三。《文渊阁四库全书》第 1248 册，第 605 页。

③ 吴趼人：《新石头记》，《吴趼人全集》第六卷，北方文艺出版社 1998 年版，第 39 页。

《销金窟歌》：

> 奢华糜费至江苏之上海极矣，人之言曰：此眼前之极乐
> 世界也，吾则名之曰：销金窟焉。二十年来，纵观盛事，遍
> 历欢场，叹桑海之几重，乃骄淫之倍甚。暇取时事而静验
> 之，窟之大者有三，曰妓馆，曰戏馆，曰酒馆，一日夜所销
> 不下万数千元焉；窟之小者有三，曰清烟馆，曰花烟馆，曰
> 女堂烟馆，一日夜所销不下数百万金。……来游是邦者少不
> 自检，往往失足于窟中。①

外地来游者的失足，小则失却钱财，重则断送身家性命。
《海上繁华梦》视上海为"烟花十里销魂地，灯火千家不夜城"，
是应该严加防范的地方。"自道光二十三年泰西开埠通商以来，
洋场十里中，朝朝弦管，暮暮笙歌，赏不尽的是酒绿灯红，说不
了的是金迷纸醉。在司空见惯的，尚能心猿紧缚，意马牢拴，视
之如过眼烟云，漠然不动；而客里游人以及青年子弟，处此花花
世界，难免不意乱心迷，小则荡产倾家，大之则伤身害命。"②
"所以烟花之地，实又荆棘之场，陷溺实多，误人非浅。"③ 晚清
小说中好多内容写到外地游人在上海的失足。《海上繁华梦》写
到家财万贯、富甲一城的屠少霞留恋于烟花丛中，为妓女赌徒所
骗，万贯家私席卷而空。还有已是五十多岁，子孙满堂、一钱如
命的钱守愚，到了上海，也像"着了风魔"，为色所惑，"忽然手
松起来"，后被中"仙人跳"骗局、赌场骗局，闹到险些丢了性
命。少牧到上海后，也沉迷于烟花，被妓女骗，被人设赌局骗，

---

① 忏情生：《销金窟歌有序》，1872 年 7 月 13 日《申报》。
② 海上漱石生：《海上繁华梦》，上海古籍出版社 1991 年版，第 3 页。
③ 同上书，第 19 页。

若不是有朋友规劝，后果不堪设想，这一切，作者都归罪于上海不良之地的声色诱惑。

上海接受西方文明的洗礼，最显著的表征是男女之大防界限的消弭，这也是文人们所感慨的世风日下，道德沦丧之一面，也是文人们深感忧惧惶惑的事情，是他们眼中的都市罪恶之一。

旧小说中，往往把男女之间伤风败俗之事，归咎于是"文明"、"自由"所致。《歇浦潮》中就有这种言论：

> 列位要知我国自西学昌明以来，男女中间的界域早为自由二字破除得干干净净，古来女子见了男人便有什么羞答答不肯把头抬的恶习，其实同是一个人，又不是麻面瘌痢头怕被男人耻笑，有何可羞？自经改革以来已无此种恶习，男人既可饱看女子，女子亦可畅阅男人，未始非一件快事。然而这就是说的普通男女，讲到一班学界中人，文明灌输既多，自由进化自然愈速，往往有素不相识的男女，一鞠躬之后便可高谈阔论，也不顾什么大庭广众之中，众目昭彰之地，甚至一年半载之后居然结下一个小小文明果子。这也是物极必反，文明极了，略略含些野蛮性质，正所谓物理循环，天然的妙用。[①]

这段言论是由作为全知视角进行叙述的作者所发。《歇浦潮》中还以由乡下进入上海游玩的伯和的眼光看如海的女儿秀珍和戏子调笑："看她至多不过十六七岁，已是如此放荡，这都是父母不能好好管束之过。无如上海一隅狂童恶少遍地皆是，近日更有这班新流行的新剧家变本加厉，百般勾引，女流

---

① 海上说梦人：《歇浦潮》上，上海古籍出版社1991年版，第187页。

无知，往往失足，真有防不胜防之慨。若要整顿，非得将那班狂童恶少斩尽杀绝不可。但这班下流淫棍何止百万？当今之世只恐没有第二个黄巢降生，下手屠戮，故而风化二字从今以后一定不堪回首的了。"① 在伯和的观念里，（其实也是作者的观点），上海风化败坏是因为受文明新戏的影响，"我道新剧家是何等人物，却原来聚着一班淫棍！还要夸什么开通了智，教育社会，简直是伤风败俗罢了"。"做新戏的都是拆白党，没有一个好人"。② 文明新戏，在当时的文化界，象征的是一种西方自由思想。不过在通俗小说对"做新戏的"人物的描述中，确实都是一些没有节操，只知道追逐声色的无聊之徒。这在某种程度上表明，作为最为典型地体现西方文化之现代品格的自由，在最先被中国人接受之时，确实成为一些无赖之徒借以行道德败坏之事的借口。这里值得注意的还有伯和对这种风化尽失现象的极其厌恶的态度，恨不得要赶尽杀绝的那种心态，表现出在传统向现代社会的转型期，一般的普通民众对那些败坏社会秩序之行为的本能的防范及厌恶。而极具讽刺意味的是，正是伯和这个对风化沦丧极其厌恶的人，最终更是禁不住妓女的诱惑，自甘作有伤风化之事。这是否在某种程度上也表明，对于提倡自由、解放的西方现代性理念，防范也罢，厌恶也罢，但因为其中包含的值得肯定的人性内容，所以对中国人来说，它永远都是一种抵挡不住的诱惑。

文人们对都市上海产生惶惑体验乃至于憎恶的另一深层原因还是因为在上海文人们社会地位的被边缘化。晚清的上海社会正是处于中西文化冲击碰撞中，在这其间，西方的文化思想、价值观念慢慢渗透，上海社会处于礼制崩溃的历史阶段。在中国，以

---

① 海上说梦人：《歇浦潮》上，上海古籍出版社 1991 年版，第 159 页。
② 同上书，第 130 页。

儒家思想为代表的孔制一直是中国社会文化的一个核心价值系统。中国两千多年来的政治建制、家族制度、伦理风范、行为模式、风俗习惯都是依照儒家的核心价值系统而逐渐形成的。在上海，礼制崩溃的最显著的特征是伦理秩序的被漠视。尤其对知识分子来说，他们在传统中国社会所扮演的角色是"四民之首"，但孔制的崩溃，商品经济法则的运行，使他们丧失了原有的地位与声望，所以不得不从圣坛上跌下来。在上海，有权势有地位有威望的是那些本居于"四民之末"的富商大贾，在社会重大事物上享有发言权的也是这些富商大贾，这些人成为这个商业社会最为引人注目的阶层，上海社会也把尊敬和奉承给予他们，使得这些富商大贾成为社会中地位最高的人，也成为社会中最有势力和影响力的集团，是人们羡慕和向往的对象。而出身贫寒的读书人，在上海谋一职位求生存都很困难。据李长莉的研究，在19世纪五六十年代之交，大批读书人涌入上海谋生，已造成了人满为患，谋职非常困难。那些没有一技之长的读书人，更是只有流落街头卖字卖文形同乞讨者。[1] 士人的这种经济地位，决定了他们必定被边缘化的社会地位，传统社会所认为的"万般皆下品，唯有读书高"的思想观念在这里不堪一击，传统社会里形成的天经地义的对读书人的尊重心理也荡然无存，在私塾里，雇主对待教师的情形是"脩膳薄云秋，防先虑后，呼马呼牛"。[2] 传统文人的自我尊重自我期许在这里都幻成虚空。尤其是1905年废除科举，从根本上斩断了读书人的进身之阶，读书人的优越感不复存在。

文人们既已丧失了原先的地位，面对上海社会有极其浓烈

① 参见李长莉《晚清上海社会的变迁——生活与伦理的近代化》，天津人民出版社 2002 年版，第 160—172 页。

② 王韬：《瀛壖杂志》卷六，上海古籍出版社 1989 年版，第 113 页。

的失落感，对上海以金钱为中心的社会的憎恨，对乡村宁静而纯朴的农业文明的向往，在某种程度上都是这种失落心态的反映。

所以，以儒家观念去看视开埠后的上海，不难理解为什么文人们视其为罪恶的渊薮。晚清时期的上海初受西方列强现代性思潮冲击，传统伦理秩序的崩坏，新的秩序观念价值体系正在建立之中，迥异于传统的质素实在太多：经商者的奸诈，拆白党的欺骗，尤其是传统视为祸水的声色颓靡，及一掷千金的败家子行为，等等，都是传统观念十恶不赦足够严加声讨责罚的行为。所以，文人对上海的如此认识反映了初经现代性、在旧的制度体系和价值观念崩溃前中国文人的一种惶惑心态，也在某种程度上折射出中国人对现代性的态度，即一种市民化、传统化的排拒态度。

二 惊羡体验：对现代上海的向往与想象

传统文人秉承的是传统的旧观念，他们的写作也是基于传统的劝惩目的。但另一方面，正如夏济安所说，这些文人通过他们对上海的张望、看视，向我们展示了一个包罗万象、沉滓浮泛的上海，同时也是一个现代思想意识润物细无声地渗透的上海。上海从 1843 年 11 月 17 日正式开埠，之后，西方各式各样新奇的物品和思想传入，上海进入由传统到现代城市的转型进程中。民众面对日常生活中的各种变化，经过了一个"初则惊，继则羡"的心理体验过程。晚清小说向我们展现了一个由传统向现代挺进过程中的上海。这些小说不仅描绘了当时上海都市的各种现象，更主要的是作家们通过对各种现象的书写，对上海这座现代都市的想象，展现了经受西方文明洗礼的封建时代的民众的各式各样的心态，从中我们可以窥见民众观念意识的变迁。美国学者韩南指出，晚清小说的一个显著特点，是"小说与新闻报道的混合"，① 可以说，晚清小说在某种程度上是市民真实心态的展露。

（一）对现代上海的向往与想象

晚清的小说，虽然作者一边说上海是罪恶的渊薮，劝告年轻人不去涉足，一面却又津津有味地描述上海的繁华与奇特，有好多小说，写到中国其他地区的人们对上海的向往。外地人对上海的艳羡，当时新闻里也有记录，如 1897 年的《新闻报》中曾有这段说明：

> 道光二十三年，诏准西洋各国南五口通商。上海居五口之一，遂变而为互市场，商人由此而群至，货物由此而毕集，市面由此而日兴，至今日，而繁华之盛，冠于各省。遂令居于他处者，以上海为天堂，而欣然深羡。或买棹而来游，或移家而寄居。噫！人果何幸，而得处于上海耶？②

上海开埠后，西方商人进入中国。他们带来了各式各样的西洋器具：照相机、钟表、缝纫机，乃至汽车、西洋轮船，等等，也把他们的建筑艺术带到上海。使上海在城市形态上也大为改变，呈现出异彩纷呈之势。历史上这方面典型的记录是率先游历西方的王韬，在 1848 年，最初由江苏甫里前往上海，他眼中的上海景观：

> 一入黄歇浦中，气象顿异。从舟中遥望之，烟水沧茫，帆樯历乱。浦滨一带，率皆西人舍宇，楼阁峥嵘，缥缈云

---

① ［美］韩南：《中国近代小说的兴起》，上海教育出版社 2004 年版，第 172 页。

② 《记上海古今盛衰沿革之不同》，《新闻报》1897 年 11 月 19 日。

外，飞甍画栋，碧槛珠帘，此中有人，呼之欲出。然几如海外三神山，可望而不可即也。①

王韬所见到的"帆樯历乱"，即是那些沿岸停泊、烟囱林立的西洋轮船。"楼阁峥嵘，飞甍画栋"是指洋房哥特式的建筑风格及精致的装饰，这种奇特的迥异于传统中国城市的外在形态，使这个从乡村走出来的书生感叹是到了海外仙境。

上海吸引人的地方，正是它的独异于乡村中国的华洋杂处的异国色彩，它的迥异于传统风俗的现代风味，处处充斥的西洋科学技术及西洋器具，这一切，在传统中国人眼里都是奇迹。中国的民众都是以好奇的眼光观看前所未见的这些奇迹。在小说《后西游记》中，作者借唐僧师徒三人到上海的游历，表现了对许多新奇事物的诧异感觉。诸如街头上站立的印度巡捕，四处跑的马车，神态自若坐在车上的西洋女子，以及鸦片烟馆、青楼妓院、跑马场等，都被师徒四人目为怪物。晚清的通俗小说如《歇浦潮》、《二十年目睹之怪现状》等，都有内容涉及西洋的各种科技及器具。晚清的《点石斋画报》更是展现了一个五花八门的世界。陈平原、夏晓虹所编著的《点石斋画报——图像晚清》中，有"格物汇编"，展示的是西方在现代科技方面的稀奇事。② 值得注意的是，在《点石斋画报》中所配的文字说明中，写到西方

---

① 王韬：《漫游随录》卷一，《黄浦帆樯》，岳麓书社 1985 年版，第 58 页。
② 这些事情包括：1. 铁人善走　2. 新样气球　3. 气球妙用　4. 演放气球　5. 气球破敌　6. 飞舟穷北　7. 妙制飞车　8. 龙穴已破　9. 兴办铁路　10. 毙死车下　11. 水底行船　12. 车行水底　13. 铁甲巨工　14. 演放水雷　15. 边防巨炮　16. 快枪述奇　17. 制衣御弹　18. 电火焚身　19. 电气提贼　20. 占验天文　21. 万年钟　22. 以表验人　23. 宝镜新奇　24. 西医治病　25. 收肠入腹　26. 剖腹出儿　27. 妙手割瘤　28. 瞽目复明　29. 剖脑疗疮　30. 救火妙药　31. 铜人跨海　32. 孤亭玩月……见陈平原、夏晓虹编：《图像晚清》，百花文艺出版社 2001 年版。

"格物"方面的各种奇事，每每用"造化之奇"、"巧夺天工"、"灵妙绝伦"之类的词表达对西洋器具的惊羡，用"叹为奇绝"、"啧啧称奇"、"呜呼！技至此，可谓神矣"之类的话语表达国人对这些器具、技艺的崇尚心理。在《点石斋画报》甲一第6幅中，展示的是"观火罹难"的场面，描绘的是洋人用救火车水龙灭火，华人拥塞在河边木桥上观看，挤塌桥栏而纷纷落水的情景。与图片相配的文字说明这样写道："日前，沪上老闸西首失慎。观火者驻足桥上愈聚愈多，竟有实不能容之势。而巡捕持棍驱人，哄然思窜，桥栏挤折，落河者不下数十人。是不独失冠遗履之纷纷也。"对西洋器具的好奇及趋之若鹜的心态，展露无遗。佩瑞·林克曾分析说，在都市，由传统向现代化环境转化的一个早期特征，就是"新的科学情报的潮流伴随着技术变革而来，并引起了那些在都市里怀着繁荣发展欲望的市民的注意"。[1] 晚清流行的《点石斋画报》，正是因为其"时事"和"新知"而大受民众欢迎。民众可以借图像来了解时代，了解社会，并想象将来的都市发展前景。鲁迅在《上海文艺之一瞥》中，曾这样评论《点石斋画报》："这画报的势力，当时是很大的，流行各省，算是要知道'时务'——这名称在那时就如现在之所谓'新学'——人们的耳目。"[2] 可见，画报的流行，主要还是要能满足人们了解社会变化的心理需求，表达出民众对现代社会的一种急切渴望心情。包天笑也曾回忆说："我在十二、三岁的时候，上海出有一种石印的《点石斋画报》，我最喜欢看了……虽然那些画师也没有什么博识，可是在画上也可以得着一点常识。因为

---

① 佩瑞·林克：《论一二十年代传统样式的都市通俗小说》，贾植芳主编《中国现代文学的主潮》，复旦大学出版社1990年版，第123页。

② 鲁迅：《上海文艺之一瞥》，《鲁迅全集》第四卷，人民文学出版社1981年版，第293页。

31

上海那个地方是开风气之先的,外国的什么新发明,新事物,都是先传到上海。譬如像轮船、火车,内地人当时都没有见过的,有它一编在手,可以领略了。风土、习俗,各处有什么不同的,也有了一个印象。"① 国外各式各样的奇妙器具传入上海,给中国人以强烈的心里震荡,从而也激发出他们的好奇心。所以介绍科普知识的刊物成了民众观看世界的一个窗口,他们借此进行对都市上海的现代想象。我们说,《点石斋画报》只是以绘画的形式,使识字不识字之徒、妇孺老幼皆能从中得到了解时事、展望现代生活的满足。而对于识字的市民阶层来说,他们就不仅从画报中了解、想象都市上海,更主要的,他们从供消遣的通俗读物中去寻求满足。晚清时期黑幕小说、谴责小说得以盛行,正是为满足民众的这种心理需要。晚清小说家笔锋所及,官场上下,乃至洋奴、买办、商人、财主、妓女、拆白党、市民、文人学士、革命者等等各色人物,都有真实的展示,可谓社会的实录。包天笑在《钏影楼回忆录》里,回忆曾向吴趼人请教作小说法:"他给我看一本簿子,其中贴满了报纸上所载的新闻故事,也有笔录友朋所说的,他说这是材料,把它贯串起来就成了。"② 所以佩瑞·林克的分析不无道理,这类最初的通俗小说"大部分有其心理学上的功能,广义地说来即是一种对当前的新的生活条件或是将来的想象中的生活条件的适应性"③。

民众对现代性的想象最先还是借助于照相、手表、自鸣钟、望远镜等实物,在小说中也有对这些西洋物品的展现。这些物品是现代生活的象征,晚清许多小说中写到当时人对这些物品的向

---

① 包天笑:《钏影楼回忆录》,《民国笔记小说大观》(第四辑)山西古籍出版社、山西教育出版社,第141页。

② 同上书,第458页。

③ 佩瑞·林克:《论一二十年代传统样式的都市通俗小说》,贾植芳主编《中国现代文学的主潮》,第123页。

往。如李伯元的《文明小史》中，就写到生活在乡村中的贾氏兄弟对上海的向往，对西洋器具的一种想象。他们托人去省城洋货店买回一盏"洋灯"（煤油灯），"洋灯是点火油的，那光头比油灯要亮得数倍。兄弟三个点了看书，觉得与白昼无异，直把他三个喜的了不得"：

> 贾子猷更拍手拍脚的说道："我一向看见书上总说外国人如何文明，总想不出所以然的道理，如今看来，就这洋灯而论，晶光烁亮，已是外国人文明的证据。然而我还看见报上说，上海地方还有什么自来火、电气灯，他的光头要抵得几十支洋烛，又不知比这洋灯还要如何光亮？可叹我们生在这偏僻地方，好比坐井观天，百事不晓，几时才能够到上海去逛一趟，见见世面，才不负此一生呢？"兄弟三个自此以后，更比以前留心看报，凡见报上有外洋新到的器具，无论合用不合用，一概拿出钱来，托人给他买回，堆在屋里。①

贾氏兄弟的向往上海，是乡村中国向往新兴文明的一种隐喻，也表现在新旧交替之时，一般略有学识的读书人对乡村闭塞生活的不满，对新奇事物强烈的求知心理。在晚清，满足他们现代文明想象的只有上海："我们天天住在乡间，犹如坐井观天一样，外边的事情，一些儿不能知道。幸亏从了这位姚老夫子，教导我们看看新书，看看新闻纸，已经增长不少的见识。但是一件，耳闻不如目见，耳闻是假，目见始真，如今好容易有了这个机会，有姚老夫子带着通到上海，可以大大的见

---

① 李伯元：《文明小史》，《中国古典小说文库》，昆仑出版社 2001 年版，第 97 页。

个世面。"① 贾氏三兄弟有了到上海去的机会，但受到老太太的阻挠，虽然如此，他们还是想尽一切办法去了上海，正是因为上海文明所具有的吸引力。

（二）对西方现代思想观念的效仿

对西方现代性的向往，不仅表现在民众对西洋器具的惊羡，还表现在对现代思想意识层面的效仿。西方现代思想，诸如自由、平等、人道主义等，在晚清时的上海也渐渐传播开来。在租界，西方法治制度的公正性也日渐得到中国人的认可。《海上繁华梦》后集写到乌氏寻女，有人劝她去捕房报知。因为若报官府"一怕迁延时日，二怕事机不密，得信逃脱。最妙先赴捕房报知，立派探捕捉拿，方可万无一失。……况且西人办事公正，一来不要使费，二来不肯耽延，三来不受嘱托，你可大胆报去，包你一告便准"。② 不报官而去报巡捕，某种程度上表明了民众在内心底更倾向于西方法治制度的公正性。在租界中，对人身平等也有法律上的保护。《歇浦潮》中有虐待女仆被告发而以伤害罪被监禁的描写。在《二十年目睹之怪现状》中，写道一个乡下人放牛，牛走到上海静安寺一带一外国人家里去，践踏了草皮地上种的花。外国人叫了巡捕，连人带牛交给他。因为是得罪了外国人，衙门的官便重责乡下人："给了一面大枷，把乡下人枷上，判在静安寺路一带游行示众；一个月期满，还要重责三百板释放。"③ 游街时巡捕"要拍外国人马屁，把他押到那外国人住宅门口站着，意思是要等那外国人看见，好喜欢他的意思"。结果外国人看见之后亲自去衙门要求立即放人，并劝乡下人去告那个

---

① 李伯元：《文明小史》，《中国古典小说文库》，昆仑出版社 2001 年版，第 99 页。

② 海上漱石生：《海上繁华梦》（二），上海古籍出版社 1992 年版，第 1102 页。

③ 吴趼人：《二十年目睹之怪现状》，《中国近代文学大系·小说集3》，上海书店出版社 1994 年版，第 499 页。

官。"若照我们西例，他办冤枉了你，可以去上控的；并且你是个清白良民，他把那办地痞流氓的刑法来办你，便是损了你的名誉，还可以叫他赔钱呢。"① 这里且不说中国官吏崇洋媚外的奴才心态，不能否认，西式法治正在慢慢习染人心，改变着中国社会不尊重下层民众，随意处置人的陋习。在平等观念渗入过程中，西方人起了一定的积极作用。以西方的政治体制为标尺看视中国政府，便可见其不公正所在。《上海游骖录》中所说的："各国的人民都是受官府保护的，只有我们中国百姓是官府的肥肉，他要割就割，要吃就吃。"② 也表明中国的民众有了"人民"意识。

在西方现代性的文化范式中，"自由"、"平等"是最为典型地体现西方文化之现代品格的观念。但"自由"、"平等"等现代性话语最初传入中国之时，一般的中国民众并不能理解"自由"、"平等"的真正涵义，所以这些现代性话语往往被进行偷梁换柱式的改变。晚清的小说家们，也意识到这一问题，如《新石头记》中，把自由也分"文明"、"野蛮"两种，借文明境中老少年的话说："这里头分别得很呢！大抵越是文明自由，越是秩序整饬；越是野蛮自由，越是破坏秩序。界乎文野之间的人，以为一经得了自由，便如登天堂。不知真正能自由的国民，必要人人能有了自治的能力，能守社会上的规则，能明法律上的界线，才可以说得自由。那野蛮自由，动不动说家庭革命，首先把伦常捐弃个干净，更把先贤先哲的遗训，叱为野蛮。这等人，我们敝境人是绝不敢瞻仰的。"③《新中国未来记》中，也写到应该"爱那平和的自由，爱那秩序的平等"④。

① 吴趼人：《二十年目睹之怪现状》，第 500 页。

② 吴趼人：《上海游骖录》，《吴趼人全集》第三卷，北方文艺出版社 1998 年版，第 490 页。

③ 《吴趼人全集》第六卷，北方文艺出版社 1998 年版，第 182 页。

④ 阿英编：《晚清文学丛钞》小说一卷，中华书局 1982 年版，第 25 页。

晚清的一部分小说，正是以反讽之笔法写出了民众对自由、平等等现代思想的接受。如吴趼人《俏皮话》中，写到一人终日想入非非地梦想发财，有人劝告他休了这种念头，此人怒曰："这是我思想之自由，你如何好干预我？"① 《新石头记》中，因为说"中国人的事情，都是靠不住的"而惹宝玉生气的柏耀廉（不要脸）对薛蟠说："你这位令亲脾气很古怪，我说了我有点外国脾气，他就恼了。其实我自己的脾气，要怎样就怎样，是我的自主之权，他那里好管我呢？"②

反讽性更为强烈的是一些人借西方自由、平等观念行声色犬马之事。《文明小史》第十八回中写穿外国装束自封为新学家的郭之问一边抽鸦片烟，一边为自己找冠冕堂皇的借口说："论理呢，我们这新学家就抽不得这种烟，因为这烟是害人的。起先兄弟也想戒掉，后来想到为人在世，总得有点自由之乐，我的吃烟，就是我的自由权，虽父母亦不能干预的。……凡人一饮一食，只要自己有利益，哪里管得许多顾忌？……你倘若不吃，便是你自己放弃你的自由权，新学家所最不取的。……"③第二十三回"阴翻台正言劝友"，写到黎定辉看到一班同学吃花酒叫局混闹，正言相劝，有人反驳说："英雄儿女，本是化分不开的情肠，文明国何尝没有这样的事？不然那《茶花女》小说为什么做呢？"④ 在《负曝闲谈》中，平等成了忤逆不孝之子掩饰其恶劣行径的遮羞布，小说中写到黄子文与

---

① 吴趼人：《俏皮话》，《吴趼人全集》第七卷，北方文艺出版社 1998 年版，第 370 页。

② 吴趼人：《新石头记》，《吴趼人全集》第六卷，北方文艺出版社 1998 年版，第 56 页。

③ 李伯元：《文明小史》，《中国古典小说文库》，昆仑出版社 2001 年版，第 121 页。

④ 同上书，第 158 页。

其母亲吵架，"睁着眼睛，捏着拳头，说：'我和你是平权，你能压制我么？'"① 更让人哭笑不得的是，黄子文为了摆脱掉来上海找他抚养的母亲，劝她母亲要"自立"，送她去女学堂读书。平权、自由等现代性话语就是这样被移花接木，成为某些行为不端之人冠冕堂皇的借口，其真正内涵也被混淆、扭曲。平等在《歇浦潮》中的毒妇薛氏那里，更是成了骗人的花言巧语："什么贫啊富啊，谁不是父精母血，十月怀胎所生？一出了世便要论贫论富、分尊别贱，我生平最恨不过这些浮文。"② 而实际上薛妇的"身份"、"贵贱"意识比谁都强。这也是借自由等现代观念行骗的典型范例。

有关男女平等的言论，在一些小说中也得到反讽式的表现。如《歇浦潮》中，妓女出身的贾少奶发表她的有关男女平等的评论道："只怪中国第一个创设堂子的朋友，只兴了女堂子，没兴起男堂子，未免太欠公道。男人在寂寞无聊的时候便可到堂子中去遣愁解闷，我辈妇女就使奇愁极恨，也只能闷在家里没个散淡处，若有了男堂子，像我这般少爷出门去了……便可到男堂子里去任意攀一个相好，解解寂寞，消消愁闷。"③ 小说中写到贾少奶和其丈夫斗法，也是以男女平等作为论证依据："他既然要轧姘头气我，我到外间去轧一个姘头气还他。难道世间只有男子汉会轧姘头，妇女便轧不来姘头的吗？……我一向抱着这个主意，男的不轧姘头也罢，他要轧姘头，我也轧一个姘头抵制他，看谁的神通广大。"④ 贾少奶的女友，也是妓女出身的媚月阁也发与之类似的理论："如今我已作了良家妇女，而且我家老爷又是极

---

① 蓬园：《负曝闲谈》，上海文化出版社 1957 年版，第 78 页。
② 海上说梦人：《歇浦潮》（上），上海古籍出版社 1991 年版，第 9 页。
③ 海上说梦人：《歇浦潮》（中），上海古籍出版社 1991 年版，第 447 页。
④ 同上书，第 444 页。

有场面的人，虽然他自己不十分规矩，无如中国从古以来只有男子可干坏事，女人却干不得坏事。男人做了坏事，便算寻花问柳风流韵事；女人若做了坏事，却变作逾闲荡检，败坏家声。这就叫只许州官放火，不许百姓点灯。"① "平等"、"自由"的意涵被歪曲至此，正是表明了人们在初经现代性话语时"为我所用"的行为抉择及追赶时髦的心态。

我们且不管以上诸人之论的内容如何，有一个不可否认的事实是，西方思想观念，确已深入人心，而且成为民众行为处事的依据，几乎到了无论什么事情都以西方观念作为评判、衡量之标准的地步。

对西方现代性的艳羡，发展到极端，便是形成了一种崇洋的风气。

首先，是以穿洋装、拥有洋货为时髦。《滑稽谈·洋装》中说到一中国人，看到外国狗的装束，回去后也效仿，因为，"只要扮了洋装，就是时髦"。② 《新中国未来记》中，第五回写黄克强、李去病赴张园盛会，所见到的与会者的不西不洋、土洋结合的衣着："有把辫子剪去，却穿着长衫马褂的；有浑身西装，却把辫子垂下来的……还有好些年轻女人，身上都是上海家常的淡素妆束，脚下却个个都登著一对洋式皮鞋，眼上还个个挂著一幅金丝眼镜，额前的短发，约有两寸来长，几乎盖到眉毛。"③ 这种场面，使在地球上差不多走了一大圈的黄、李二人都目为是"光怪陆离"气象。当时富家男女，都以着洋装为摩登时髦。不仅是洋装，洋货、洋娱乐……凡是与洋沾边的事情都被视为是一

---

① 海上说梦人：《歇浦潮》（中），上海古籍出版社1991年版，第449页。

② 吴趼人：《滑稽谈·洋装》，《吴趼人全集》第七卷，北方文艺出版社1998年版，第416页。

③ 阿英编：《晚清文学丛钞》小说一卷，中华书局1982年版，第70页。

种高贵身份的象征因而备受推崇。如《申报》中的文章写到上海富家子弟对洋货的追逐：

> 一衣服也，绸缎绫罗非不华美，而偏欲以重价购洋绸。一饮馔也，山珍海错非不鲜肥，而必欲以番菜为适口。围棋、象戏亦足消闲，而独以打弹（指西式台球、保龄球——引者注）为娱乐。水烟、旱烟素所呼吸，而独以昔加为新奇。甚且衣袜、眼镜、手巾、胰脂，大凡来自外洋者，无不以为珍贵。①

崇洋不仅表现在衣饰用度上穿洋衣、用洋货，而且是在心态上对洋人的崇拜。吴趼人在其杂记《是亦有祖师耶》中写道："欧风东渐以来，崇拜西人者，不一而足。"② 在《问官奇话·新笑史》中，吴趼人记录了这样的一个故事：上海租界会审事，审问窃西人之物者："中国人许多东西你不偷，你去偷外国人的东西，你的胆子还了得么！"③ 在《发财秘诀》中，在上海作买办的魏又园更是厚颜无耻，"所以我家叔时常教我：'情愿饥死了，也不要就中国人的事。'这句话真是一点也不错。依我看起来，还是情愿做外国人的狗，还不愿做中国的人呢！"④《新石头记》中宝玉的朋友伯会也说，"其实这崇拜外国的人，上海遍地都是。这个还好，还有许多仗着外国的势力，欺压自己中国人的呢！"⑤

---

① 《中国宜造洋货议》，1892 年 1 月 18 日《申报》。
② 《吴趼人全集》第七卷，北方文艺出版社 1998 年版，第 425 页。
③ 同上书，第 325 页。
④ 吴趼人：《发财秘诀》，《吴趼人全集》第三卷，北方文艺出版社 1998 年版，第 43 页。
⑤ 吴趼人：《新石头记》，《吴趼人全集》第六卷，北方文艺出版社 1998 年版，第 62 页。

这种崇洋的心态，一方面反映出民众对西洋发达的现代国家的追随心态，另一深层的原因还是归因于传统中国人的奴性心理。中国传统的儒家文化等级森严，整个封建社会网络构成了一个金字塔形的权力结构，所谓"君君，臣臣，父父，子子"。在这个权力结构中至高无上的是皇帝，然后一级一级排下来，中国的家庭制也按照等级排列下来，每一个人都处在等级链条的中间环节，对下是主子，对上是奴才，所以养成了媚上骄下的奴性，这种奴性有其普遍性，其根源于对权力的崇拜。在晚清的上海，虽然事实上是造成了晚清政府、地方政府和租界三种势力并存的现象，但当时最高的权力阶层还是西方列强。所以这种崇洋心态，归根到底还是一种对权力的崇拜。

第二节　对现代民族国家的向往与构建
——晚清政治小说中的上海书写

晚清政治小说，开始以一种西方现代性的知识谱系构架为标准参照来考察有关国家、社会、教育制度和市民日常生活。对发展的内在焦虑，表现在对民族国家的渴望上。而无论是救亡图强所引发的国民性焦虑，还是在对民族国家的建构蓝图中，上海都起了极其重要的作用。

一　"民族国家"建构与上海

一个显而易见的问题是，中国现代民族主义思想的发生是西方殖民入侵的结果。晚清时期有关"民族国家的建构"、"社会变革"这些政治主题的兴盛，基于西方列强入侵的社会现实。政治小说中对民族国家的建构是晚清知识分子"强国梦"的一种表征。我们说，民族国家的建构是一种现代思想。中国古代并没有现代政治学意义上的、以民族国家为认同对象的民族主义（政治民族主义），而只有文化意义上的"民族主义"，即以华夏文化为认同对象的所谓"华夷之辨"。"民族国家"意识的出现首先根源于中国传统"天朝大国"的古典性体验模式的破灭。

殷海光在《中国文化的展望》中说，中国古代是一种"天朝型模的世界观"，有两个特点：即自我中心，不以平等看待外国。[①] 传统中国人在宇宙观上一直是中国中心幻觉，所谓"普天之下，莫非王土，率土之滨，莫非王臣"，这种中国中心感觉使得中国人一直有文化上的高度自信感和优越感，从来没有平等地把自己和周围的国家一视同仁。1840 年的鸦片战争，使中国两千年来固有的"天朝大国"的心态被打破，代表中国传统秩序的"天下"观念与朝贡体制在西方列强船坚炮利的打击下，也逐渐解体。民族生存危机和传统文化信仰危机加重，中国的出路何在？命运何在？这一直是那个时代的知识分子思考的问题。他们最终发现，传统"中优外劣"观念的愚昧。中国要在世界上争得一席之地，必须建立"民族国家"主权。中国由此开始了想象、建构"民族国家"的历程。梁启超说："故今日欲救中国，无他术焉，亦先建设一民族主义之国家而已。"[②]

所以，民族国家主体的生成有赖于"他者"的存在。丸山真男指出："在一定的历史发展阶段上，民族以一些外部刺激为契机，通过对以前所依存的环境或多或少自觉的转换，把自己提高为政治上的民族。通常促使这种转换的外部刺激，就是外国势力，也就是所谓外患。"[③] 章太炎也指出："今之建国，由他国之

① 殷海光：《中国文化的展望》，上海三联书店 2003 年版，第 3—5 页。
② 梁启超：《论民族竞争之大势》，《饮冰室文集》之十，中华书局 1996 年版，第 35 页。
③ 丸山真男：《日本政治思想史研究》，王中江译，三联书店 2000 年版，第 270 页。

外铄我也。"① 而梁启超在《新中国未来记》中也借孔觉民的话说："我们今日得拥这般的国势，享这般的光荣，有三件事是必须致谢的。第一件是外国侵凌，压迫已甚，唤起人民的爱国心。"② 可见，中国的民族国家，"既非伴随国家资本主义与资产阶级的成长而出现，也不是本土现代性的产物，更无关乎以现代性为基础的民族殖民扩张，而是反殖民、反扩张的产物，是对西方冲击的一种回应"。③

"民族国家"的建构是当时被移植的西方现代性的重要构成。它是以西方"他者"为范本展开的对于"民族国家"的想象。这一构建过程包含着知识分子对当下境遇的沉重反省与批判，也包含着他们强烈的济世救国愿望。

在上海，因其华洋杂居，租界强加给国人的不公平更能激发知识分子的民族意识。在吴趼人的小说《新石头记》里，就写到宝玉正是在上海的游历，有感于民族经济、政治、军事上的被侵凌，才滋生有关国富民强的乌托邦国家的梦想。小说开头写现代文明给处身在封建社会时代中人物的震惊。贾宝玉处身于簪缨显赫之家，见识过封建时代的各种珍稀奇玩，然而面对西方传入的各种器物，宝玉还是震惊异常。诸如海轮、舢板、救命圈、转舵机器，以及电气灯、西餐，和黄头发、黄胡子、绿眼珠子的外国人，还有八音琴、留声机器、钟表，等等。小说中不单是描写这种震惊，更主要的是写到宝玉看到这些物品的反映：

> 宝玉道："你说起洋货，我又要发烦了。我今天看了那些东西，不知怎的就忧愁气恼一齐都看到心上来了。"薛蟠道：

① 章太炎：《国家论》，《章太炎全集》第 4 卷，上海人民出版社 1985 年版。
② 阿英编：《晚清文学丛钞》小说一卷，中华书局 1982 年版，第 5 页。
③ 陶东风：《社会转型与当代知识分子》，上海三联书店 2001 年版，第 27 页。

"这个为甚第?"宝玉道:"我在街上走了一趟,看见十家铺子当中,倒有九家卖洋货的。我们中国生意,竟是没有了。"薛蟠诧异道:"奇了,奇了!怎么你也谈起生意经来了。"宝玉道:"我不是忽然要谈这个。我想外国人尽着拿东西来卖给中国人,一年一年的,不把中国的钱都换到外国去了么?"薛蟠道:"我说你又呆性发作了。此时万国通商,怎么讲得这种话呢!"宝玉道:"通商互市,古来就有的,不是此刻才有。但是通商一层,是以我所有,易我所无,才叫做交易。请问,有了这许多洋货铺子,可有甚么土货铺子做外国人买卖的么?"薛蟠怔了一怔道:"这倒没有。"宝玉拍手道:"是不是呢,你想可怕不可怕?"薛蟠忽然拍案道:"有了,咱们中国的丝、茶两宗,行销到外国去的不少呢!"宝玉道:"只怕他们没有这样东西,这就是以有易无的道理了。但虽然是交易而退,也应该运些有用的来。比如刚才所见的甚么八音琴唎,留声机器唎,那都是毫无用处的东西,不过是一顽意罢了。他拿了来,还要卖大价钱……"薛蟠道:"你不知道,此刻这东西销流大得很呢。看见了不喜欢的只有你一个。"宝玉想了想道:"既如此,咱们为甚不学着自己做。"①

正如薛蟠所言,见到洋货"看见了不喜欢的只有你一个",旧小说中写到中国人大都以艳羡的姿态看外国器具,很少有像宝玉那样,看到洋货,想到的是西方对中国进行的经济上的侵略,和中国经济的将来。宝玉看到的是市面上大多是洋货在出售,想到的是进口产品没有相应对等的中国产品出口,这种不平等的交易导致的是中国银两的流失。再者,即使进行贸易,也应该进口

① 吴趼人:《新石头记》,《吴趼人全集》第六卷,北方文艺出版社 1998 年版,第 43 页。

一些有用的产品来，这样方才对国家有利。这种对西洋器具的看视脱离了单纯的感性艳羡，而是以理性的眼光站在民族国家经济发展的角度来看，身受西方经济侵略而引发的忧虑心态昭然若揭。对这种不公平的交易，宝玉是种审慎的态度。他这样劝告作洋货的中国商人："你只知做了洋货赚钱，须知外国人赚的钱比你还多，你不过代他转运罢了。虽然办土货，也是代人家转运，然而所转运的，还是自己家里的货。咱们何苦代外国人做奴才呢？"① 从中可见，宝玉所思所想皆是着眼于国家利益。

宝玉在反观西洋器具在中国的流行时，还提出要"自己学着做"，这是最基本的发展民族工商业的思想，这种思想，在洋人入侵后，即有人意识到，比如 1882 年的《申报》上曾有这样的言论："海外洋布之贩入内地者，华人莫不争购之，西人获利而去，财源即流入外洋，今若在中国织成，则中国之财仍留于中国。"② 这表明对于洋货的流入，人们并不是一味艳羡的心态，有一些知识分子已经意识到洋货对中国民族的潜在威胁，并由此产生了一种焦虑心态。

《新石头记》中，还写到宝玉强烈的爱国精神，对崇洋媚外之言行大加挞伐。他看到轮船公司只雇用外国人当驾驶。说："我总不懂，为甚必要外国人驶船，难道中国人不会么？"伯惠告诉他用了中国人，保险行不肯保险。柏耀廉趁机说："中国人的事情，都是靠不住的。""我虽是中国人，却有点外国脾气。"宝玉大怒道："外国人的屎也是香的？只可惜我们没福气，不曾做了外国狗，吃他不着。"③ 对柏耀廉的这种行为，

---

① 吴趼人：《新石头记》，《吴趼人全集》第六卷，北方文艺出版社 1998 年版，第 58 页。

② 《论机器织布事》，1882 年 7 月 3 日《申报》。

③ 吴趼人：《新石头记》，《吴趼人全集》第六卷，北方文艺出版社 1998 年版，第 56 页。

宝玉深恶痛绝：

> 至于姓柏的这个人，简直的不是人类，怎么一个屁放了
> 出来，便一网打尽说中国人都靠不住？我问他可也是靠不住
> 的？他倒说他是外国脾气。这种人，不知生的是甚么心肝！
> 照他这等说来，我们古圣人以文、行、忠、信立教的，这
> '行'字、'忠'字、'信'字，都是没有的了。……照他这
> 样说来，凡无信行的都是外国脾气，幸而中国人依他说的都
> 靠不住，万一都学的靠得住了，岂不把一个中国都变成外国
> 么？总而言之，他懂了点外国的语言文字，便甚么都是外国
> 的好，巴不得把外国人认作了老子娘。我昨儿晚上，看了一
> 晚上的书，知道外国人最重的是爱国。只怕那爱国的外国
> 人，还不要这种不肖的子孙呢。①

很明显，这种民族意识和爱国精神，也是由于作家由上海的
社会现实所引发的焦虑而形成的。

二　上海：作为建构与想象民族国家的蓝本

在对中国"民族国家"形象的想象过程中，上海起了重要的
先锋作用。首先，它提供了想象赖以产生的物质基础——媒体。
尼狄克特·安德森在《想象的共同体——民族主义的起源与散
布》中指出，一个新的民族国家在兴起之前，有一个想象的过
程，这一过程依靠两种重要的媒体，一是小说，一是报纸。有了
抽象的想象，才有民族国家的基础。上海开埠后，随着经济的发
展，商业文化环境的形成，报刊得以飞速发展。民国初年，曾有

---

① 吴趼人：《新石头记》，《吴趼人全集》第六卷，北方文艺出版社 1998 年版，
第 58、59 页。

人这样总结道："全国报纸以上海为最先发达，故即在今日，亦以上海报纸最为声光。"①"凡事非经上海报纸登载者，不得作为征实，此上海报纸足以自负者也。"② 晚清以降，至五四时期，上海媒体的发展一直居于全国首位。仅以近代文学期刊统计，据资料，在整个近代文学史上，全国以文学期刊和以文学为主的期刊共有 90 种，其中上海出版的有 75 种，占总数的 83.3％。③

上海不仅是作为全国舆论中心而存在，更重要的是，上海有移植了西方现代"民族国家"范式的租界。在租界，西方列强最早移植了代表西方先进文明的资本主义的管理体制、组织制度、生产技术，以及各种西式的生活方式和价值观念。而这种现代"民族国家"的制度模式和价值观念又由租界向整个上海地区辐射，使上海成为最具有西方现代城市政治经济管理模式和现代思想意识的城市。

所以，被西式管理模式和价值观念重新塑造的上海，是知识分子进行"民族国家"构想的最感性的现实基础来源。近代中国的知识分子对"民族国家"的构想和上海有密不可分的联系。像梁启超、严复、王韬等人都有在上海生活的经历。有一些人就是因为体验到上海的现代西方文化而开始"民族国家"的构想的。我们说，晚清知识分子对"民族国家"的想象与建构，最初是迫于民族文化危机不得不然的举动，对熏染在"天朝大国"梦中的传统士大夫而言，要真正承认并接受西方文明的优越是要经历一个过程的。而上海，是展示西方文明的最好的窗口。晚清知识分子在上海亲身感受到西方器具的先进和便利，领悟到西方观念利

① 姚公鹤：《上海闲话》，上海古籍出版社 1989 年版，第 128 页。
② 同上。
③ 资料统计见陈伯海、袁进《近代上海文学史》，上海人民出版社 1993 年版，第 66 页。

国利民符合人性的一面，从而更加积极地参与到先进的现代"民族国家"的建构中。典型的代表人物是王韬。^① 在当时，上海作为一切先进文明事物的象征而存在，并使知识分子寄予极大的希望。1904 年，蔡元培等人主编的《警钟日报》发表题为《新上海》的社论，就把上海视为是中国文明的希望：

> 黑暗世界中，有光艳夺目之世界焉。新世界安在？在扬子江下游，逼近东海。海上潮流，紧从艮隅拥入坤维，左拥宝山，右锁川沙，近环黄浦，远枕太湖，遵海而南，广州胜地，顺流而下，三岛比邻，占东亚海线万五千里之中心，为中国本郡十八行省之首市。此地何？曰上海。美哉上海，何幸而得此形势！^②

此文中认为，在其时黑暗之中国，有一新世界，而这就是上海！从中，可以体味出作者对上海所寄予的由衷希望。而在 1911 年，资产阶级革命党人创办的《民立报》上有一篇文章，更是把上海视为是新中国的未来，是创建中国的民族国家的"模型"：

> 时人谓上海、北京为新旧两大鸿炉，入其中者莫不被其熔化，斯诚精确之语。北京勿论矣，请言上海。
>
> 自甲午后，有志之士咸集于上海一隅，披肝沥胆，慷慨激昂，一有举动，辄影响于全国，而政府亦为之震惊。故一切新事业亦莫不起点于上海，推行于内地。斯时之上海，为

---

① 由乡村到上海的王韬，对西方文化的看法就经历了一个由否定和蔑视而转向肯定和艳羡的过程。具体参见王一川《中国现代性体验的发生》，北京师范大学出版社 2001 年版，第四章。

② 《新上海》，《警钟日报》1904 年 6 月 26 日。

全国之所企望，直负有新中国模型之资格。①

　　在晚清的政治小说中，也大都视上海为现代思想文化的发生、孕育地。李欧梵考察李沃尧的《文明小史》说，一位英国学者将这部小说的题目译为 Modern Times，"而这个'现代'当指中国晚清心目中的现代，不是我们所谓现代。那时的现代是指'新政'、'新学'、'维新'等"。②《文明小史》的视野非常广阔，所涉及的地方从湖北、广东到直隶、上海，全书的重心放在上海，"因为上海是当时现代文化最眼花缭乱的所在"。③ 所以举凡"新政"、"新学"、"维新"等现代的东西，都离不开上海。不仅《文明小史》的重心是在上海，"审视当时晚清的通俗小说，只要牵涉到维新和现代的问题，几乎每部小说的背景中都有上海"。④梁启超《新中国未来记》中，写到"冠绝全球"时的未来中国，举行维新 50 年大祝典之日，在上海开设大博览会，即展示各种学问、宗教思想文化的联合大会，"各国专门名家，大博士来集者，不下数千人。各国大学学生来集者，不下数万人"。⑤ 可以看出，作者心中定位的上海即是全国文化思想交流的中心。

　　上海正是因此，成为中国民族国家形象与西方现代文明想象的联结点，成为知识分子进行"民族国家"想象的一个具体可感、可触可摸的最好范本。晚清政治小说中涉及"民族国家"想象的未来强大中国的图景大都是以上海为底本。像陆士谔《新中

---

① 田光：《上海之今昔感》，《民立报》1911 年 2 月 12 日。

② 李欧梵：《晚清文化、文学与现代性》，《李欧梵自选集》，上海教育出版社 2002 年版，第 278 页。

③ 同上。

④ 同上。

⑤ 梁启超：《新中国未来记》，参见阿英编《晚清文学丛钞》小说一卷，中华书局 1982 年版，第 3 页。

国》所设想的理想"民族国家",正是在上海。小说写的是对立宪40年后之中国的幻想。新中国的形象首先是,中国人赢得了国家主权:马路中站岗的英捕、印捕皆已不见,外国人亦十分谦和,"并不似从前掉头不顾,一味的横冲直撞了"。昔日不许中国人越雷池一步的跑马厅,已变成人人可进的新上海舞台。其次是城市形态的改观,市政建设方面,下雨有雨街可走,电车都改在地道中行驶,飞驰不绝,大铁路横跨黄浦江上,浦东已兴旺得与上海差不多了。在城市政治管理体制方面,裁判所已极完备,裁判官、律师皆为中国人,所判均极公平。教育方面,小说考察的是南洋公学,学校共设二十六个专科,二万六千多学生,欧、美、日本都有留学生。学生毕业以后,每年有二千名应聘出洋当教员,汉文汉语都成了世界的公文公语。工厂里机器有鬼斧神工之妙,产品胜欧货甚远。而海军的军力也已居全球第一。总之,陆士谔所设想的"民族国家"是一个摆脱了屈辱的,独立自强的新中国。可以看出,他对新中国的设想以上海为蓝本,基于上海的社会现实之上的。

旅生的《痴人说梦记》也是一部具有乌托邦幻想色彩的小说。小说中的正面人物贾希仙、宁孙谋、魏淡然在民族危机之时积极构想着种种变革现实的方案,并实施变革现实的行动。他们把实施救国抱负的目的地定在上海,决心到上海去求学,甚至自己开个学堂,以此成就几个志士。结尾中写梦见未来上海的情景,那时不再有外国人、外国警察、建筑物上的外国标志,或是外国债务,而是有许多中国人建筑的铁路和学校。小说名字是"痴人说梦记",构筑的是与超越现实境况的小说家所设想的独立自强的民族国家。痴人说梦之喻也暗含着小说家对现实的不满——尤其是被殖民化的上海的不满。

在对民族国家的建构中,上海的先锋作用还因为它是近代中国公共领域的中心。而近代中国的公共领域,"其在发生形态上基本与市民社会无涉，而主要与民族国家的建构、社会变革这些政治主题相关"。①

我们知道，20世纪的历史上，上海作为一个大商埠，一直是作为商业消费中心而不是作为政治中心而存在的，但在近代上海，正是因为它的非政治中心，才使上海这座城市成为近代中国公共领域的中心。

许纪霖在《近代中国城市的公共领域——以上海为例》一文中，曾说到，公共领域的出现，有两个很重要的条件："一是从私人领域中发展出公共交往的空间，伴随书籍、杂志、报纸的日常生活化，出现有教养的阅读公众，这些公众以新闻记者为中介、以交流为核心，逐渐形成开放的、批判的公共领域。二是公共领域讨论的虽然是公共政治问题，但本身是非政治化的，是在政治权力之外建构的公共讨论空间，相对于权力系统来说拥有独立性。"②

近代中国公共领域的出现，是在甲午海战后，民族危机日益严重之势，士大夫济世之心雄起，开始关注政治，关心国家命运。于是报纸、学堂、学会纷纷涌现，形成了公共交往和公共舆论的基本空间。上海因为其自身所处的得天独厚的条件——报业和书馆的发达，以及邮政、电报、戏院、影院、公共聚会场所等现代设施的发达，特别是它的非政治中心地位，以及从全国各处涌来的知识分子，使这座城市成为全国公共领域的中心。

晚清上海公共空间的开拓和私人花园的开放有直接关联。自1880年到辛亥革命前后，上海先后有一批私人花园免费或略收

---

① 许纪霖：《近代中国城市的公共领域——以上海为例》，高瑞泉、[日]山口久和主编：《中国的现代性与城市知识分子》，上海古籍出版社2004年版，第82页。
② 同上书，第61页。

费用对社会公众开放，比较著名的有张园、徐园、愚园、西园等。尤其是张园。据熊月之的研究，1990 年以后，集会、演说成为张园一大特色。例如，1901 年 3 月 15 日，汪康年等二百余人在张园集会，反对清政府与沙俄签订卖国条约。这是第一次反对帝国主义的集会。3 月 24 日，吴趼人等近千人集会拒俄，黄宗仰、汪康年、薛锦琴等十余人演说，有数十名外国人旁听。此后，张园演说成为上海人生活中习以为常的事，每遇大事，诸如边疆危机、学界风潮、地方自治、庆祝大典，不用说，张园准有集会。据《申报》、《中外日报》、《时报》及《近代上海大事记》等资料统计，从 1897 年 12 月，到 1913 年 4 月，张园举行的较大的集会有 39 起。从发起人与参加人看，有学界，有商界，有政府官员，有民间人士，不分男女老少，不分士农工商，有时还有些外国人。从思想、主张看，不分革命、改良，不问激进、保守。张园集会演说的重要特点，是公开性、开放性与参入性。租用会场，只需事先联系一下，照单付款便可，园主并不过问什么政治态度，也不需要什么部门批准。①

由此，私园的开放进一步开拓了公共论域的空间。像《新中国未来记》、《石头记》等小说中，都写到了张园聚会的情形。

知识分子的济世雄心是公共领域得以形成的必要条件。因为公共领域指的是"有判断能力的公众所从事的批判性活动"②，参与公共论域的人必须是素养高的"有判断能力"的有识者。在上海，公共领域主要参与对象是知识分子及受教育水平较高的士大夫。这些人不是以官员的身份和姿态而是以市民、国民的身份

---

① 参见熊月之《晚清上海私园开放与公共空间的拓展》，《学术月刊》1998 年第 8 期。

② 许纪霖：《近代中国城市的公共领域——以上海为例》，高瑞泉、[日] 山口久和主编：《中国的现代性与城市知识分子》，上海古籍出版社 2004 年版，第 74 页。

参与政治言论。所以他们的言论有一定的自由度。再者，他们对政治的参与完全是一种社会责任感的体现，而少个人私利的目的。参入方式主要是借助报刊发表政论文章，有一些人也借小说来表达他们对时事的看法，比如梁启超。

梁启超最早提出小说救国的理论，是因为他看到："在昔欧洲各国变革之始，其魁儒硕学，仁人志士，往往以其身之经历，及胸中所怀之议论，一寄之于小说。"① 1902 年，梁启超在日本横滨创办《新小说》杂志，并发表他著名的《论小说与群治之关系》一文，强调小说之于救国的重要性：

> 欲新一国之民，不可不先新一国之小说。故欲新道德，必新小说；欲新宗教，必新小说；欲新政治，必新小说；欲新风俗，必新小说；欲新学艺，必新小说；乃至欲新人心，欲新人格，必新小说。何以故？小说有不可思议之力支配人道故。②

这使得小说也成为参与公共论域的一种手段，加入到民族国家的建构之中，用以"新民"、"新道德"、"新政治"、"新风俗"……总而言之，是借助于小说建立一个万象俱新的强大的民族国家。可以看出，近代政治小说的风行，包括谴责小说对政治的评议，和近代上海所构筑的公共领域有着密不可分的联系。晚清小说，处于众声喧哗的境地，各式各样的小说充斥文坛，这些小说中的大部分，和上海有关联，有的是在上海出版发行的，大部分是描述上海社会众生相的，即便是不是以上海为故事发生背

---

① 梁启超：《译印政治小说序》，《梁启超全集》，北京出版社 1999 年版，第 172 页。

② 梁启超：《论小说与群治之关系》，北京出版社 1999 年版，第 884 页。

景的小说，也提到或涉及上海。

　　当然，对于民族国家的建构，光靠想象是远远不够的，民族国家的言论得以实施，还必须有进行组织、建构的条件。而上海，是当时唯一具有这种建构条件的城市。近代上海由于其租界的特殊地位，政治环境的宽松自由，一直是各种政治力量、政党、政派、政团进行政治活动的大舞台。据史料记载，戊戌维新时期，维新派在上海建立了强学会、农学会、不缠足会、蒙学会等 17 个组织。戊戌以后，这类组织在上海层出不穷，自立会、中国教育会、光复会、同盟会等，政治色彩日趋强烈，组织日趋严密。尤其是近代中国第一个比较正规意义上的资产阶级政党同盟会，不但在上海设有支部，有秘密联络机构，而且领导长江流域反清起义的指挥机关——同盟会中部总会也设在上海。在从1912 年到 1949 年的 30 多年中，上海一直是中国各种政治力量竞争的重要地方。对中国现代政治影响最大的两大政党，中国国民党和中国共产党，都是在上海创立的，都曾经把活动中心放在上海。可以说，凡是在中国现代史上影响较大的政党、政派，几乎无一与上海无关，而且很多党派中央机关就设在上海。①

　　上海有着近代党派活动所必需的各种条件。从物质基础来说，有发达的通讯网络、便于进行鼓动宣传的媒体报业，及公共活动聚会场所。更为重要的，是上海在国际、国内政治漩涡中举足轻重的地位和它特殊的政治格局。针对上海特殊的政治格局，曾有论者作过如下分析：其一，就国际地位而言，上海是联结中国与世界的结合部，中国人可以在这里观测到整个世界风云的变化，外国人从这里可以看到中国内部的变动。在上海发生的事，往往不但具有全国性，有时还会具有国际性。其二，就国内而

---

　　① 史料参见张仲礼主编《近代上海城市研究》，上海人民出版社 1990 年版，第674 页。

言，上海长期存在一个中国政权不能直接管辖的租界，上海地方行政又长期处于三家二方的分割状态，彼此难以控制，这种格局，使上海出现有利于政治活动的缝隙。其三，租界长期实行的政治制度、奉行的政治观念，与中国本身的政治制度、政治观念有很大的落差，这为人们从事政治斗争提供了良好的条件。其四，上海市民文化素质较高，工人阶级、资产阶级、知识分子等，人数既多，比较集中，人口异质度高，来自全国各地，与各地有天然的联系。这种情况，使得各种党派政团既可以在这里找到自己的依靠力量，又可以通过上海，带动全国。①

与近代中国的其他城市相比，上海有利于从事政治活动的最重要的条件还是租界的存在。租界在人身安全上给政治家们提供了庇护，文人敢于抨击时政，也是由于租界宽松的政治环境。外国的一位研究者曾经说："近代中国报纸的历史是与外人的治外法权的特权之享受有密切之关系。"② 胡适也有类似的说法，他认为，"租界的保障"这种"倘来的言论自由"，是晚清人士敢于"明白地攻击官的种种荒谬、淫秽，贪赃，昏庸的事迹"③ 的主要原因之一。比如著名的"苏报案"，正是因为在租界，章太炎等人才得以肆无忌惮地攻击清政府，并在被捕后不被处决。20世纪前半期，租界确实是保护了一批革命者。晚清小说中常有写维新志士或革命派利用租界进行为清朝所不容许的政治活动的内容，如《负曝闲谈》第十三回就写到中国政府对维新志士的镇压，维新志士正是利用租界的治外法权办报纸开集会与之对抗：

---

① 史料参见张仲礼主编《近代上海城市研究》，上海人民出版社 1990 年版，第674 页。

② A. M. Kotenev：shanghai, Its Municipality and The Chinese. 第72 页，转引自陈平原《二十世纪中国小说史》第一卷，北京大学出版社 1997 年版，第 233 页。

③ 胡适：《〈官场现形记〉序》，《胡适古籍文学研究论集》，上海古籍出版社1988 年版，第 1234 页。

这些在新空气里涵养过来的人，如何肯受这般恶气？有的著书立说，指斥政府，唾骂官场。又靠着上海租界外人保护之权，无论什么人，奈何他们不得，因此他们的胆量渐渐的大了，气焰渐渐的高了。又在一个花园里，设了一个演说坛，每逢礼拜，总要到那演说坛里去演说。[1]

对于租界的这种特殊作用，鲁迅也曾有多次在杂文中提及。比如在《中国人的生命圈》中，写道："现在，一批一批的古物，都集中到上海来了，可见最安全的地方，到底也还是上海的租界上。"[2] 在《天上地下》一文，写到蒋军轰炸苏区和日军轰炸北平郊县的事，又说："住在租界的人是有福的……"[3]

租界的存在，以其特殊的法律地位在政治上给了各种党派以保护，在思想言论上也给予了知识分子以充分的自由，小说家也可以借小说畅所欲言。这使得上海这个看似与政治无关的现代都市，其实一直是政治家们活动的舞台，与政治有千丝万缕的联系。晚清的政治小说中，凡是涉及民族国家之建构的，都与上海有不可分割的联系。有一些是反映维新运动的，有一些作品是直接宣传政体改良的。这些小说中，人物的活动地主要是在北京和上海。尤其是上海，作为现代文明的萌芽地，更是吸引着寻求变革的人。如晚清的维新运动，起于北京，行于湖南，但还是在上海发挥了其巨大的作用。据史料记载，从 1895 年到 1898 年，维新派在全国创办了将近四十种报刊，其中有二十七种在上海编辑发行，而以《时务报》最放光芒。当时全国有七十八个讲求维新

---

① 蓬园：《负曝闲谈》，上海文化出版社 1957 年版，第 61 页。
② 《鲁迅全集》第 5 卷，人民文学出版社 1958 年版，第 79 页。
③ 同上书，第 110 页。

的学会，上海占了十七个，而上海的强学会所起的作用最大。讲求维新的新式学校也是在上海最多，作用也最显著。[①]

三　现代性眼光看视下的上海革命者

但一个值得注意的现象是，晚清的政治小说在写到上海的革命运动时，展示的往往是一种负面的景象。以维新为例，晚清的许多小说中写到维新这一政治变革的新事物，到了上海却成为所谓维新派谋取利益的手段。他们打着维新的名号，实际却只为敛取钱财，搞政治投机。《官场维新记》中，写道："说是要维新，不过借他个升官发财的捷径，千万不可认真的。"（第二回）《未来世界》中写到"中国有一位很盼望君主立宪的人"，来到风气最开的上海，不料所见的一般维新人物却是叫局狎妓，纵酒打牌，不觉大失所望。《上海游骖录》也写到乡下书生辜望延到上海寻找革命党，发现自视甚高的革命党，人格却极其低下，钱，是这班所谓革命党所追寻的目标，只要有了钱，什么宗旨、信念、良心、道德都可以出卖。蘧园《负曝闲谈》中第十二回提到上海一班混充志士之流人物的行为时写道：

> 原来那时候上海地方，几几乎做了维新党的巢穴：有本钱有本事的办报，没本钱有本事的译书，没本钱没本事的，全靠带着维新党的幌子，到处煽骗。弄得几文的，便高头驷马，闹得发昏。弄不了几文的，便筚路褴褛，穷的淌屎。他们自己跟自己起了一个名目，叫做"运动员"。有人说过：一个上海，一个北京，是两座大炉，无论什么人都进去了，

---

① 参见张仲礼主编《近代上海城市研究》，上海人民出版社 1990 年版，第971—972 页。

都得化成一堆。①

《九尾龟》中第七回，通过"以新党自居"的方幼恽之口说：

> 你道现在上海的新党、日本的留学生，一个个都是有志
> 之士么？这是认得大错了！他们那班人开口"奴隶"，闭口
> "革命"，实在他的本意是求为奴隶而不可得，又没有夤缘钻
> 刺的本钱，所以就把这一班奴隶当作不共戴天的仇人一般，
> 今日骂，明日骂，指望要骂得他回心转意，去招致他们新党
> 入幕当差，慢慢的得法起来，借此好脱去这一层穷骨。……
> 这班新党中人，却又是一得到优差优馆，便把从前革命、自
> 由的宗旨，强种流血的心肠，一齐丢入东洋大海。一个个仍
> 旧改成奴隶性质，天天去奴颜婢膝起来。②

检视大部分晚清小说，可以发现，这些小说在涉及维新运
动及革命者时，往往是贬多于褒，小说中所描述的维新人物大
都是道德败坏、只为敛取钱财、视维新为作官途径的势利小
人。而根据历史记载，我们知道上海有为维新运动流血的人。
而在维新运动失败后，1900 年，上海就有两次轰动全国的举
动，一次是反对"己亥立储"大请愿，另一次是中国国会的召
开。两次活动的主体，都是维新人士，其实质，都是要求革
新，反对倒退。③

以上海光复为例，研究上海史的专家唐振常说，上海光复，

---

① 蓬园：《负曝闲谈》，上海文化出版社 1957 年版，第 55 页。
② （清）漱六山房：《九尾龟》，荆楚书社 1989 年版，第 54—55 页。
③ 参见张仲礼主编《近代上海城市研究》，上海人民出版社 1990 年版，第 978
页。

最大的功劳应归于一批加盟革命的上海绅商。① 我们所知道的康有为、张謇、黄遵宪、章太炎等，都是知识分子中改革图变、以求国家富强的活动于上海的有识之士。

晚清小说中也没有具有国家民族气节的正面人物，而历史所记载的具有民族正义感、为民族国家建构出谋划策的人很多。举一例，据史料记载，1905年在全国范围内因反对中美《华工禁约》而兴起抵制美货运动，当时的领导者是上海商务总会会长曾铸。当外界风传有人要暗杀他时，他坚强不屈，发表《留天下同胞书》，书中说："死于美人，死于业美货者，皆仆正当死法，虽死犹生。""愿曾少卿（曾铸字少卿）死后，千万曾少卿相继而起，挽回国势，争成人格，外人不敢轻视我，残贼我，牛马我，有与列强并峙大地之一日。"②

就当时上海的文化氛围来看，据历史学家的考察，上海在开埠以后的二三十年，就已逐渐形成一个具备一定近代文化知识的知识分子群，特别是在维新变法失败后，各地新型知识分子如容闳、张元济、蔡元培等纷纷汇聚上海，20世纪在中国教育、新闻、出版、学术、艺术等方面有所造诣的知识分子，很多在20世纪初都在上海活动过。③

这里要追问的是，为什么晚清小说对上海的书写忽视了民众

---

① 具体的论述参见唐振常《市民意识与上海社会》，见《近代上海探索录》，第99页。

② 《时报》1905年8月1日。

③ 具体内容参见张仲礼主编《近代上海城市研究》，文中指出，仅以1903年为例，这年在上海从事各种文化活动和政治活动，后来又较著名的知识分子有：蔡元培、章太炎、邹容、章士钊、吴稚晖、张继、于右任、马相伯、黄宗仰、蒋智由、叶瀚、王季同、蒋维乔、陈范、徐敬吾、林懿均、谢健、叶澜、连梦青、马君武、龙泽厚、汪康年、张元济、夏瑞芳、马叙伦、鲍咸昌、高梦旦、冯镜如、汪德渊、林白水、邓石、刘师培、吴趼人、李伯元、曾朴、刘鹗、罗振玉、陈独秀、苏曼殊、高旭、高燮、陈去病、柳亚子……上海人民出版社1990年版，第1026页。

强悍、正义、为国为民为家的一面，而竭力渲染其萎缩、残忍、见利忘义之处，为什么？

这其间主要原因，是晚清社会的腐败引起民众的痛恨。特别是在庚子事变之后，无论是市民、职员，还是文人士大夫，对政治的不满情绪与日俱增。正像鲁迅所说的"群乃知政府不足与图治，顿有掊击之意矣"①。加之外国殖民势力的侵入，民众所受到的欺辱，使得对清政治的痛恨之心更加强烈。因为这个原因，小说家们无形中也扩大了社会的黑暗面。在上海，处于新旧文化的冲突中，西式观念的引入，使一部分传统中国人视为异端，是世风日下的表征，这批持有传统思想观念的人以对外国势力不满的借口，也可以尽力夸大上海的丑恶面。

更主要的是，晚清以降以严复为代表的知识分子在输入西方思想文化、阐释近代西方思想的特质的时候，"中国"总是一个负面的形象和价值，是要改造并被拯救的对象。他们对中国的观视，是以西方的现代性价值话语为内涵标准而得出的结论。像刘鹗眼中的"破船危船"、面临灭顶之灾的老大帝国，梁启超笔下需要救治的中国，都是以西方现代性立场目光观看中国。以西方现代性政治制度和民族国家观念来看视中国的政治结构和国家状况，以西方具有国家意识和民族人格意识的国民来比照懵懂无知的中国人，可想而知，所看视的中国社会及中国国民必定是昏聩落后，丑陋不堪的。两种话语交汇在一起，同时看视上海社会，必定是极尽丑化之能事。

对社会现实的丑化也和进化论思想的影响有密切关系，我们知道，严复译《天演论》的时代，正是晚清社会危机四伏、国势衰微的时代，严复译介此书的目的，不仅仅是介绍科学知

---

① 鲁迅：《中国小说史略·清末之谴责小说》，东方出版社1996年版，第231页。

识，更主要的是对"自强保种之事"有所助益。①《天演论》所表达的竞进不屈、自立自强的思想，正契合知识分子改造国民性的主题。晚清小说揭露国民劣根性的叙事方式正是隐含着这样一种现代性的观看眼光，即在中国，单纯地引进政体方面的现代性是不行的，因为中国并没有具备民族国家思想意识的民众。即使是一些讲维新的知识分子，也并不真正是为国为家着想，他们所注重的只是自己的私利。所以要想使中国走向现代民族国家的路途，必要的是要改造国民性，树立真正具有现代思想意识的人。

　　另外，晚清有一些政治小说是借写维新反对社会革命的，因为反对革命，所以也便对革命党极尽丑化之能事。有一点需要强调的是，这些政治小说大多是从爱国的角度出发来反对革命的。对于身居上海的人，因为对外国列强的欺辱感同身受，所以反对针对政府的革命。比如《上海游骖录》反映的是身居上海的人对于维新革命左右摇摆的心态。小说中揭露了官府的黑暗腐败，如辜望延的老仆所说的："现在不是讲道理的世界，那督抚大吏，倘使他讲了道理，他的功名就不保了。是个讲道理的人，他也不等做到督抚，便参革了。并且认真是讲道理的人，就给他一个督抚，他也断不肯做。你若要对大人先生讲道理，还不如去对豺狼虎豹讲呢！"②但小说同时又借若愚的口反对革命，理由是：其一，时势不对，在外国列强觊觎中国的时候，针对政府的革命怕会"鹬蚌相持，渔翁得利"。其二，就革命者的人格来讲，皆是不堪入目之流，也难担当革命重任。所以要改进中国，"德育普

---

　　① 严复：《译〈天演论〉自序》，见《严复学术文化随笔》，中国青年出版社1999年版，第165页。

　　② 吴趼人：《上海游骖录》，见《吴趼人全集》第三卷，北方文艺出版社1998年版，第441页。

及，是改良社会第一要义。""人人有了道德心，则社会不改自良。"可见，小说所透露出的反对革命的心态也是基于深切的爱国心和良好的民族发展的渴望。

晚清时期无论是通俗小说还是政治小说，其上海书写的主要特点，是对都市罪恶的暴露性书写。在这种都市罪恶中，性和利己主义首当其冲是作家书写的主要目标。审视晚清时期的上海，我们可以发现经受西方现代文化冲击处于发展期的上海城市的无规划性，在思想价值观念方面极其混沌。这表明晚清时代的上海还没有步入现代化的社会。费孝通在《乡土中国》中说："人类发现社会也可以计划，是一个重大发现，也就是说人类已走出乡土性的社会了。"因为在乡土社会里人们随"欲望"做事，但现代社会是理性的时代，理性使人"依了已知道的手段和目的关系去计划他的行为"。①

可以看出，就"现代社会是理性的时代"这一点讲，晚清的上海社会还是处在乡土社会阶段，处身于其中的人们完全是从自身私欲出发，随自身欲望做事，全然没有社会公德概念。一个理性的发展健全的现代民族国家还没有建立起来。

不过，晚清的上海社会和传统封建时代的乡土社会还是有其不同，尤为重要的一点，乡土社会中的私是"各人自扫门前雪"，还有一套乡村规范来维持社会道德。传统社会还有维持着它的礼治秩序，这种礼治秩序千年如一日地守护着几乎处于静态状态中的宗法制农村，成为人们约定俗成的、近于渗入骨髓中了的一套规范。正像费孝通所说的："在乡村，所谓礼治就是对传统规则的服膺。生活各方面，人和人的关系，都有着一定的规则。行为

---

① 费孝通：《乡土中国·生育制度》，北京大学出版社 1998 年版，第 79、85页。

者对于这些规则从小就熟习，不问理由而认为是当然的。长期的教育已把外在的规则化成了内在的习惯。维持礼俗的力量不在身外的权力，而是在身内的良心。所以这种秩序注重修身，注重克己。理想的礼治是每个人都自动地守规矩，不必有外在的监督。"①

而晚清时代的上海，维持社会道德的乡村中国所具有的规范已被打破，传统的礼治秩序已经崩坏，健全的社会法制还没有建立起来，民众的信仰、观念都处于崩溃边缘，从西方传进的各式各样的现代思想被生吞活剥，并没有转化成为民众赖以支撑的价值理念。就是作家面对上海也存在一种价值迷茫状态，他们在书写中虽然竭力声称自己写小说是以劝惩为目的，但小说重心所在还是在展现晚清时期上海这个魔幻都市各种神奇怪异的事，作家所津津乐道的还是对上海作为奇谭的展示。夏济安曾对以《上海春秋》为代表的这类小说作过评价，说"这种书的缺点是：作者对道德没有什么新的认识，只是暗中在摇头叹息'人心不古'；他们对于经济、社会变迁，也没有什么认识，只是觉得在'变'，他们不知道，也不 Care to Know 为什么有这个变。他们自命揭穿'黑幕'，其实注意的只是表面。他们的长处是对于 Mores 大感兴趣，当时人的服装、生活情形、物价等纪录得很详细，可是也很正确……"② 这反映出在西方现代化进入中国之际上海民众懵懂的随波逐流的心态。

晚清的政治小说，反映出民众在面临外国入侵时的焦虑及审慎的心态，表露出晚清时期部分知识分子强烈的济世雄心和建立强大的民族国家的渴望，但因为时代所限，政治小说中也大多是

---

① 费孝通：《乡土中国·生育制度》，北京大学出版社1998年版，第49页。

② 《夏济安对中国俗文学的看法》，见夏志清《爱情·社会·小说》，台湾纯文学出版社1970年初版。

社会恶的展示，并有虚幻的乌托邦想象的成分。

随着西方观念的日渐深入人心，交流日趋频繁，外出留学人员的增多，视野的开阔，由西方传入的现代思想理念也日渐完善，且经由中国民众的选择，逐渐成形，到现代历史时期，达到了它的辉煌阶段。

第 二 章

作为隐喻的上海:自由和激情的展望空间
——现代历史时期的上海书写(1919—1949)

自晚清以降,上海经过几十年人口膨胀和物质扩张之后,到了20世纪二三十年代物质文明极其发达,成为一个可与巴黎相媲美的现代化大都市,号称"东方巴黎"。同时它又是中国重要的商埠,是"繁忙的国际大都会——世界第五大城市"①,是亚洲及远东最重要的都市。

这个历史时期的上海,经过晚清和民国初时期现代性工程的构建和积累,已发展成一个现代色彩浓厚的大都市,这种现代的主旋律和主音色,表现在上海的声光化电上——工厂里机器的嘈杂,轮船的尖叫,电车的喧嚣,闪烁的霓虹灯;也表现在鳞次栉比的摩天大楼、百货商店、巨型广告牌上;还有报纸、电报、电话、电影等大众媒介,以及银行、证券公司、夜总会等商业、娱乐场所上。

具体到人们的日常生活,现代性的主旋律和主音色主要表现在现代人的生存方式、价值观念、精神面貌上。我们说,现代性不仅是一场社会文化的转变,环境、制度、艺术的基本概念的转

---

① 李欧梵:《上海摩登——一种新都市文化在中国》,北京大学出版社2001年版,第4页。而在1931年,中华书局出版的《上海的将来》一书,所有的作者在提到这种排位的时候,都说此时的上海是世界上第六大都市。

变，不仅是所有知识事务的转变，而且是人本身的转变，是人的身体、欲望、心灵和精神的内在构造本身的转变，用舍勒的话来说，"不仅是人的实际生存的转变，更是人的生存标尺的转变"。[①] 现代现象中的根本事件是：传统的人的理念被根本动摇，一种"超民族的现代人理念、精神气质和生存样式"[②] 的现代人类型开始出现。

　　而什么是现代人类型呢？舍勒说，现代人的类型只能通过体验结构来描绘。而根据马歇尔·伯曼的解释，在现代性发展的不同时期，现代人的体验结构都不一样。在早先人们刚刚体验现代生活的 16 世纪初至 18 世纪末，对现代生活的体验是一种困惑和恐惧，"焦虑和骚动，心理的眩晕和昏乱，各种经验可能性的扩展及道德界限与个人约束的破坏，自我放大和自我混乱，大街上及灵魂中的幻象等等"。[③] 所以这个时期的现代人要不断改变自己的原则和调整自己的精神，处于未定型的状态。而在 19 世纪，是"一切坚固的东西都烟消云散了，一切神圣的东西都被亵渎了"的时代，是尼采所称的"上帝的死亡"和"虚无主义的来临"的时代，"现代人类发现自己处于一种价值的巨大缺失和空虚的境地，然而同时又发现自己处于极其丰富的各种可能性中"。[④] 这个时期的现代人理念是如西美尔所说的是一场"'系统的冲动造反'，是人身上一切晦暗的、欲求的本能反抗精神诸神的革命，感性的冲动脱离了精神的整体情愫"[⑤]。而在 20 世纪，现代人生活在如韦伯所说的"铁笼"中，成了"没有灵魂、没有

---

　　① 参见刘小枫《现代性社会理论绪论》，上海三联书店 1998 年版，第 19 页。

　　② 同上书，第 20 页。

　　③ 马歇尔·伯曼：《一切坚固的东西都烟消云散了》，商务印书馆 2003 年版，第 19 页。

　　④ 同上书，第 23 页。

　　⑤ 参见刘小枫《现代性社会理论绪论》，上海三联书店 1998 年版，第 23 页。

心肝、没有性别或个人身份——几乎可以说没有存在——的存在物"①；成了马尔库塞所说的"单面人"——"大众既没有自我，也没有本我，他们的灵魂没有了内在的紧张或活力：他们的观念、他们的需要、甚至他们的梦想，都'不是他们自己的'；他们的内在生活受到了'彻底的管理'，除了按设计去产生社会系统能够予以满足的欲望之外别无它想。"②

我们说，在20世纪的中国，西方积累几百年的现代性理念在同一时间被摆在同一平台上，所以现代人的体验也不会完全遵循西方现代人体验的类型模式。那么，在现代历史时期的现代都市上海，塑造的是哪一种类型的现代人？换言之，自晚清以降开始启动的以西方现代思想理念为架构而搭建的现代性工程，在20—40年代的上海成就了什么样的情形？上海这座都市所选择的现代思想理念是什么样子的？

如果套用马歇尔·伯曼的现代性体验阶段理论，20—40年代的上海现代性发展大致相类似于西方19世纪时期的现代性状况。自晚清以来，中国民众对西方现代性经过了一种惶惑、艳羡体验后，从"五四"新文化运动时起，西方现代性理念渐入人心，人们开始运用这些现代性理念来构筑新的宇宙观、价值观、人生观。大致说来，这个时期都市上海中的现代人是处于舍勒所说的"本能冲动造反逻各斯"的时代，是颠覆旧的传统的价值体系，建立新的价值体系和观念形态的时代。

在这个历史时期的上海，作为现代价值观之轴心的个性自由被推崇备至，并在一些作家作品中得到淋漓尽致的表现。与自由相俱而来的是一种激情的生命冲动与人生体验，都市上海由此成

---

① 马歇尔·伯曼：《一切坚固的东西都烟消云散了》，商务印书馆2003年版，第32页。

② 同上书，第34页。

为展望自由和激情的空间。

作为隐喻而存在的上海主要表现在科技（声光化电）之上海、颓废之上海，色情之上海，革命之上海四个方面。需要指出的是，上海的现代色彩在20、30年代表现得更为浓厚，进入战乱的40年代，受战争的影响，以及日伪对言论的控制，都市上海不再有此前政治、文化环境上的宽松和自由，上海书写的"自由"精神也有所收敛。40年代上海的现代都市色彩另有其呈现形式，这主要表现在以张爱玲为代表的作家对市民日常生活的关注与书写。但因与本章"自由"、"激情"的主旨有所差距，故不在本文的论述范围之内。

第一节　现代感觉与都市

一　上海：现代都市的形成

上海从开埠以来就长期处在多种文化的冲撞与互渗中，由此形成了上海开放的风气。这是上海现代都市形成的重要条件。陈思和在分析上海发展的原因时曾这样说："五口通商，上海并非是走在最前面的城市，但其他四城，居民的基本成分和文化的基本构成都没有太大的变化；广州虽也是得风气之先的城市，但因排外意识强烈，外省籍移民始终以客家人身份居住，不能与本土居民融为一体，更遑论西方文明；而唯独上海人天性开放，对新奇事物也无反感，外来者往往反客为主。"① 现代文学史上与上海相抗衡的城市只有北京，而作为明清帝都的北京，在历史上是作为政治权力中心而非经济商会而兴起的大都市。所以在外在的城市形态、城市风貌上，北京还是秩序井然的传统皇城的形象，葆有封建宗法乡土社会的结构形态及价值规范。郁达夫就曾形容

---

① 陈思和：《犬耕集》，上海远东出版社1996年版，第58页。

北京是"具城市之外形而又富有乡村的景象的田园都市",① 当代学者赵园在她的专著《北京：城与人》中，也把乡土和北京联系在一起，认为北京凝聚的还是传统文化情结，是属于中国传统知识分子"共同文化经验、共同文化感情的世界",② 它"把'乡土中国'与'现代中国'充分地感性化、肉身化了"。③ 现代文学史上的北京，也曾是新思潮发源的中心，像北京大学之类的高等院校，也荟萃了学贯中西的一批优秀学人。所以北京不可避免地有它的"现代中国"气息。但笼罩北京这座古老城市的氛围，根深蒂固的还是传统的中国文化，所以相对于经受过欧风美雨浸润的上海来说，它的"乡土"特色更为浓厚。

与作为政治权力结构中心的北京不同，现代历史上的上海一直没有大一统的政治权力结构，西方列强、中央政府、地方官员之间相抗衡，谁也无法主宰上海，形成了上海体制外的自由空间，使上海得以脱离政治权威的干预获得自由发展其商业及文化的广阔空间。这也是上海得以发展成为现代化都市的重要条件。

上海作为现代都市最重要的特色是它的资产阶级化的商业经营模式。这种商业经营模式不同于中国的传统商业的以家庭为单位的店铺与家庭资本、家族管理的行号。在现代北京作家的笔下，对商业活动场景的描写仍然是传统的"老字号"，以及游走于胡同街头的坐贩行商。这些商业活动经营模式还是属于乡土中国。"老字号"的经营模式遵循的是传统宗法社会的伦理规范，它和现代以商品交换为中心的资本主义商业经营模式还是有本质的区别。瞿秋白曾说到，"中国式的资产阶级，所谓商人"，不同

---

① 郁达夫：《住所的话》，载 1935 年 7 月 1 日《文学》第 5 卷第 1 期。
② 赵园：《北京：城与人》，北京大学出版社 2002 年版，第 5 页。
③ 同上书，第 6 页。

于"现代式的上海工厂和公司的老板",他们是"小商界"。① 而这里的最大不同,恐怕还是经营模式的不同。传统的商业交易依赖的,是习沿已久的规矩,是以诚信为本的人情信托而非现代社会中的商业契约和赤裸裸的利益原则。正如费孝通所说的:"……乡土社会的信用并不是对契约的重视,而是发生于对一种行为的规矩熟悉到不假思索时的可靠性。"② 北京作家笔下所书写的商业活动有传统儒家思想里"重义轻利"的诗化色彩,这还是一种古老的农业文明的商业文化模式。

上海开埠后,外国商人纷纷而至,他们或开洋行,或办商店,促进了上海的贸易发展。一时间,上海"店铺林立"、"商贾云集"。上海的商业经营模式是一种资本的经营模式,它打破了传统商业以诚信、道义为首位的庄重古朴的商业活动规范,以赤裸裸的谋利为目的,货币成为至高无上的权威,社会阶层及人与人之间关系的划分也不再依赖传统城市权力等级的硬性规定,人们由此摆脱了由权力所划定的人身依附状态。社会关系和个人命运完全由商品交换法则所规定。个人本身的价值也以对货币的占有量而决定,个人的社会地位和角色也以其所占有的货币量而定。传统社会关系中人与人的关系变成了人与物的关系。迥异于传统的资产阶级型的道德规范、思想意识由此便滋生蔓长。新的生命体验也在这种物化的人际关系中产生。可以说,正是以货币经济为标志的都市生活把个人从传统秩序与亲情关系的固定模式中抽离出来,造成了现代自由个体的漂浮性生存,形成了不同于传统的现代体验和感觉。

雷蒙德·威廉斯指出,现代都市的产生同资本主义的不均衡

---

① 瞿秋白:《乱弹·谈谈〈三人行〉》(1932年3月),《瞿秋白文集》第1卷,人民文学出版社1985年版,第450页。

② 费孝通:《乡土中国》,三联书店1998年版,第10页。

发展，同帝国主义、殖民主义有不可分割的联系。因为后者通过"财富和权力的磁性集中"，而为"各种亚文化向帝国的首都汇聚"奠定了基础。由于这一庞大系统的社会关系极其复杂，所以它产生出非同一般、富于创造性的思想和艺术，为"多样性和政治异议"创造了条件。由此可知，现代大都市的产生是同商品、市场，同庞大的资本具有神魔般的运作有密切关联的。这种运作产生新的人际关系形式、欲望和新的意识形态。从而给传统观念中的人带来心灵上的"震惊"体验，由此也滋生了新的现代主义的思想文化与艺术。

开埠后的上海，正是借助于国内及国外帝国主义殖民势力的资本，在短时期内营造成一个现代化的大都市，产生出不同于传统的新的社会阶层及人际关系形态，也产生与传统体验相异的书写现代都市感觉的文学。商品经济的极其发达，消费娱乐的畸形繁荣，——五光十色的商店橱窗，灯红酒绿的舞厅、夜总会，深不可测的摩天大楼，以及异彩纷呈的西洋景，声光化电中的嘈杂与喧嚣，还有肉的气息，灵的堕落……凡此种种，构建了一个现代的都市消费文化环境。

马·布雷德伯里所指出的现代主义文学"从许多方面来看都是城市的艺术"，是因为城市一方面有"新思想、新艺术的热烈氛围"，"不仅吸引了本国年轻的作家和一些未来的作家，也吸引了外国的艺术家、文学旅行者和流亡者"。① 另一方面，城市里有从事文学所必需的条件：出版商、赞助者、图书馆、博物馆、书店、剧院和刊物。城市里更有产生现代感觉的都市氛围，有"压力，新奇事物，辩论，闲暇，金钱，人事的迅速变化"，② 等

---

① 马·布雷德伯里：《现代主义的城市》，马·布雷德伯里、詹·麦克法兰编《现代主义》，上海外语教育出版社 1992 年版，第 76 页。

② 同上书，第 76 页。

等。不过，现代主义作为城市特有的艺术的最本质的一点是因为"现代艺术家们和他们的同胞一样，热衷于现代城市的精神，即现代技术社会的精神"。① 马·布雷德伯里的意思无非是说，归根到底，现代主义的艺术是城市现代物质文明发展到一定程度的结果。"现代城市拥有大部分社会功能和通讯系统，大部分人口和极为发达的技术、商业、工业和智力。"② 而作为城市环境的这一切，是滋生现代主义艺术的肥沃土壤。张若谷说：

> 大都会里供给你娱乐的地方异常的复杂，美术馆，音乐会，展览会，电影剧场，跳舞场，这许多娱乐的地方，他可以使你尝到不尽的趣味，得到无限的灵感。你若是坐在咖啡馆里，定可遇着那十七八岁的处女，在红灯绿酒之下，细细的对你追述她已往的 Romance。你若住在大旅馆里或是到公园中去闲步，一定可以遇到各种色彩不同的人相，感到一种 Exotic 的情调……③

以"新感觉派"为代表的现代主义的文学也就产生在这样的都市环境中。吴福辉说："三十年代在上海都市读者群中风靡一时的新感觉派……它的出现是与这个城市的现代消费文化的成型密切相关的。如果没有上海租界内南京路、霞飞路林立的百货商场、饭店、酒吧、电影院、跳舞厅，没有活动其间的白领阶层，也就没有了新感觉派的表现对象和消费

---

① 马·布雷德伯里：《现代主义的城市》，马·布雷德伯里、詹·麦克法兰编《现代主义》，上海外语教育出版社1992年版，第77页。

② 同上。

③ 张若谷：《都市的诱惑》，海派小品集丛《异国情调》，汉语大词典出版社1996年版，第5页。

对象。"①

　　吴福辉在这里还指出了以"新感觉派"为代表的现代主义文学产生的另一重要条件是要有"活动其间的白领阶层",也即是在都市中进行消费和感受的那一批人。实际上,对现代都市的感受不仅仅局限在"白领阶层",都市中大批衣食无着的流浪者漂泊者也是重要的感受群体。雷蒙德·威廉斯认为,现代都市体验是同出现在大城市里的"陌生的人群"分不开的,因为这一现象在历史上曾造成巨大的新奇感和震惊。作为移民城市的上海,正是大批的"陌生的人群"聚集的地方。上海和北京不同,北京作为皇都的历史悠久,世代官绅之家居住的历史也漫长,其间盘根错节固定不变的人际关系使北京人生活空间比较固定,加之北京不像上海有那么多的工厂、茶楼,容纳不了农村来的劳动力。所以流动人口不多。而上海自开埠后就是移民城市。英法美先后在上海划定了租借地后,外国商民和官员便开始到租界居住,成为这个城市的第一批移民。其后由于太平天国起义,大量流民为避战乱入住上海。随着上海商埠地位的日渐重要,吸引了各地的商贾贩夫流入上海,再加上商业繁盛对劳动力的需求,各地贫苦农民也到上海寻找谋生机会,所以上海人口激增。除了常住人口外,上海还有几十万外来经商、游玩或从事其他事务的流动人口。这一切,使上海成为一个陌生的人群聚集的社会。这些陌生的人群在生活上和传统农业社会里人的生活有很大不同,尤其是在人际关系上,他们没有了传统农业社会里血亲伦理固定的人际交往,而是带有极大的随机性。人与人之间完全是物质利益的交往,这也形成了都市社会里物化冷漠的人际关系,使上海都市变为"陌生的人群"聚集的场所。

---

　　① 吴福辉:《五光十色的上海文坛》,《中华文学通史·现代文学》第七卷,华艺出版社 1997 年版,第 75 页。

都市广阔的现代空间也吸引了一批游手好闲者——文人、艺术家，他们不仅以其敏锐的眼光打量、观察这个都市，而且直接参加文化艺术活动的建构。尤其是一大批留学欧美的文人，如邵洵美、李金发等现代派作家，他们自觉地以西方现代主义的理念来表达自己的情感，更是给都市上海涂抹上了浓厚的现代派色彩。

在都市这些陌生的人群中，最主要的那一批人是城市的书写者——一批游手好闲者——文人、艺术家，他们"在拥挤不堪的人流中漫步，'张望'决定了他们的整个思维方式和意识形态"。① 在其时的上海活动的文人及艺术家，不仅以他们的敏锐的眼光打量、观察这个都市，而且直接参加文化艺术活动的建构。在现代都市中求生活的他们，作为文人，其传统身份的改变也决定了他们对都市的体验方式、体验内容的改变。

二　都市中文人的社会身份的改变

在中国传统的社会结构中，文人一直是和"士大夫"联系在一起的概念。"学而优则仕"，读书人的唯一出路只能是"仕途"，只有被纳为"仕"阶层，文人才有真正的社会地位，才能实现自身的价值。几千年来，学子们寒窗苦读，只为有朝一日金榜题名。一旦进入仕途，便食禄供奉，富贵荣华。读书、仕途之间是泾渭分明、差之千里的界线，一线之隔，或者飞黄腾达，或者穷困潦倒，读书人终其一生的生存目标，就是为了跨越这条界线。除此之外没有其他的出路。传统社会对读书人这种单一的身份界定决定了文人们不可避免的人身依附地位，文人只有依附于统治阶层，才能有其身份地位，才能实现生存的意义与价值。反之一

---

① 本雅明：《发达资本主义时代的抒情诗人》，张旭东、魏文生译，三联书店1989年版，第5页。

生都居于社会的边缘位置。李书磊在《都市的迁徙》对这种现象作了详细的考察，并指出："古代中国是一个只有政府没有社会，政府即社会的畸形结构，几乎人们所向往的所有美好事物、荣耀、财富、高雅和个人发展都为政府所掌握，一切希望成功的文人都必须把自己纳入政府的体制和层垒之中。中国文人没有条件获得他们所希求的人生资料和人生满足，因而必须向政府出卖自己的知识、能力乃至感情和人格。"①

这种文人的依附地位决定了他们写作只能为"经世纬国"，只能为国家立言，而他们作为"仕"这一生命个体也只能为君主而活。摆脱了这种臣—君的人身依附关系，文人的满腹经纶空无一用。

千百年来文人一直奔波在读书—仕途的道路上，心甘情愿被奴役，其根本的原因，在于传统文化对中国"士"阶层社会职能的圣化。

在传统儒家那里，"士"是为"修身齐家治国平天下"而存活的，"士"存在的个体使命就是辅佐君王施行德政。所以"士"的道德人格知识修养至关重要。儒家竭力宣扬一种君子人格，那种"参天立地"的人格精神，"与天地合其德，与日月合其明，与四时合其序，与鬼神合其吉凶"《易·乾文言》，"历史社会和自然宇宙的秩序都内在于君子人格中"，②国家便由此唾手而治。儒家赋予了"士"阶层以一种神圣的社会责任感，"士不可以不弘毅，任重而道远。仁以为己任，不亦重乎，死而后已，不亦远乎"（《论语·泰伯》）。

传统儒家对"士"的这种圣化，赋予了他们一种济世为民的英雄气概。兼善天下，是他们义不容辞的责任和义务，这种责任

---

① 李书磊：《都市的迁徙》，时代文艺出版社 1993 年版，第 33 页。

② 刘小枫：《拯救与逍遥》上海三联书店，2001 年版，第 87 页。

意识，从他们开始读圣贤书的时候就开始渗入他们思想中了。"先天下之忧而忧，后天下之乐而乐"，士大夫们自视为济世救民的英雄，这种为忧国忧民的思想意志使他们心甘情愿成为国家的附属品。

随着城市的发展，市民阶层的兴起，文人唯一的从政道路有所改变，著名的如元朝杂剧家关汉卿，一生与功名无缘，倾心研讨杂剧，为读书人的生存提供了一种可能。而晚清时代废除科举、兴办学堂彻底破坏了读书人传统的人生道路。在科举制废除的过程中，现代城市起了一个重要的现实保障作用。换言之，科举制的废除之所以成为可能是因为新兴的现代城市的兴起。有关两者之间的关系有人打过很形象的比喻："科举制及其所联系的封建官场犹如一个羊圈，多少年来中国文人有如驯良的羊群一样在这里接受封建皇帝的豢养；当要拆除这个羊圈的时候，必须另外找到一个新的栖息地。这个新的栖息地就是城市。"①

新型的现代都市的兴起完全打破了传统古典城市的社会关系结构。在上海，西方社会城市管理体制的移植，由此而生各种新兴职业，打破了传统宗法家族制社会给予人们特定身份的设定。更给知识分子的谋生手段提供了无限的空间。

晚清以降，文人的仕途道路既然被阻隔，他们只有到城市来寻找出路。文人由此流入现代都市，成为新兴都市的自由职业者。现代传媒体制的建立，报馆、杂志的兴盛发展，给了他们成为自由职业者的机会。中国传统文人社会身份的改变借助于现代都市迈出了重要的一步。

文人传统的社会身份的改变，使文人的人格结构、心态体验也发生了重要的变化。这种变化主要体现在两个方面：

其一，主体意识的获取。传统宗法家族制社会对个人的社会

---

① 李书磊：《都市的迁徙》，时代文艺出版社 1993 年版，第 35 页。

角色有严格的限定，三纲五常的伦理规范强化着个体生命的这种社会角色，个人从来就是属于家族、属于国家，而不是属于自己。这种观念已成为中国人深层的文化意识：一个人只有作为社会的人才能发现自身的意义。对于以仕途为目的的文人来说，他们必须依附于政府才能实现自身的价值，这种人身依附关系决定了他们只能属于国家，属于君主。在传统社会里，文人只有获取这种归宿感才能获得一定的社会地位，才会让他们心里安宁。

主体意识的产生和晚清以降的启蒙思潮有密切的关联。随着西方思想的传入，知识分子开始探讨建立有关新型的宇宙秩序问题。作为个体的人在宇宙秩序中的地位也成了他们探讨的主要问题。比较突出的是章太炎，作为他建构的新世界观的一部分，他在哲学上论证了有关"个体"、"自性"、"齐物"、"平等"等观念。对于个体，章太炎认为，个人是绝对自主的存在，作为生命的个体"非为世界而生，非为社会而生，非为国家而生，非互为他人而生。故人之对于世界、社会、国家，与其对于他本人，本无责任"。[1] 个体生命不隶属于任何"关系"范畴。章太炎的个体观念思想，依汪晖的说法，"在他的学生鲁迅那里成为现代道德观和文学观的核心理念"，[2]"而'五四'文学和思想中的个体观念已然成为整个现代思想的有机部分"。[3]

我们说，主体意识的获取根源于晚清时代社会的启蒙思想语境，对文人来说，又有他的现实生活情境为基础。文人进入现代都市社会，自谋职业，按照现代商品社会的交换法则领取报酬，多劳多得，不劳不得，不是靠政府的俸禄而是完全凭自身能力生

① 章太炎：《四惑论》，《章太炎全集》第 4 卷，第 444 页。

② 汪晖：《现代中国思想的兴起》第一部下卷，三联书店 2004 年版，第 1013 页。

③ 同上。

存，这使得他们全然摆脱了封建时代文人在物质生活上对政府的人身依附模式，使他们获取了真正的支配、掌握自己命运的权利。与此同时，也获得了写作上的一种自由心态，文人们不必代谁"立德、立功、立言"，不必视文学为"经国之大业"，也不必遵循"文以载道"的传统写作理念。文人们可以游离于政府体制外，完全抒写自己的真性情，抒发自己的真实思想观感。文人与政府体制人身依附关系的脱离，还使得他们获取了一种人格上的独立，不依恃于任何人而生活的感觉，使他们可以恃才傲物，自由展现自身的个性。同时，也获取了一种对社会现实的批判眼光。

其二，与获得主体意识的同时，是文人济世救民的英雄身份的失落。李书磊在《都市的迁徙》中，提到文人文化身份的改变时说，"现代城市对他们官僚化的集体记忆所带来的英雄身份具有力的腐蚀作用"。[①] 进入都市中的文人，再不可能是兼济天下、辅佐君王施行仁政的君子，他们与普通百姓一样，只不过是一个自食其力的劳动者。不再是处于社会的权力阶层，"居庙堂之高"的统治者，而只是边缘人的角色。传统士大夫的精英意识、济世救民的英雄情怀开始退化。在困顿的生活环境中生活的普通文人，以普通人的生活方式去生活，以普通人的眼光去观察、体验生活，"小说家作为市民把这种普通人的精神投入小说创作，使二十世纪的中国小说获得了一种基本的现代人文精神"。[②] 这是它积极的一方面。另一方面，游荡在都市中的小说家和引车卖浆者一样，只是卖文为生，写作只是作为一种职业而存在。小说的创作出版都遵循着商业规则，小说家为了衣食住行不可避免地陷入媚俗，很难再有人像曹雪芹那样把创作看成是自

---

① 李书磊：《都市的迁徙》，时代文艺出版社 1993 年版，第 44 页。
② 同上书，第 53 页。

己的生命，"披阅十载，增删五次"，往往是"朝脱稿而夕印行"，①"明知疵累百出，亦无暇修饰"。② 这也使得文学作品的艺术质量下降，粗制滥造品泛滥。

在上海，士人的失落心态更为明显。上海是富商大贾集中之地，一切遵循的、运行的是商品经济的运行模式，居于四民之末的商人在上海渐渐成为社会中最有势力和影响力的集团。而出身贫寒的读书人，在上海谋一职位求生存已很困难。据李长莉的研究，在19世纪五六十年代之交，大批读书人涌入上海谋生，已造成了人满为患，谋职困难。那些没有一技之长的读书人，更有流落街头卖字卖文形同乞讨者。③ 士人的这种经济地位，决定了他们必定被边缘化的社会地位，传统社会所认为的"万般皆下品，唯有读书高"的思想观念在这里不堪一击，传统社会里形成的天经地义的对读书人的尊重心理也荡然无存，在私塾里，雇主对待教师的情形是"脩膳薄云秋，防先虑后，呼马呼牛"。④ 传统文人的自我尊重自我期许在这里都幻成虚空。⑤

在这样的都市环境里，宗法社会中所具有的"一切坚固的东西都烟消云散了"，大量新的体验蜂拥而至，现代主义的各种感觉正是在这种都市环境中得到了极致的表现。典型的比如孤独感。弗洛姆在比较传统和现代的差别时，曾指出，相对于近现代文明，中世纪的人没有那么多的个性自由，但那时候人并不孤独。宗法纽带既对人构成限制，也给人提供了维系情感、确定身

---

① 寅半生：《小说闲评·叙》，见《晚清文学丛钞·小说戏曲研究卷》，第467页。

② 同上。

③ 参见李长莉《晚清上海社会的变迁——生活与伦理的近代化》，天津人民出版社2002年8月版，第160—172页。

④ 王韬：《瀛壖杂志》，卷六，第113页。

⑤ 参见本书第一章第27页的论述。

份、实现个人归属的心理母体与社会母体。"一个人与他在社会中充当的角色是一致的。他是一个农民，一个工匠，一个武士，而不是碰巧才有了这样或那样职业的个人。社会的秩序被视为如同一种自然秩序，由于人在这一秩序中的地位是确定的，所以他就有了安全感和相属感。"① 现代生活打破了束缚和禁锢个人的枷锁，个人获取了自由，但与此同时，个人也变得孤独了。"实际情况似乎是，新的自由给他带来了两件事情：力量和孤独同时与日俱增，并由此滋生了忧虑。"② 置身于都市陌生的人群中，文人对自身处境的疏离感、孤独感有倍加痛切的体验，虽置身闹市却犹如置身荒漠的感觉——一种与传统亲情伦理之人际关系不同的典型现代派的感觉每每在作家心中显现。如刘呐鸥的小说就曾有这样痛彻的描述：

> 我觉得这个都市的一切都死掉了。塞满街路上的汽车，轨道上的电车，从我的身边，摩着肩，走过前面去的人们，广告的招牌，玻璃，乱七八糟的店头装饰，都从我的眼界消灭了。我的眼前有的只是一片大沙漠，像太古一样地沉默。③

与孤独感相俱而来的是，现代都市机械的挤压也造成了人的极端异化的感觉。在穆时英的小说中，人是"胃的奴隶，肢体的奴隶"，人"成了 jazz，机械，速度，都市文化，美国味，时代美……的产物的集合体④，"是都市文化排泄的"渣滓"。这也是

---

① 弗洛姆：《逃避自由》，工人出版社 1987 年版，第 62 页。
② 同上书，第 69 页。
③ 刘呐鸥：《游戏》，《刘呐鸥小说全编》，学林出版社 1997 年版，第 1—2 页。
④ 穆时英：《被当作消遣品的男子》，见《南北极》，九洲图书出版社 1995 年版，第 147 页。

现代大都市才会有的感觉。

三 现代城市精神与品格

有论者认为："上海的现代主要不是来自于已成现实的这个物质上的现代化孤岛，而是来自于它尚待成形的、不稳定的、探索性的地位。"① 上海这个城市最大的特点就是它不定型的流动性，它在发展方面不受任何规范的随机性，这也是上海之所以成为上海的原因所在。上海这个现代都市的成形和西方资本主义发达时期的城市比如巴黎、伦敦都不同，后两个城市是资本主义循序渐进发展完善的结果，而上海是各种力量迅速堆积而成的，它汇集了各式各样教育背景、文化程度、意识观念不同的人在一起，移植了西方现代的政治经济法律制度。可想而知，在各式各样思想观念不同的人在对西方现代性生吞活剥的接受过程中，上海的现代性必定是碎片化的、脆弱的、不成熟的，而正是在这种不成熟状态中，上海的现代性显露出它流动不居包容性强的先锋特质，有独具一格的魅力。

整个 20 世纪上海书写的独特之处，正是在于它的这种现代特质。纵观众多对上海的书写者，谁能真正地抓住上海的灵魂，写出多样姿态的上海？我想每一位作家所展示的，只不过是各色人等、鱼龙混杂的上海之一面。但有一点作家们都或多或少地有所触及，那就是上海作为现代大都市的现代特质。这种特质曾给深受传统思想熏染的中国人以巨大的心理上的震惊。这种震惊有时候是致命的，如同小说《子夜》中，沉浸在《太上感应篇》中的吴老太爷面对繁华上海震惊而死一样。但这种现代特质历久弥新，极具吸引力。

---

① 张旭东：《上海的意象》，见《批评的踪迹》，三联书店 2003 年版，第 335页。

我们的视野可以转移到 90 年代的"怀旧"中来。90 年代的怀旧，最先肇始于张爱玲热，接下来一大批的小说、电影加入到怀旧的潮流中来，典型的如素素的《前世今生》、陈丹燕的《上海的风花雪月》等。而在现实的城市形态上，一大批以 30 年代上海为建筑、空间构筑模式的咖啡馆随处可见，如茂名南路上的"1931"、衡山路上的"时光倒流"等。从诸多形形色色的怀旧小说、电影中，我们可以发现，上海所怀的旧，还是极度发达的具有浓厚现代气质的 30 年代，是十里洋场霓虹灯光圈里的上海。但 30 年代上海的文化形态是多元化的，除了摩天大楼、跑马场、歌舞厅……霓虹灯之外，它同时还有左翼热血青年的上海，还有棚户区城市贫民的上海……但为什么 90 年代的怀旧过滤掉了 30 年代上海的其他色彩，而把多元文化的上海突出、简化为十里洋场浮华四溢、单一色彩的上海？

这其中的主要原因，还是因为上海只有在 30 年代，才真正地成为一个现代性的大都市。其时的上海褪去了地方性特色，第一次成了全国的文化中心和国际性的大都市，成为举世闻名的"东方巴黎"。美国学者白鲁恂曾这样描述过其时的上海：

> 在两次世界大战期间，上海乃是整个亚洲最繁荣和国际化的大都会。上海的显赫不仅在于国际金融和贸易；在艺术领域，上海也远居其他一切亚洲城市之上。当时东京被掌握在迷头迷脑的军国主义者手中，马尼拉像个美国乡村俱乐部，巴塔维亚、河内、新加坡和仰光不过是殖民地行政机构中心，只有加尔各答才有一点文化气息，但却远远落后于上海。①

---

① 转引自《时光为何倒流?》，李陀主编：《上海酒吧——空间、消费与想象》，江苏人民出版社 2001 年版，第 63 页。

在中国的 30 年代，由于受世界经济危机的影响和日本侵华战争的威胁，中国大部分农村及其他城市正日渐走向经济颓败，而上海仍然是巴黎时装、欧美大菜、跳舞场、摩登女郎，一片繁华。浮华的一切都像是不切实际的梦。现代主义在此种境况中得到了极具戏剧性的展示空间。90 年代的怀旧，重点突显 30 年代，其深层的文化心理原因首先是对上海曾经有过现今不再的亚洲中心、国际性大都会地位的怀恋。其次，对现代大都市文化氛围所给予人的那种极度的灵魂颓放和思想行为上立特独行的景仰、崇拜和向往，也是怀旧风尚得以盛行之重要缘由。

在 90 年代的一部怀旧作品中，曾经有这样的一段描写：

> 一个新音乐制作人，曾在淮海路街口摇着他那一头长发说："上海的三十年代好啊，那时候，你想要成为什么样的人，想要有什么样的生活方式，就去做。"①

这句话或许最能深入到怀旧的内心深处。人们所向往的正是现代主义的大都市所给予人们的多种发展的可能性，那种深不可测的不确定性，那种流动的可塑性。"想要成为什么样的人，想要有什么样的生活方式，就去做……"不仅是社会制度方面的宽松，更主要的是一种现代文化环境方面的宽容。封建社会等级森严，在三纲五常的制约下，每个人都始终如一地固守着自己的社会角色。新中国成立后中国社会的单位制也限制了人员的流动性。在单位的制约下，人的生存方式也始终如一，"成为什么样人"的可发展余地也受到很大限制。可以说，现代历史时期的上海，其独特之处，正是因为它是"冒险家的乐园"，能包容多种

---

① 陈丹燕：《张可女士》，《上海的风花雪月》，作家出版社 2000 年版，第 230 页。

生命形态。它挣脱了传统的羁绊，使中国人得到前所未有的身心解放，得到一种无限量的发展可能性，以及心理和欲望的各方面的满足。总而言之，是一种完全的灵魂颓放的自由状态。

据旅日学者刘建辉考察，1923 年，日本作家村松梢风来到上海，创作《魔都》，其中写到他沉醉于上海的"无秩序无统一之事"和"混沌的莫名其妙之处"，有这样的描述："站立其间，我欢呼雀跃了起来。晕眩于它的华美，腐烂于它的淫荡，在放纵中失魂落魄，我彻底沉溺在所有这些恶魔般的生活中。于是，欢乐、惊奇、悲伤，我感受到一种无可名状的激动。这是为何？现在的我不是很明白。但是牵引我的，是人的自由生活。这里没有传统，取而代之的是去除了一切的束缚。人们可以为所欲为。只有逍遥自在的感情在活生生地露骨地蠕动着。"[1]

"没有传统"，"去除了一切的束缚"，这种自由生活是现代历史时期上海的突出品格。这种自由，是不受任何传统习俗制约的表现自我的自由，不过，当越来越多的人沉醉于这种自由的时候，道德风化便被本能冲动所颠覆。由此，这个时期的上海成了一个激情的众声喧哗、众神狂欢的上海。

本雅明在分析波德莱尔笔下的游手好闲者时指出，大城市的功能之一是："在这里，大众仿佛是避难所，使得这类脱离社会的人免遭惩罚。"[2] 在都市陌生的人群中，身边潮流一样涌过的人都是与己无关的"一种数字的存在"，[3] 所以身居其中的人不必刻意保持一种完美的行为——在熟悉的人群中为树立自己的良好形象才保持的那种完美的行为。这一点在儒家思想观念深厚的

---

① 刘建辉：《魔都上海——日本知识人的近代体验》，上海古籍出版社 2003 年版，第 100—101 页。

② 本雅明：《发达资本主义时代的抒情诗人》，张旭东、魏文生译，三联书店 1989 年版，第 58 页。

③ 同上书，第 80 页。

传统中国社会有其重大意义。支撑中国几千年家族制社会结构的儒家文化，强调的是血亲伦理，传统中国社会一个个的家族就是以血缘亲情为中轴而串联起来的。处在家族中的个人，从来就不是独立的存在，而是整个家族血缘网络中的一个节点。个人的成败荣辱也不再是个人的私事，而是事关整个家族的声誉。所以在家族中生活的子女，只能恪守家族规范，不能有一点有损家族声誉的行为。而进入上海的家族中的子女，便可脱离家族的管制，按照自己的意愿去生活。这可能是上海最吸引人处。现代历史上的上海，作为一个五方杂处的大都市，包容了诸多为传统所不容的生命形态——青帮、妓女、革命者、颓废派、纨绔子弟……在这个都市空间里，各色人等都能找到其生存的位置。上海在新中国成立后经过彻底的改变，消费的城市变为生产的城市，其独特性全然丧失，在外在的城市形态及人们的生活方式上和中国的任何一个城市都没有差别。人们又步入几十年如一日的单调划一的日常生活状态中去。一直到 90 年代，改革的进一步深化，使上海的现代都市色彩浓厚，包容性再次增强。但这个时期的上海仍然是体制中的上海，现代历史上五方杂处的"魔都"上海再难显现。

而上海作为"魔都"的一面一直给传统中国人以致命的吸引力。我想，其中主要原因，就是上海作为现代性大都市，其生存方式打破了传统社会几十年如一日的规行矩步的生活，上海那种动态的生活给予传统中国人心理上一种剧烈的震荡，开启了传统中国人全新的感受视域及心理体验，这种体验在给人以震惊的同时也带给人以极大的心理上的满足。上海书写的独特之处，也即在于它的那种先锋特质，以及人们由此而获取的丰富多彩而又离奇、激动人心的生命体验。90 年代人们对旧上海的怀旧正是反映出囿于因循守旧的中国人对一种动荡有变化的生活方式的期望。考察上海书写的现代特色，使我们得以从意识形态方面把握中国人的心态及思想状况，从中可以窥见传统中国人渴望变化的深层文化心理和内心底深藏着的生命热力。

第二节　上海作为隐喻之一
——声光化电的上海

一　都市声光化电之体验

上海作为现代都市的代表，最为突出的特色就是它在物质文明方面的发达，即它作为"声光化电"之科技都市的存在。在茅盾写于 1930 年的小说《子夜》里，描写了物质文明发达的"LIGHT，HEAT，POWER"的上海：

> ……暮霭挟着薄雾笼罩了外白渡桥的高耸的钢架，电车驶过时，这钢架下横空架挂的电车线时时爆发出几朵碧绿的火花。从桥上向东望，可以看见浦东的洋栈像巨大的怪兽，蹲在暝色中，闪着千百只小眼睛似的灯火向西望。叫人猛一惊的，是高高地装在一所洋房顶上而且异常庞大的 NEON 电管广告，射出火一样的赤光和青磷似的绿焰：LIGHT，HEAT，POWER![1]

在 1934 年 4 月号的《良友》杂志刊登了一组《如此上海》的图片，图片展示的是"上海的声光电"，图片所配的文字说明里写道：

> 喧闹的、嘈杂的声音，从早上六点，到第二天清早六点，竭力要把上海装成第二巴黎；晚上，火炬似的光刺激

---

[1]　茅盾：《子夜》，人民文学出版社 1982 年版，第 1 页。

着，把做了一天的工作的人们又从极度的疲倦鼓舞起来，电的力量加强了一切的速度，马达，马达……人都变成了机器，在密绸的电流中打滚……

鲁迪华莱的《圣路易的哀愁》，贝多芬的第九交响乐……王人美的催眠曲……荀慧生的四郎探母……薛觉生的姑缘嫂劫……汽车的第吼，十字路口交通警察嘴上的银哨……叮叮……三〇一八九……大晚夜报……工厂，和轮船的尖叫……混成一片，飞窜在这火柱似的，金蛇似的，电炬，和霓虹灯的夹缝里，缠绕着每一个生活在都会的人的心。老年人变了少年，少年人变了疯人，欢乐和流泪，喝彩和惨叫……

这，便是上海的原动力：声，光和电。

声、光、电，是上海这座都市在外在的城市形态上区别于现代历史上其他城市的最表象的特点，也是现代化都市的象征。而正是这机械化的物质文明的都市，给予了作家不同于乡村经验的全新的感觉体验，滋生了只有在现代都市环境里才能生长的都市文学。

我们知道，对上海城市的惊羡体验在晚清时就已经开始了，像王韬刚到上海时的惊为海市蜃楼的体验可为典范体验。二三十年代喧嚣、嘈杂、光怪陆离的都市，更是给前来上海的外地人一种震惊体验，尤其是从乡土农村宗法制社会初临上海的人。茅盾在《子夜》中就浓彩重笔描绘出从乡土农村到都市上海的吴老太爷怵目惊心的上海体验，尤其是声、光、电给他强烈的视觉上心理上的刺激：

汽车发疯似的向前飞跑。吴老太爷向前看。天哪！几百个亮着灯光的窗洞像几百只怪眼睛，高耸入云的摩天建筑，排山倒海似的扑到吴老太爷眼前，忽地又没有了；光秃秃的平地拔立的路灯杆，无穷无尽地，一杆接一杆地，向吴老太爷脸前打来，忽地又没有了；长蛇阵似的一串黑怪物，头上都有一对大眼睛放射出叫人目眩的强光，呜——呜——地吼着，闪电似地冲将过来，准对着吴老太爷坐的小箱子冲将过来！近了！近了！近了！吴老太爷闭了眼睛，全身都抖了。他觉得他的头颅仿佛是在颈脖子旋转；他眼前是红的，黄的，绿的，黑的，发光的，立方体的，圆锥形的，——混杂的一团，在那里跳，在那里转；他耳朵里灌满了轰，轰，轰，轧，轧，轧！呜，呜，呜！猛然嘈杂的声浪会叫人心跳出腔子似的。①

上海给吴老太爷的感觉体验完全是现代式的，是种茫然无措的怪异感觉。亮着灯光的窗像"怪眼睛"，摩天大楼也似乎扑向前来，路灯一盏一盏，"也像长蛇阵似的一串黑怪物"，而更可怕的是这怪物要向自身冲过来……现代都市给了长期沉浸在乡村文明的吴老太爷以前所未有的"震惊"体验，以至于他的脑血管和神经已不能担负起这剧烈的冲击最终趋于破裂崩溃。

李欧梵说，他9岁那年第一次进大都市，上海的声光化电世界对他的刺激，"恐怕还远远超过茅盾小说《子夜》中的那个乡下来的老太爷"。② 他称那经受的是种惨重的"精神创伤"。确实，在那样的时代，中国内陆还处在一片古朴乡村的汪洋之海中，对于乡土社会中的人来说，上海就像传奇的神话，像遥不可及的天外世界，确实会给人怵目惊心的新奇体验的。

---

① 茅盾：《子夜》，人民文学出版社1982年版，第10—11页。
② 李欧梵：《上海摩登——一种新都市文化在中国》，北京大学出版社2001年版，序3页。

而陈西滢1927年写的《物质文明的上海》一文中，却是另外的一种观感：

> 我们再到静安寺路和霞飞路的附近去走一回，就可以看见无数的宽敞的花园，精致的别墅，住在里面的舒服，我们相信一定胜于北京的清故宫和古代的什么阿房宫、金谷园。就是经过上海暂住的旅客，也一定会觉得大华、华安的饮食起居比哪一个大都会的旅馆都比得上吧。再走到南京路，极大规模的百货商店一连就有三个，其余的中国的，外洋的种种色色的衣食杂用的商铺，五光十色，叫人眼睛都看得晕花。此外有的是戏园、电戏、咖啡馆、跳舞场、公娼、私娼、赌场、烟窟，以及种种说不出，想不出的奇奇怪怪的消遣的花样，娱乐的场所。……①

陈西滢对上海的观察着眼于物质文明的上海给予人们的在居所、饮食方面的"舒服"，以及各式各样的娱乐。他关注的是作为消费的物质文明的上海。我们从文中津津乐道的口气中可以感觉到陈西滢的艳羡和新鲜感。潘柳黛在《退职夫人自传》里，写到"我"第一次到上海，"走在路上看见的，都是服饰入时，体面而漂亮的男女"，不禁感慨"上海真伟大"。②

二三十年代主流话语对上海的评价也承袭着晚清以来"都市是罪恶的渊薮"的基本评判。但与此前评价不同的是，晚清至民初对上海的批判只是在道德方面，着眼点是都市的拜金主义对传统道德的瓦解与侵袭，以及由此引起的道德沦丧、世风日下，但对上海物质文明的现代化是认同的，而且大都表现出

---

① 陈西滢：《西滢文录》，辽宁教育出版社2000年版，第8页。
② 潘柳黛：《退职夫人自传》，新世界出版社2003年版，第35页。

神往的态度。但二三十年代对上海的评判除在道德方面变本加厉之外，对机械化的上海、商业消费的上海批判的声浪也愈发高涨，尤其是对声光化电等机械文明的态度。晚清小说《孽海花》中写金雯青刚出道，去开风气之先的上海时，同乡冯桂芳来看他。冯对金说："现在是万国交通时代，从前多少词章考据的学问，是不尽可以用世的。昔孔子翻百二十国之宝书，我看现在读书，最好能通外国语言文字，晓得他所以富国的缘故，一切声、光、化、电的学问，轮船、枪炮的制造，一件件都要学会他，那才算得个经济。"① 可见冯桂芳对机械文明一览无余的赞赏的态度。在"五四"前后的中国文坛，有一部分作家也歌颂这种声光化电的机械文明，认为这是一种生命的力。郭沫若《笔立山头展望》中写道：

> 一枝枝的烟筒都开着了朵黑色的牡丹呀！
> 二十世纪的名花
> ——近代文明的严母！②

这首诗是郭沫若写日本的机械文明的。我们知道，工厂烟囱里冒出的黑烟是机械文明的象征，同时也是科技侵袭环境的一个罪证，郭沫若在这里把工厂烟囱里冒出的黑烟比作是雍容华贵的"黑色的牡丹"，是"近代文明的严母"，表明了诗人的一种价值评判：即对机械化大生产的工业文明的赞美。郭沫若《女神》中相当多数的篇幅，以现代机械作诗歌意象，以此来讴歌现代机械

---

① 曾朴：《孽海花》，《中国近代文学大系·小说集 4》，上海书店出版社 1995 年版，第 22 页。

② 郭沫若：《笔立山头展望》，《郭沫若诗选》，浙江文艺出版社 2001 年版，第 59 页。

文明。针对这种状况，闻一多曾经称赞郭沫若说："在他眼里机械已不是一些无声的物具，是有意识有生机如同人神一样。机械的丑恶性已被忽略了，在幻象同感情的魔术之下他已穿上美丽的衣裳了呢。"① 从这种评论中，我们也可以看出闻一多对机械某种程度的赞赏。

施蛰存在《桃色的云》中，面对"在夕暮的残霞里/从烟囱林中升上来的"工厂排放的烟雾，情不自禁地赞道："美丽哪，烟煤做的，/透明的，桃色的云。"② 茅盾也曾经表达过他对机械文明的态度，他说："机械这东西本身是力强的，创造的，美的。我们不应该抹煞机械本身的伟大。"茅盾认为，机械文明是都市的大动脉，是都市生活的重要组成部分，作家们应该在作品中表现都市中机械的力。所以他呼吁"在不远的将来，机械将以主角的身份闯上我们这文坛"，并希望作家们"对于机械本身有赞颂而不是憎恨"。③

但现实是，对机械的上海持憎恨态度的文人远远多于持赞颂态度的文人。在上海，文人对声光化电的批判主要着眼于畸形的消费娱乐业，以及由此而形成的商业气息和精神品格方面的堕落。单纯从机械文明角度来批判上海的也有。比如徐志摩，他是追随罗素批判工业文明，说："我们只要想起英国的孟骞斯德、利物浦；美国的芝加哥、毕次保格、纽约；中国的上海、天津；就知道工业主义只孕育丑恶，庸俗，龌龊，罪恶，嚣陵，商烟囱与大腹贾。"④ 高长虹批判的是机械化上海中

----

① 闻一多：《〈女神〉之时代精神》，载 1923 年 6 月《创造周报》第四号。

② 施蛰存：《桃色的云》，载 1932 年 11 月 1 日《现代》第 2 卷第 1 期。

③ 茅盾：《机械的颂赞》，《茅盾全集》第 19 卷，人民文学出版社 1991 年版，第 402 页。

④ 徐志摩：《罗素又来说话了》，《徐志摩散文全编》，浙江文艺出版社 1991 年版，第 430 页。孟骞斯德，今译曼彻斯特。毕次保格，今译匹兹堡。

乌烟瘴气的一切及上海的商业气息："人说，从远处看上海，是一个烟囱。便在这烟囱之中，活动着科学的成绩，胖的资本家，帝国主义的铁蹄……"① "我实在诚恳地厌恶上海的小商业的社会。它已经不是乡村了，但又没有走到都市，它是站在歧路上徘徊。乡村的美同都市的美，它都没有，所以只显现出它的丑来。在思想上说，它还是一块荒地。"②

对声光化电之喧嚣的上海的批判总是和对乡村生活的怀念联系在一起的。城乡对立也一直是西方现代化进程中所面对的主要问题之一，也一直是西方文学表现的主题。诚如一位西方评论家所说的："相比十九世纪任何其他社会力量，城市唤起了更多的自由，也引起了更多的威胁，这些自由和威胁构成了现代性体验。整个现代化时期，城市发展为不仅仅是空间意义上的，而且是根据文化意义而构成的领土，城市也以此方式被理解，被展现出来。它渐渐地被神话化了，城市环境令人困扰的一面：它的嘈杂和污染、道德和性关系的解体以及传统秩序的毁坏。在这种叙述中，城市让人感到备受威胁的本质，被习惯性地当作了深具美德的、和谐宜人的田园或郊区家庭生活的完美之对立面。"③

在西方文学史上，早在卢梭时期，就开始了对城市文明的批判。卢梭厌恶代表现代城市文明的巴黎，主张"返归自然"。他在其著作《论科学与艺术》中，从人性论出发，认为人性本善，处于"自然状态"的人类古朴善良，但是随着私有制文明的出现，艺术与科学日益进步，人的灵魂同时被败坏。卢梭指出，人类创造文明并推动社会进步，但同时又是一种退步，因为文明具

---

① 高长虹：《从上海到柏林》，1926年10月15日《幻洲》第1卷2期，收入《高长虹文集（下）》，中国社会科学出版社1989年版，第116页。

② 同上。

③ 米卡·娜娃：《现代性所拒不承认的：女性、城市和百货公司》，见《消费文化读本》，中国社会科学出版社2003年版，第174页。

有邪恶而虚伪的共同性，在它的束缚下，人们只能遵循文明铸成的习俗，而永远不能遵循自己的天性。于是人天性中的美德得不到发展，而出自虚伪文明的恶行畅通无阻。在卢梭的观念中，城市与乡村的对立，也就是文明与自然的对立。

而中国文人对城市的批判，还没有上升到形而上的高度。他们只是批判都市生活中的诸种不符合乡村宗法制社会制度规范的现象，还仅仅局限在道德评价的层面。他们对乡村生活的向往，也大多还是从审美的角度出发。在习惯于传统审美风范的中国文人眼中，城市不是产生诗意的地方，中国古典的诗歌意象都是来自山水自然和乡村田园，而城市是自然的破坏者。城市像巨型怪兽一样吞噬着绿野丛林，摩天大楼、混凝土建筑、机器设备、无休止的喧嚣……这一切都与传统文人宁静清雅的审美趣味有别。传统文学中的阳春白雪永远是遵循"温柔敦厚，乐而不淫"的审美标准。现代城市已难以有宁静的土地。这都不是中国文人所喜欢的。所以作家们在作品中写到对城市的厌恶时，往往把乡村想象成可以逃避的世外桃源。比如穆时英小说《PIERROT》中的潘鹤龄，在经历过都市生活的孤独、虚伪及爱情上的被欺骗后，想起家园，"回家去吧！家园里该有新鲜的竹笋了吧？家园里的阳光是亲切的，家园里的菊花是有着家乡的泥土味的，家园里的风也是秋空那么爽朗的。而且家园里还有静止的空气和沉默的时间啊！"[1] 而居住在上海的施蛰存在1933年这样写道：

> 假如有一天能使我在生活上有一点梦想的话，我只想到静穆的乡村中去居住，看一点画，种一点蔬菜，仰事俯育之资粗具，不必再在都市中为生活而挣扎，这就满足了。而这

---

① 穆时英：《PIERROT》，《白金的女体塑像》，九洲图书出版社1995年版，第143页。

已经是太好的梦了。①

郭沫若的《月蚀》，写到住在上海民厚南里里面，"真真是住了五个月的监狱一样"。"寓所中没有一株草木，竟连一块自然的地面也找不出来。游戏的地方没有，空气也不好"，以至于两个原本活泼肥胖的儿子"身体瘦削得不堪，就是性情也变得很舛僻的了"。所以作家感慨："儿童是都市生活的 Barometer。"② 郭沫若说，见不到自然的上海的"垩白砖红的华屋"，都是"白骨做成的"，在其中生活的人们，受了鬼祟也终将变成尸骸。所以他向往家乡四川那未经工业文明沾染的山水。"啊啊，四川的山水真好，那儿西部更还有未经跋涉的荒山，更还有未经斧钺的森林，我们回到那儿去，我们回到那儿去罢！在那儿的荒山古木之中自己去建筑一椽小屋，种些芋粟，养些鸡犬，工作之暇我们唱我们自己做的诗歌，孩子们任他们同獐鹿跳舞。啊啊，我们在这个亚当与夏娃做坏了的世界当中，另外可以创造一个理想的世界……"③

在民粹主义者那里，摆脱都市罪恶的出路之一便是"到农村去"，李大钊就曾经号召中国知识青年要学习俄国民粹派"到农村去"：

> 在都市漂泊的青年朋友啊！你们要晓得：都市上有许多罪恶，乡村里有许多幸福；都市的生活，黑暗一方面多，乡村的生活，光明一方面多；都市上的生活，几乎是鬼的生活，乡村中的活动，全是人的活动；都市的空气污浊，乡村

---

① 施蛰存：《终于敢骂"洋鬼子"了》，1993 年 1 月 4 日《文汇报》。

② 郭沫若：《月蚀》，《创造》周报第 17—18 号，1923 年 9 月。

③ 同上。

的空气清洁。你们为何不赶紧收拾行装，清还旅债，还归你们的乡土？……早早回到乡里，把自己的生活弄简单些，劳心也好，劳力也好，种菜也好，耕田也好，当小学教师也好，一日把八小时作些与人有益与己有益的工作，那其余的工夫，都去作开发农村、改善农民生活的事业。一面劳作，一面和劳作的伴侣，在笑语间商量人向上的道理。……只要青年多多的还了农村……那些掠夺农工、欺骗农工的强盗，就该销声匿迹了。

青年呵！走向农村去吧！日出而作，日落而息，耕田而食、凿井而饮。那些终年在田野工作的父老妇孺，都是你们的同心伴侣，那炊烟锄影鸡犬相闻的境界，才是你们安身立命的地方呵！①

民粹主义最突出的特色是痛恨资本主义，而且把建立理想社会的希望放在农村和农民身上。民粹主义希望社会的发展能跳过或避免资本主义，他们希望保持纯净的农村环境、传统美德、精神文明等，以超越资本主义。现代文学史上有一部分作家对代表资本主义的都市的厌恶、对农村田园文明的向往也排除不了其所受的民粹主义思想的影响。典型的如巴金作品中的描写：

乡下真好，一切都是平和的，亲切的，美丽的，比在都市里吸尘好过十倍！周如水满意地发出了这样的赞美。的确在这里没有都市里的喧嚣，没有车辆，没有灰尘，没有汽油味，没有淫荡恶俗的音乐，没有奸猾谄笑的面孔。在这里只有朴素的、和平的、亲切的大自然的美。②

<hr>

① 李大钊：《青年与农村》，《晨报》1919 年 2 月 20—23 日。
② 巴金：《雾》，《巴金全集》第 6 卷，人民文学出版社 1988 年版，第 20 页。

晚清时期国外现代化的机械文明给了国人以无限的梦想，尤其是科技技术下制作精良的器具，使国人大开眼界的同时，对科技文明充满了向往。这种向往是一览无余、毫无戒心的，科技被民众当成神奇的"神"来膜拜。随着外国资本的侵入，上海的科技文明在短短几十年间极度发达，代表现代科技文明的一切都可以在上海找到其物质存在形态，摩天大楼，商业中心，以及电、留声机、汽车、电话、新闻报业、工厂轮船等等，一个现代物质文明的繁华都市呈现在人们面前。

随着科技的发展，其带来的负面价值也暴露无遗。机器造成的喧嚣，对宁静田园生活的破坏，摩天大楼和机械对人的挤压、逼迫，人的被异化，人在机械压迫下无所适从的感觉及孤独感，等等，这一切都作为都市生活的弊端呈现出来。叶圣陶写于1921年的《"先驱者"》，是较早表现对机械产生的恐慌的作品：

> 高大且阴沉的厂屋在路的两旁，喧响而单调的机器声振荡得人心烦乱，机器油的气味散布于空间，充满着劳工生活的感觉。我向前进行，环顾围绕我身的境界，只觉得我的——也许是人类的——微小和无能。这是那个书局的印刷部。我从窗外望进去，每一架机器都在那里运动。屈伸的杠杆仿佛我们的臂膀，但是运动的迟速却绝对地均匀，没有倦怠的意思。[1]

这里的机械，是作为人类的对立物而存在的。机器代替了人的臂膀，而且有人所无法企及的更为强大的力量。在科技所造成

---

[1]　叶圣陶：《"先驱者"》，《叶圣陶集》第五卷，江苏教育出版社1988年版，第35页。

的机械化的环境里，人必然会感到自身的微薄和渺小。更为可怕的是，人类创造了机械，但又有被机械所控制的危险。叶圣陶在这里所书写的，就是人面对机械强有力的力量所产生的恐慌。

有关科技发展的负面影响，西方的哲学家很早就开始关注这个问题。海德格尔说"技术在本质上是人靠自身力量控制不了的一种东西"。① 技术以不可操纵之势推动整个世界的运转，使现代人的所有生活领域，甚至包括人本身，都已经纳入科技化了的生活架构之中。韦伯把这种科层制的生活架构称之为"铁笼"，它的特点是把生活的一切都纳入目的—手段或投入—产出的系统的精确计算之中。人类创造了科技，同时又成为科技的奴隶。科技是作为手段产生的，但它被变成了目的，并专横地统治着人。人只能依附社会中的这种无形架构而存在，成为滚滚前进的现代科层架构的一个物件，一颗螺丝，被异化的命运难以摆脱。

在西方现代文明发展的同时，哲学家们很容易看到其中所潜隐着的弊端，但在二三十年代的中国，代表现代文明的上海还处在周围是一片乡村的汪洋大海的包围之中，中国的民众对这个崛起中的现代都市上海不可能用理性的眼光去审视它，还只是好奇地观望。对大多数人来说，现代性是一个美丽而诱人的乌托邦，一个未完成的工程，所以一切代表现代的东西，诸如科学与民主，如唯美主义、象征主义以及未来主义等现代主义文学都被视为先进事物被推崇被模仿，对作家们来说，他们对喧嚣、充满力度和速度的刺激的上海只能作出被动的反应。对于都市中的种种现象也一时失去了价值评判和理性把握的能力。所以这个时期作家对上海都市的书写只能听从自己的感觉，他们对都市中随时可

---

① 海德格尔：《只还有一个上帝能救渡我们》，见《海德格尔选集》，上海三联书店1996年版，第1304页。

见的不公平、对都市生活的畸形和病态出于作家的良知也自觉地去批判，但同时他们对都市繁华甚至病态的生活又有所沉溺也不乏玩赏。这种状况的形成，和上海是乡村中国唯一的现代都市有关联。处在农业文明时代的人，一旦进入上海，不可能不被上海先进的物质文明和开放自由的思想氛围所折服。因为广大中国内陆农村在生产力水平上的落后，因为长期的封建思想所造成的人身不自由的生活状态，中国民众在面对上海这座现代都市的时候，不可能像西方哲人那样理性地审视并批判之。即使如前所述的中国的具有民粹主义思想的人，也并不是全然反感资本主义的。由于"中国近现代所有的'志士仁人'都是不自觉地'向西方寻求真理'，从而具有民粹思想的人经常处于某种不自觉的状态，他们经常并不否定近代大工业、大生产"，[①] 正是因为他们看到近代文明确实给人类带来了某种便利。

那么一个有趣的现象是，作家们一方面骂工业文明的上海，另一方面又离不开上海，像高长虹所说的："我在南京时，无时不思念上海。上海虽也像地狱，但地狱总比天空充满一些。""上海是国际的，而南京是国民的，上海急进，而南京保守。""我以为，中国人能够一时地忘掉历史，比较上会进步得快些。"[②] 高长虹喜欢上海，是因为上海是个没有历史的城市。没有历史，也就没有几千年的封建习俗的思想观念的压制，更能给人以自由的空气。现代文学史上，许多作家和上海有不可分解的姻缘，大部分作家都有在上海生活的经历。

那么，作家们离不开的是怎样的上海？

---

① 李泽厚：《试谈马克思主义在中国》，许纪霖编《二十世纪中国思想史论》（下），东方出版中心 2000 年版，第 467 页。

② 高长虹：《在南京》，收入《高长虹文集（下）》，中国社会科学出版社 1989 年版，第 340 页。

二　物化世界中的感官激情

从根本上说，现代都市的生活、消费方式以及世界观、道德观的被重新构建，最终根源于科技现代化的发展。贝尔说："现代社会的文化改造主要是由于大众消费的兴起，或者由于中低层阶级从前目为奢侈品的东西在社会上的扩散。"[1] 而大众消费的出现，正是归功于技术革命。而技术的进步、经济的发展、物质匮乏的消除、闲暇时间的增多以及大众消费社会的兴起，改变了传统社会生活习惯及价值观念，现代性观念中的个性、自由更是由此找到了合法的滋长天地。不妨援引贝尔强调的几项技术发明和社会学发明，来看其对人们生活方式及观念的影响。

汽车。贝尔认为，这是技术彻底改革社会习惯的主要方式。它对现代生活的影响不仅是提供了便捷的交通工具，开阔了人的视野，更重要的是扫荡了闭塞状态下的诸多生活规则。传统道德观之所以成为令人压抑的威胁，很大程度上是因为人们不能避开邻居们窥探的目光，无法回避过失的结果，而汽车作为流动的密封私室，"成了爱冒险的年轻人放纵情欲、打破旧禁的地方"。[2]

电影。电影是窥探世界的窗口，"是一组白日梦、幻想、打算、逃避现实和无所不能的示范——具有巨大的感情力量"。[3]是寓教于乐的学校。青少年在电影中学会了时髦、及时行乐、自由观念，以及物质上的享受。

广告。广告是"新生活方式展示新价值观的预告"。[4] 它通过甜蜜的引导和诱惑，润物细无声地熏染着人们的习俗。从衣

---

① 贝尔：《资本主义文化矛盾》，三联书店 2003 年版，第 113 页。
② 同上书，第 114 页
③ 同上书，第 115 页。
④ 同上书，第 116 页。

着、举止、趣味、饮食，到价值观念与生活方式，都进行彻底的洗刷更新。

贝尔所说的这几项发明创造，在 20—30 年代的上海已经比较普遍。汽车在晚清通俗小说中就出现了。而电影的普及程度更为广泛。据悉，世界上最早的影片 1895 年底在法国放映，次年就传入上海。不过，在电影发展的初级阶段，"电影院中的观众，十之九是外国人，华人往观者尚不多"。① 但 20 年代后，特别是 1929 年"百分之百的有声片"传到上海，电影因其技术的完善成为上海市民的主要娱乐方式之一。据资料记载："1928 年—1932 年间，电影院的生长，有非常可惊的速度。"② 据统计，1925 年时整个上海电影院只有 15 座，到 1934 年增加到 40 个。③由此可见电影在上海社会的普及程度。

就广告业来讲，在 20—40 年代，上海的广告业已很发达。有关香烟的广告，以及布料、时装表演、商店大减价等等各式各样的广告层出不穷。陈独秀《三论上海社会》中，写到上海社会中无孔不入的广告时写道，罗素初到上海，在大会欢迎席上就有人替商务印书馆登了一段卖书的广告。"我们一方面固然赞叹商务印书馆的广告术十分神奇，一方面可是觉得曼且斯特纽约两种臭味合璧的上海社会实在是唐突学者。"而一切的新思想新文化都有可能被商家包装为出售商品的招牌："什么觉悟，爱国，群利，共和，解放，强国，新生，改造，自由，新思潮，新文化，等一切新流行的名词，一到上海便仅仅做了香烟公司药房书卖彩票底利器。"④（着重号为引者所加）1934 年 5 月号的《良友》杂

---

① 上海通社编：《上海研究资料续集》，上海书店 1984 年版，第 534 页。

② 同上书，第 538 页。

③ 据《上海宝鉴》1925 年统计的数字和《1934 年度上海市社会教育统计表》中的数字。

④ 陈独秀：《三论上海社会》，《新青年》第 8 卷第 3 号。

志，向读者展示"高·阔·大"的上海，其中之一的景象是："半空里搭架着一座报时准确的大钟，人们为了知时而看钟，看钟便连带知道红锡版香烟广告，新奇的广告术在大都会是层出不穷的。"

另一方面，科技化的上海也有其独特的迥异于传统的生活方式和观念形态，也有其不同的对都市的感受方式，而正是上海的这种迥异于传统的生活方式和生命体验，对作家形成了致命的诱惑。

海派的一些作家，是发自内心地喜欢上海，典型的代表人物是张爱玲。张爱玲自小就是在都市中长大的，都市氛围涵养了她的思想和灵魂，也塑成了她的人格。都市对灵敏善感的张爱玲有其独具的意义。都市的一切在她眼里都是新奇，都是情感，都蕴含诗意。

在《公寓生活记趣》里，都市的喧嚣在张爱玲的感觉世界里也韵味无穷，无比亲切："我喜欢听市声。比我较有诗意的人在枕上听松涛，听海啸，我是非得听见电车声才睡得着觉的。……城里人的思想，背景是条纹布的幔子，淡淡的白条子便是行驶着的电车——平行的，匀净的，声响的河流，汩汩流入下意识里去。"① 高楼上的雨也是可爱的："有一天，下了一黄昏的雨，出去的时候忘了关窗户，回来一开门，一房的风声雨味。放眼望出去，是碧蓝的潇潇的夜，远处略有淡灯摇曳，多数的人家还没点灯。"② 都市里是没有自然的吗？不要紧，"看不到田园里的茄子，到菜场上去看看也好——那么复杂的，油润的紫色；新绿的豌豆，热艳的辣椒，金黄的面筋，像太阳里的肥皂泡。把菠菜洗

① 张爱玲：《公寓生活记趣》，《张爱玲文集》第四卷，安徽文艺出版社 1992 年版，第 37 页。
② 同上。

过来，倒在油锅里，每每有一两片碎叶子粘在篾篓底上，抖也抖不下来；迎着亮，翠生生的枝叶在竹片编成的方格子上招展着，使人联想到篱上的扁豆花"。[1] 都市中零星的自然更有种生机盎然的况味呢。

在《道路以目》中，张爱玲说：街上值得一看的东西多着呢，人力车上的女人，自行车后风姿楚楚的女人，路边小店铺飘出的香味，路灯。尤其是店铺的橱窗在张爱玲笔下真是幅清幽的图画："深夜的橱窗上，铁栅栏枝枝交影，底下又现出防空的纸条，黄的，白的，透明的，在玻璃上糊成方格子，斜格子，重重叠叠，幽深如古代的窗棂与帘栊。"[2] 而橱窗里面的布置中有"静止的戏剧"，是种赏心悦目的"街头艺术"。

章克标也说，满天的星光没有上海"街上路灯光那样亮而可爱。"（《一夜》）在《做不成的小说》中，他说上海的电灯比太阳光都好看。上海街头的灯光"不但有种种不同的色彩，而且光线调子的强弱也是多种多样，在马路上面的空中，交织出一种异样的明亮，像柳叶底下的月影里，纷飞着非常纤细的雪花。……"[3]

感性如张爱玲之类的作家能从喧嚣的上海感觉到诗意，而以刘呐鸥为代表的新感觉派喜欢的却是另外的别有风味的上海，在与戴望舒的通信中，刘呐鸥对上海这个机械化的都市曾有这样的说法：

> 电车太噪闹了，本来是苍青色的天空，被工厂的炭烟布得黑蒙蒙了，云雀的声音也听不见了。缪赛们，拿着断弦的

---

① 张爱玲：《公寓生活记趣》，《张爱玲文集》第四卷，安徽文艺出版社 1992 年版，第 39 页。

② 同上书，第 43 页。

③ 章无标：《做不成的小说》，《章克标文集》（上），上海社会科学出版社 2003 年版，第 278 页。

琴，不知道飞到那儿去了。那么现代的生活里没有美的吗？那里，有的，不过形式换了罢，我们没有 Romance，没有古城里吹着号角的声音，可是我们却有 thrill，Carnal intoxication，这就是我说的近代主义……①

其中的英文 thrill，Carnal intoxication，刘呐鸥在后文译为"战栗和肉的沉醉"。

穆时英带着醉酒的感觉来描写都市上海，他笔下的上海有与张爱玲相类似的别样的如梦如幻的撩人心魂的色彩。"商店有着咖啡座的焦香，插在天空的年红灯也温柔得象诗。树阴下满是煊亮的初夏流行色，飘荡的裙角，闲暇的微尘，和恋人们脸上葡萄的芳息。"② 在都市混凝土建筑林立的房间中，也透着诗意的温柔："一抹橘黄的太阳光在窗前那只红磁瓶里边的一朵慈菇花的蕊上徘徊着，镂花的窗帏上已经染满了紫暗暗的晚霞，映得床前一片明朗润泽的色彩。"③ 和艳遇的"红绢制的维那丝造像"般迷人的女子一起"走到凄清地闪着街灯的路上"的男子，"心里氤氲着一种欢喜，一种微妙的欢喜。行人道上的菩提树散发着爽朗的，秋天的气息"。④ 穆时英对上海都市这种浪漫激情的感觉，全然是因为上海所特有的令人"战栗和肉的沉醉"的文化氛围。

对男性作家来说，上海声光化电社会中那种花天酒地、声色

① 引自 1926 年 11 月 10 日刘呐鸥致戴望舒信，收入孔另境编《现代作家书简》，花城出版社 1982 年版，第 185 页。

② 穆时英：《骆驼·尼采主义者与女人》，《白金的女体塑像》，九洲图书出版社 1995 年版，第 193 页。

③ 穆时英：《墨绿衫的小姐》，《白金的女体塑像》，九洲图书出版社 1995 年版，第 188 页。

④ 穆时英：《红色的女猎神》，《白金的女体塑像》，九洲图书出版社 1995 年版，第 304 页。

犬马的生活更让人怀恋，让人沉醉，因为其中有某种人性的自由和生命力的勃发。吴福辉曾这样评价海派小说中透露出来的积极因素，他说："海派的都市既是现代人沉溺于声色犬马的名利场，又是人类文明的生息地。人性的真正特征，只能在开放的态势中，而不是在收敛中体现。都市提供了尽情发挥生命热忱的机会和气氛，人生愉悦，个性自由，主动的创造力，容纳、总汇各种文化思想的开明风度，宽容性，以及毫无顾忌的解放感和叛逆精神，还是不时闪现在海派小说的字里行间。"① 现代历史上的上海，是中国最先进的物质、精神文明都市的代表，现代文明由此向中国内陆辐射，其时的上海，作为半殖民地的都市，最突出之处确实是如吴福辉所说的是它的容纳各种文化思想的开明态度，就是这种包容性，使得文人能以自由的心态生活在其中，并能不受拘束地抒写内心的真实情态，释放真正的人性。

晚清以上海为背景的小说人物活动的场地大多是在妓院，而在二三十年代，小说人物已转移到舞厅、旅馆、公寓，尤其是舞厅。在这个时期的小说家笔下，以舞厅、咖啡馆、夜总会为代表的娱乐场所成了文明社会的一个重要的标识，同时也是一个特殊的释放欲望、放纵身心的场所。穆时英把星期六的晚上视为是法定的娱乐日，是毫无顾忌、恣肆享乐的时光：

> 星期六晚上的节目单是：
>
> 1. 一顿丰盛的晚宴，里边要有冰水和冰淇淋；
>
> 2. 找恋人；
>
> 3. 进夜总会；
>
> 4. 一顿滋补的点心，冰水，冰淇淋和水果绝对禁止。
>
> ……

---

① 吴福辉：《都市旋流中的海派小说》，湖南教育出版社1997年版，第156页。

103

星期六晚上的世界是在爵士的轴子上回旋着的"卡通"的地球，那么轻快，那么疯狂地，没有了地心吸力，一切都建筑在空中。

　　星期六的晚上，是没有理性的日子。

　　星期六的晚上，是法官也想犯罪的日子。

　　星期六的晚上，是上帝进地狱的日子。

　　带着女人的全忘了民法上的诱奸罪。每一个让男子带着的女子全说自己还不满十八岁，在暗地里伸一伸舌尖儿。开着车的人全忘了在前面走着的，因为他的眼珠子正在玩赏着恋人身上的风景线，他的手却变了触角。

　　星期六的晚上，不做贼的人也偷了东西，顶爽直的人也满肚皮是阴谋，基督教徒说了谎话，老年人拼着命吃返老还童药片，老练的女子全预备了 Kissproof 的点唇膏。[①]

　　刘呐鸥也说："将近黄昏的时候，都会的人们常受妄念的引诱。都市人的魔欲是跟街灯的光一块儿开花的。"[②] 舞厅、夜总会、咖啡店是排遣寂寞和忧愁的地方，在夜总会里，破产的"金子大王"胡均益来了，人老珠黄风光不再的黄黛茜来了，失恋的郑萍来了，失业的缪宗旦来了，研究无用学问的季洁也来了，他们跳着，舞着，"跳着，白的腿，白的胸脯儿和白的小腹；跳着，白的和黑的一堆……白的和黑的一堆。全场的人全害了疟疾。疟疾的音乐啊"。[③] 不管压力有多大，不管明天归宿在哪儿。他们到舞厅，只是为了寻找这暂时的快乐。因为只有在夜总会，才能

---

　　① 穆时英：《夜总会里的五个人》，见《南北极》，九洲图书出版社1995年版，第181页。

　　② 刘呐鸥：《方程式》，《刘呐鸥小说全编》，学林出版社1997年版，第77页。

　　③ 穆时英：《夜总会里的五个人》，见《南北极》，九洲图书出版社1995年版，第184页。

全身心地放纵自己。失业的一贯谨小慎微的缪宗旦也在放浪着自己，"在市政府做事的谁能相信缪宗旦会有那堕落放浪的思想呢，那么个谨慎小心的人？不可能的事，可是不可能的事也终有一天可能了！"①

舞厅是激发欲望和激情的地方，在舞厅里，有"象五月的夜那么地醉人"②的酒味，"酒精的刺激味，侧着肩膀顿着脚的水手的舞步，大鼓呼呼的敲着炎热南方的情调，翻在地上的酒杯和酒瓶，黄澄澄的酒，浓洌的色情……这些熟悉的，亲切的老朋友们啊"。③有感官的陶醉："醉人的旋律，醉人的气息，醉人的肉……成夜不熄的灯光，红的，蓝的，白的……"④有冶荡的氛围："爵士的曲子，古巴的情歌呵，那么多的男女在舞着。酒的味，烟的味，混着女人身上撺出来的味。银行的经理搂着情妇的软软的腰子；浪漫的舞女拧了把小白脸的腮巴儿，这边角上一群大学生，笑开了脸；黑咖啡——不留神便倒到衬衫上去啦。肥的，尖的，三角形的，瘦的；几百个笑脸呢。眼珠子：舞女的眼珠子是迷人的；眼珠子，眼珠子……斜的；南方的龙眼核的。人们的脑袋上面，蓝色的宝石，一长条从对面横过边来，发出蓝色的光。交凑着上海话，广东话，俄罗斯话……"⑤有艳遇，有具有致命诱惑力的女人。在舞厅里，恋人是点心，是水果，是消遣品："吃完了 Chicken a la king 是水果，是黑咖啡。恋人是 Chicken a la king 那么娇嫩的，水果那么新鲜的。可是她的灵魂

① 穆时英：《夜总会里的五个人》，见《南北极》，九洲图书出版社 1995 年版，第 197 页。

② 穆时英：《夜》，《南北极》，九洲图书出版社 1995 年版，第 248 页。

③ 同上书，第 248 页。

④ 黑婴：《春光曲》，《帝国的女儿》，上海开华书局 1944 年版，第 87 页。

⑤ 黑婴：《上海的 Sonata》，《帝国的女儿》，上海开华书局 1944 年版，第 143 页。

是咖啡那么黑色的……伊甸园里逃出来的蛇啊！"①

咖啡店也是浪漫而迷人的地方，在咖啡馆所营构的温情而迷醉的氛围中，尽可以驰骋自己绮丽的梦。在《骆驼·尼采主义者与女人》中，穆时英写到咖啡馆的浪漫而暧昧的让人想入非非的氛围："在走过 café Napoli 的时候，在那块大玻璃后面，透过那重朦胧的黄纱帷，绿桌布上的白磁杯里面，茫然地冒着太息似的雾气，和一些隽永的谈笑，一些欢然的脸。桌子底下，在桌脚的错杂中寂然地摆列着温文的绅士的脚，梦幻的少女的脚，常青树似的，穿了深棕色的鞋的独身汉的脚，风情的少妇的脚……可是在那边角上，在一条嫩黄的裙子下交叉着一双在墨绿的鞋上织着纤丽的梦的脚，以为人生说是一条朱古律砌成的，平坦的大道似的摆在那儿。"②黑婴的《春光曲》写到咖啡店中灯红酒绿给予人神经上的陶醉和刺激："这儿：红的，浅蓝的，白的，灯光底下，我们坐焉。……三个人；年青，狂浪，这许久来夜夜醉着，忘了一切，一切都给抛到脑袋后边去了。"这种刺激给人的诱惑是无法拒绝的："我是喜欢浓味的咖啡的，因为可以激刺我的神经。自家也记不起怎么会跑到这种地方来的。就从来的那一天起，到现在，醉着；醉在爵士音乐的旋律上，醉在娇艳女人的怀里，醉在红灯绿酒中！"③

在刘呐鸥的笔下，舞厅具有一种特殊的蛊惑人的魔力："在这'探戈宫'里的一切都在一种旋律的动摇中——男女的肢体，五彩的灯光，和光亮的酒杯，红绿的液体以及纤细的指头，石榴

① 穆时英：《夜总会里的五个人》，《南北极》，九洲图书出版社 1995 年版，第 181 页。

② 穆时英：《骆驼·尼采主义者与女人》，《白金的女体塑像》，九洲图书出版社 1995 年版，第 193 页。

③ 黑婴：《春光曲》，见《帝国的女儿》，上海开华书局 1944 年版，第 66 页。

色的嘴唇，发焰的眼光。中央一片光滑的地板反映着四周的椅桌和人们的错杂的光景，使人觉得，好像入了魔宫一样，心神都在一种魔力的势力下。"① 舞曲能把"人的忧郁抛到云外去"，Jazz乐"是阿弗利加黑人的回想，是出猎前的祭祀，是血脉的跃动，是原始性的发现，锣，鼓，琴，弦，叽咕叽咕。……"② 刘氏这样写跳舞的迷醉感觉：

> 两个肢体抱合了。全身的筋肉也和着那癫痫性的节律，发抖地战栗起来。当觉得一阵暖温的香气从他们的下体直扑上他的鼻孔来的时候，他已经耽醉在麻痹性的音乐迷梦中了。③

　　心神的迷醉，感官的刺激，是一种远离了文明的原始激情，而这种激情却产生于现代文明的环境。《Craven "A"》中描绘的跳舞场景："音乐台那儿是大红大绿的，生硬的背景，原始的色调。围着霓虹灯的野火，坐着一伙土人，急促的蛇皮鼓把人的胃也震撼着。拍着手，吹着号角，嚷着，怕森林里的野兽袭来似的。在日本风的纸灯下，乱跳乱抖着的是一群暂时剥去了文明，享受着野蛮人的音乐感情的，追求着末梢神经的刺激感的人们。"④ "大红大绿"，"霓虹灯的野火"，"怕森林里的野兽袭来似的"，这些景象，都表明了舞者全身心的放松和淋漓尽致的通向生命极致的狂欢。

　　舞场中给予人心神迷醉感觉的主要是风情而冶荡的女人。在

---

① 刘呐鸥：《游戏》，《刘呐鸥小说全编》，学林出版社1997年版，第1页。

② 同上书，第2页。

③ 同上。

④ 穆时英：《Craven "A"》，《南北极》，九洲图书出版社1995年版，第211页。

新感觉派作家笔下，女人从被压迫受奴役的地位挺身而出，一变而为具有先锋意识的"现代尤物"。她们有自主意识，自己选择生活，饱经沧桑而又注重自身享乐。晚清青楼小说中的妓女大多是因为生活所迫而选择妓女的生活，她们大多只是为钱而活，为生计作盘算。在遇到可以寄身的有钱男子时会出于生计的考虑把自己嫁掉。而新感觉派作家笔下的女子，完全是为着刺激，为着自身的享乐而活。《黑牡丹》中的舞女完全是消费的动物："我是在奢侈里生活着的，脱离了爵士乐，狐步舞，混合酒，秋季的流行色，八汽缸的跑车，埃及烟……我便成了没有灵魂的人。"①她们熟谙各种消费娱乐，尤其是刺激性的消费娱乐，短短吃一顿晚饭的时间，作为舞女的她便"教了他三百七十三种烟的牌子，二十八种咖啡的名目，五千种混合酒的成分配列方式"。②

她们"是在刺激和速度上生存着的姑娘"，是"Jazz，机械，速度，都市文化，美国味，时代美……的产物的集合体"。男人只不过是她们生活的调味品、消遣品，被她们当作朱古力糖一样地吞下又被排泄出来。她们主动捕捉各式各样不同口味的男子，穆时英《被当作消遣品的男子》中的女子说："天天给啤酒似的男子们包围着，碰到你这新鲜的人倒是刺激胃口的"。她们对男人，只为刺激，而不管其他：

　　　"你们把雀巢牌朱古力糖，Sunkist，上海啤酒，糖炒栗子，花生米等混在一起吞下去，自然得患消化不良症哩。……"
　　　"所以我想吃些刺激品啊！"

---

　　① 穆时英：《黑牡丹》，《南北极》，九洲图书出版社 1995 年版，第 274 页。
　　② 穆时英：《骆驼·尼采主义者与女人》，《白金的女体塑像》，九洲图书出版社 1995 年版，第 195 页。

"刺激品对于消化不良症是不适宜的。"

"管它呢。"①

　　这个时期作家笔下主人公喜欢的女子大都是具有媚惑力的性感的女人，她们是危险的动物："她有着一个蛇的身子，猫的脑袋，温柔的和危险的混合物。穿着红绸的长旗袍儿，站在轻风上似的，飘荡着袍角。这脚一上眼就知道是一双跳舞的脚，践在海棠那么可爱的红缎的高跟儿鞋上。把腰肢当作花瓶的瓶颈，从这上面便开着一枝灿烂的牡丹花……一张会说谎的眼——贵品哪！"② 《Craven "A"》中，每次都带了一个新的男子的姑娘，"有一对狡黠的，耗子似的深黑眼珠子，从镜子边上，从舞伴的肩上，从酒杯上，灵活地瞧着人，想把每个男子的灵魂全偷了去似的"。③ 刘呐鸥审视着笔下鳗鱼一样的有着"神经质的嘴唇"和"焰火射人的眼睛"的女子，"这一对很容易受惊的明眸，这个理智的前额，和在它上面随风飘动的短发，这个瘦小而隆直的希腊式的鼻子，这一个圆形的嘴型和它上下若离若合的丰腻的嘴唇"，感叹"这不是近代的产物是什么"。④

　　近代产物的女子是进攻性强的女子，《游戏》中的"他"完全被"她"所掌控，文中写到"他"被"她"扭到房间，"忽一阵强烈的温气，从她胸脯直扑过来，他觉得昏眩，急想起来时，两只柔软的手腕已经缠住了他的颈部了……他像触了电气一样。再想回避也避不得了。"男人完全作为"猎物"被女人操纵，且不能自拔：

　　① 穆时英：《被当作消遣品的男子》，《南北极》，九洲图书出版社 1995 年版，第 140 页。

　　② 同上书，第 138 页。

　　③ 穆时英：《Craven "A"》，《南北极》，九洲图书出版社 1995 年版，第 203 页。

　　④ 刘呐鸥：《游戏》，《刘呐鸥小说全编》，学林出版社 1997 年版，第 3 页。

雪白的大床巾起了波纹了。……他感觉着一阵的热气从他身底下钻将起来，只觉呼吸都困难。一只光闪闪的眼睛在他的眼睛的下面凝视着他，使他感觉着苦痛，但是忽然消失了。贞操的破片同时也像扯碎的白纸一样，一片片，坠到床下去。空中两只小足也随着下来。他觉得一切都消灭了。

——你真瘦哪！

一会儿，她抚弄着他的头发说。

——你怎么这样地战栗；真不像平常的你。你怕，是不是？①

在这个场面中，呈现出的是男性面对女性的虚弱感觉。在新感觉派小说中所构筑的男女两性游戏中，女子占据完全的支配地位，男性成了被怜惜被安慰的弱者，处于被"猎"的地位，是供女子消遣的物品。与此相似的还有《墨绿衫的小姐》中的她："躺在床上，象一条墨绿色的大懒蛇，闭上了酡红的眼皮，扭动着腰肢。"② 而当她说："吻着我吧，……你的嘴是有椰子的味，榴莲的味"的时候，作者写道："在我的嘴下一朵樱花开放了，可是我却慌张了起来，因为我忽然发现在我身下的美人鱼已经是一个没有了衣服，倔强地，要把脏腑呕吐了出来似地抽搐着的胴体，而我是有着太少的手臂，太少的腿，和太少的身体。"③ 两性关系中男子的被伤害受压抑以及自我怜惜的感觉暴露无遗。

① 刘呐鸥：《游戏》，《刘呐鸥小说全编》，学林出版社 1997 年版，第 6 页。

② 穆时英：《墨绿衫的小姐》，《白金的女体塑像》，九洲图书出版社 1995 年版，第 186 页。

③ 同上书，第 187 页。

《风景》中的女人也是"近代所产",在火车上,面对陌生男子的看视不羞涩不畏惧而是承受并大胆地回应与挑衅:"——你还是对镜子看看自己哪,先生,多么可爱的一幅男性的脸子!"以至于使男子惊愕而感觉受到"压迫"。而接下来的一切诸如下车、野合都是按照女子的意志运转,男子倒成了被牵掣的木偶。在《红色的女猎神》里,男子艳遇的女子是个"任性,野蛮,而又顽皮的人","有着大胆的,褐色的眸子",嘴上刻画着"意志的弧线"。而正是一种"蛮横得可爱"的性格吸引了男子:"我简直有点儿醉了,为了她的泼剌的性格,和那有点强烈的性感的肤香"。正是这个有着"诡秘的眼珠子"的女子身上的一种强烈的生命热力,一种骀荡的姿态把男子的"一股原始的热力从下体逼上来",并引发狂暴的激情:"我有了一个不可遏止的欲望,我想抽断她的腰肢,想抽断她的脚踝,想把这丰腴的肉块压扁在自己的身体下面。Spud从我的嘴上掉下来,我伸出战抖着的手捉住了她的肩膀。"[1] 正是女人身上的野性美激发了男子的欲望。《礼仪与卫生》中写到作为男人欲望的对象的女人是这个样子的:"她们实是近似动物。眼圈是要画得像洞穴,唇是要滴着血液,衣服是要袒露肉体,强调曲线用的。她们动不动便要拿雌的螳螂的本性来把异性当作食用。美丽简直用不着的。她们只是欲的对象。"[2] ——完全是迥异于传统女子的形象!

这种具有危险性的"现代尤物"令男子恐惧的同时,却又深深地被迷醉,心甘情愿地被诱惑。对男子来说,这种进攻型的女

---

① 穆时英:《红色的女猎神》,《白金的女体塑像》,九洲图书出版社1995年版,第306页。

② 刘呐鸥:《礼仪与卫生》,《刘呐鸥小说全编》,学林出版社1997年版,第60页。

子比传统的古典淑女更能刺激心底的欲望，更能激起被迷醉的感觉。在穆时英笔下，抱着墨绿衫小姐的男子，"在迷离的月色下走着，只觉得自己是抱了一个流动的，诡秘的五月的午夜踱回家去"。[①] 男子被女子迷醉的感觉表现得淋漓尽致，而更挡不住的诱惑和陶醉，是在女性的挑逗下，男子原始欲望所激发导致的迷醉感觉：

> 房子和家具，甚至那盏桃色的灯全晃动了起来；我的生命也晃动起来，一切的现实全晃动起来，我不知道醉了的是她还是我。[②]

在刘呐鸥的《礼仪与卫生》中，男子面对自己妻妹，心底涌起"莫明其妙"的情绪的，"说是这绢一般的肌肤，和肉块的弹力味，不如说是透过了这骨肉的构成体，而用他的想象力所追逐到的，这有性命的主人的内容美"，而这"内容美"是源自从妻的话语里听到的妻妹的性格，是因为妻妹曾经有过的"近似颓唐"的生活。总而言之，是妻妹的浪漫性情、其曾有过的放荡生活（跟人私奔，又和几个男人有过恋爱关系），引发了男主人公难以控制的欲望和冲动。穆时英在《夜》中写道："我爱憔悴的脸色，给许多人吻过的嘴唇，黑色的眼珠子，疲倦的神情……"[③] 在这里引发男人欲望的不是白纸一张无社会经历的纯洁女子，而是有阅历且经历过无数男人的浪荡女子。小说中写到男人对有内蕴而深不可测的女子的爱："他不懂她的眼光。那透

---

① 穆时英：《墨绿衫的小姐》，《白金的女体塑像》，九洲图书出版社1995年版，第186页。

② 同上书，第187页。

③ 穆时英：《夜》，《南北极》，九洲图书出版社1995年版，第250页。

明的眼光后边儿藏着大海的秘密，二十年的流浪。可是他爱这种眼光，他爱他自家儿明白不了的东西。"① 《Craven "A"》中写道："可是我爱着她呢，因为她有一颗老了的心，一个年青的身子。"被男人追逐的女子不再只有躯体的妩媚，而更重要的是一种灵魂中的不安分，一种阅世的沧桑，也要有自主意识。

在《白金的女体塑像》中，已是中年的谢医生十多年来对女人还是很有免疫力的："十多年来诊过的女性也不少了，在学校里边的时候就常在实验室里和各式各样的女性的裸体接触着的，看到裸着的女人也老是透过了皮肤层，透过了脂肪性的线条直看到她内部的脏腑和骨骼里去的。"但为什么今天的这位女客人的诱惑性像"骨蛆似的"钻到思想里来呢？是因为"那朦胧的声音，淡淡的眼光，性欲的过度亢进"，因为她的"黑色的亵裙"，"一个没有骨头的黑色的胸脯"，"歪在桌脚旁边的，在上好的网袜里的一对脆弱的，马上会给压碎了似的脚踝"，是因为她淡漠中的病态：

> 把消瘦的脚踝做底盘，一条腿垂直着，一条腿倾斜着，站着一个白金的人体塑像，一个没有羞惭，没有道德观念，也没有人类的欲望似的，无机的人体塑像。金属性的，流线感的，视线在那躯体的线条上面一滑就滑了过去似的。这个没有感觉，也没有感情的塑像站在那儿等着他的命令。②

在医生面前，若无其事地脱衣并赤身裸体的女子只能是现代都市文明的产物，难以想象受传统"男女授受不亲"观念影

---

① 穆时英：《夜》，《南北极》，九洲图书出版社 1995 年版，第 251 页。

② 穆时英：《白金的女体塑像》，《白金的女体塑像》，九洲图书出版社 1995 年版，第 9 页。

响的女子赤身裸体面对男子的时候会有如此的镇定自若。女子
面对男人注视的眼光时的无感情、无羞惭从另一层面突出了女
子开放坦然的身体观念，女子的那种对自己身体的决然把握和
支配的情态也暴露无遗，正是这种全然的对自己身体的不管不
顾使男子产生了一种莫名的性感，使谢医师亢奋而呼吸急促：
"她仰天躺着，闭上了眼珠子，在幽微的光线下面，她的皮肤
反映着金属的光，一朵萎谢了的花似的在太阳光底下呈着残艳
的、肺病质的姿态。慢慢儿的呼吸匀细起来，白桦树似的身子
安逸地搁在床上，胸前攀着两颗烂熟的葡萄，在呼吸的微风里
颤着。"① 可以说，是作为都市的尤物、都市物质文明社会中的
摩登女子所独具的风情，使得谢医师原始的热力汹涌澎湃，以
至于从此结束了独身生活。

　　总之，声光化电的上海现代社会所产生的女子已经是与传统
迥异的另类女子，而恰恰是这样的出入舞厅、咖啡馆的现代摩登
女子更能激发男性的激情与欲望。刘呐鸥曾针对此种现象作如下
分析：

　　　　以前女的心地对于万事都是退让的，决不主张。于是娇
　　羞便被列为女性美之一。这现象是应男子底要求而生的。那
　　个时候的男子都是暴君，征服者，所以他底加虐的心理要求
　　着绝对柔顺的女子。但情形变了。在现在的社会生存竞争里
　　能够满足征服欲的男子是99%没有的。他一次，两次，累
　　次地失败着，于是惯于忍受的他的心头便起了一种变化，一
　　种享乐失败，一种被虐心理。应着这心理而产生的女人型就
　　是法国人之所谓 garsonne。短发男装的 sport 女子便是这一

---

　　① 穆时英：《白金的女体雕像》，《白金的女体塑像》，九洲图书出版社1995年
版，第10页。

114

群之代表。她们是真正的 go getter。要，就去拿。而男子们也喜欢终日被她们包围在身边而受 digging。然而男子这两种相反的性质却是时常混合在一块儿，喜欢加虐同时也爱被虐。这当然是社会的及心理的原因各半。这一来女子却难了。这儿需要从来所没有的新型。①

出入夜总会、舞厅、咖啡馆的女子是男子所期望的一种新类型，这些女子对男人既有支配，又有顺从，《红色的女猎神》中有两个对话场面写到攻击性强的女子蛮横而又温情的两幅面容，而正是这样的性格惹男子怜爱。

其一：

> 喝了第二杯酒的时候，她问我：
>
> "究竟你凭什么买了两次一号呢？"
>
> "为了你！"
>
> "可是一号狗是怎么也不会跑赢的。"
>
> "事实上一号已经赢了。"
>
> "它怎么能赢呢？它没有理由可以赢！它有什么权利可以跑第一呢？"
>
> 那么蛮横得可爱地跟我争论着，末了她跳了起来，有了褐色的眼珠子扯住了我的鼻子道："一号不能赢的，明白吗？一号没有理由可以赢的！"
>
> "是的，一号没有理由可以赢的。"我简直有点儿醉了，为了她的泼剌的性格，和那有着强烈的性感的肤香。
>
> 我那么地说以后，她安静了下来；在华尔姿的旋律上面舒适地飘着的时候，脸贴着我的胸襟，一只手抚着我的头

---

① 刘呐鸥：《现代表情美造型》，1934 年 5 月《妇人画报》第 18 期。

发，在我下巴悄悄地说道：

"你的话不错的，亲爱的，是一号狗赢的。"婉约的
语调。

其二：

我觉得身下颠簸得很利害，而肩头却难忍地痛楚起来。
太息了一下。

"可不是吗，我没有看错，我一上来就坐在你旁边了。
一号狗是应该赢的，你应该是你的。"

"不是我应该是我的，而是你应该是我的。"

她猛的抓住了我的头发，粗暴地说道："我不是你的，
你是我的懂吗？"

我捏住了她的手竖起上半身来，对她喝道："你是我的，
你听见了没有？"

她又平静下来，过了一回低低地说，在我耳朵旁边：

"是的，我是你的，亲爱的。"于是我的痛楚便云似地溶
化在她的黑的眸子里了。

这两个场面，很像是给刘呐鸥的话作注脚。

出入都市之现代性标志的舞厅、咖啡馆、跑马场等娱乐场所
的女人在某种程度上也是作为一种现代性的标志而存在，对这种
类型的女子的追求在某种意义上就是对现代生活的追求。在章克
标的小说《银蛇》中，写到逸人爱上了"不安分"的娟妇类型的
女子伍小姐，且看他想象中对伍小姐的塑造："……我一定可以
使她变成一个理想的妖妇，把一切男子玩在股掌上的妖艳的女
人……我要同她到巴黎去，教她看法国妇人的献媚是怎样，带她
到东京去，看日本女人的凶浪是怎样的，使她在无形之中，完成

了一个又骚又辣又艳又恶的可爱的女人，在她是发挥本性，在我是欢喜这一种女人的。"[1]

由此可知，作家笔下男主人公喜欢的"又骚又辣又艳又恶的可爱的女人"是在现代全球的境遇中综合而成的女子，男子与这样的女子恋爱、生活，便也有与现代性生活接轨的意义。中国古代有描写男人喜欢娼妓，但往往是拯救她能从良，可现代人却迷恋她的堕落与淫荡，这是一种很大的思想上的变化，这种变化归根到底还是由于受西方尊重人之生存欲望的现代性理念影响。而男子对这些女人的涉猎、捕捉，从其内在文化心理上看是对现代生活的一种追求与窥探。现代声光化电都市中被包裹在西式装扮里、依照着现代时髦生活方式生活的女子对于男人的诱惑，正像声光化电的上海对男子的诱惑，是与乡村完全不同的对一种异质生活方式的向往与追求，是一种与几千年来的传统不一样的谈情说爱的方式，以及调情的话语，正是这些新奇的异质的与传统不同的质素，激发出男子的好奇心和前所未有的欲望激情。

第三节　上海作为隐喻之二
——颓废之都

一　颓废：一种激情生活方式的效仿

颓废，在马泰·卡林内斯库那里，是现代性的一副面孔，是发展的另一面，是"美学现代性"的标志，它的产生基于对19世纪资本主义科技文明发展结果的一种反叛。以颓废派自居的艺术家和作家，在道德和美学上都有意识地培养了一种自我间离的风格，以此来对抗资产阶级矫饰的庸俗主义。

现代历史时期的都市上海，在现代思想和感觉滋长的环境

---

① 章克标：《银蛇》，《一个人的结婚》，花城出版社1996年版，第29页。

里，也布满了颓废的气息。这种颓废不仅是一种美学现代性的标志，更多的只是一种生活方式上的效仿。像倪贻德在《艺术之都会化》的文章中所说的："最近的艺术，像未来派、表现派、立体派的艺术，都是表现那种动乱的不安的，刺激的都市的情调。用了那电车，汽车，大西洋的横航船，飞行船，飞行机，活动电影，淫荡的妖妇这些东西，来代替那些田畴，乡村，水面，帆影，纯洁的处女等作为画面的题材。于是一群的艺术家，他们都从山水怀里跳了出来聚集在大都会里，到充满着酒香肉气的咖啡馆，跳舞场里，度那颓废的流浪的生活……"①

从倪贻德的文章中也可以看出，当时颓废思想在上海社会上已广泛流行，并作为一种流行的时尚而存在。《现代杂志》第四卷第一期王一心就以《颓废》为题，写了一首诗：

> 颓废从社会爬进我的灵魂，/它又从个人心上走入人群；/酒与肉把颓废养得多肥，/它天生有翅膀也不能飞。
>
> 你看我的长发上站着颓废，/不，颓废老在我长发上睡；/它昼夜张开罪恶的枯手，/听呀，落叶打响了深秋！

在这里作者视颓废为一种可资张扬赞叹的情调，我们能感觉到诗人的某种夸饰情感。张若谷在他的小品文《都市的诱惑》中认为，颓废现象产生的原因是受"资本主义的压迫"：

> 近代科学的突进，机械业的发达，化装品，妆饰术，大商业广告术的进步，使大都会一天一天的增加艳丽，灿烂，引得一般人目迷心眩，像妖魔一般的有媚人的力量……他方

---

① 张若谷：《都市的诱惑》：《异国情调》，汉语大词典出版社 1996 年版，第 5 页。

面一群神经过敏的艺术家，受了资本主义的压迫，而生出无限苦闷，于是拼命的要求肉的享乐，想忘记了苦闷；酒精呀，烟草呀，咖啡呀，淫荡的女性呀，愈是刺激的东西愈好……而他们所表现出来的艺术，也当然是力求新奇的刺激的东西……①

但现实的情况是，颓废，在现代时期的上海，更多的是作为一种人生态度、一种人生哲学而存在，这主要表现在当时流行一时的唯美—颓废派的作家创作中。

从 20 年代中期到 30 年代初，在上海，以狮吼社为基础，围绕《狮吼》和《金屋月刊》两个杂志，形成了一个唯美—颓废主义作家群，代表人物有滕固、章克标、邵洵美。据章克标的回忆：

> 我们这些人，都有点"半神经病"，沉溺于唯美派——当时最风行的艺术流派之一，讲点奇异怪诞的、自相矛盾的、超越世俗人情的、叫社会上惊诧的风格，是西欧波特莱尔、魏尔伦、王尔德、乃至梅特林克这些人所鼓动激扬的东西。
>
> 唯美出于好奇和趋时，装模作样地讲一些化腐朽为神奇，丑恶的花朵，花一般的罪恶，死的美好和幸福等，拉拢两极、融合矛盾的语言。《狮吼》的笔调，大致如此。崇尚新奇，爱好怪诞，推崇表扬丑陋、恶毒、腐朽、阴暗；贬低光明、荣华，反对世俗的富丽堂皇，申斥高官厚禄大人

---

① 张若谷：《都市的诱惑》：《异国情调》，汉语大词典出版社 1996 年版，第 5 页。

老爷。①

由此可以知道，唯美—颓废作家只是"出于好奇和趋时"，对欧洲以王尔德为代表的唯美派的一种仿效。邵洵美在他的诗集《诗二十五首》自序中就坦白地说："第一次写诗便是一种厚颜的摹仿。再进一步是词藻的诱惑；再进一步是声调的沉醉"，他"不相信有什么灵感，只知道有技巧"。"我的诗的行程也真奇怪，从沙弗发见了她的崇拜者史文朋，从史文朋认识了先拉斐尔派的一群，又从他们那里接触到波德莱尔、凡尔仑。当时只求艳丽的字眼，新奇的词句，铿锵的音节，竟忽视了更重要的还有诗的意象……"②

我们可以看得出来，以狮吼社为基础的"唯美—颓废"派最初是模仿西欧的唯美主义的，以"装模作样"的矫揉造作的戏剧化的形式。而且他们不以模仿为耻，他们的模仿本身也是一种态度的证明，表明对西欧唯美主义的一种膜拜心理。像邵洵美的《To Swinburne》就公然地"攀附"欧美唯美派：你是沙弗的哥哥我是她的弟弟，/我们的父母是造维纳丝的上帝——/霞吓虹吓孔雀的尾和凤凰的羽，/一切美的诞生都是他俩的技艺。//你喜欢她我也喜欢她又喜欢你；/我们又都喜欢爱喜欢爱的神秘；/我们喜欢血和肉的纯洁的结合；/我们喜欢毒的仙浆及苦的甜味。③

唯美主义文艺运动的发源地，一般认为是英国，其代表人物是奥斯卡·王尔德。"为艺术而艺术"是包括唯美主义在内的一

① 章克标：《回忆邵洵美》，《文教资料简报》1982年第5期，总第125期。
② 邵洵美：《诗二十五首》，上海时代图书公司1936年版，第6—7页。
③ 《花一般的罪恶——狮吼社作品、评论资料选》，华东师范大学出版社2002年版，第24页。

切颓废主义文艺流派的总纲领、总口号。唯美主义思潮兴起于19世纪末，当时的欧洲各国社会矛盾加剧，人心浮动。一些富有才智的作家和艺术家，对于资本主义现实及艺术商品化现象深怀不满，对于当时兴盛的科学和唯物论、自然主义和现实主义文学也深为厌恶。当时在艺术领域，一种苦闷、彷徨、悲观颓废的心理开始产生。在艺术领域，他们也强烈地要求自卫。于是产生了颓废主义及唯美主义文艺思潮。

颓废派与唯美派在思想精神上有相类似的地方。有论者认为，颓废主义、唯美主义都是"世纪末"的文艺思潮，它们之间有共同的艺术纲领——"为艺术而艺术"，但也有各自的艺术特色。"颓废主义重主观、重幻觉，求神秘、求怪异，以崇拜非理性主义、神秘主义和偏重技巧、偏重'恶'的倾向为其基本特征。"① 杰克生所说的英国颓废派的四项特征是："第一，怪僻和耽溺；第二，人为的和技巧的；第三，自我中心；第四，好奇心的旺盛。"②

叶芝认为，颓废派的精华与积极之处在于它所强调的那种燃烧的生命的热力。他说："在一般人叫做'颓废'的里面，我看到了幽微的光、幽微的色，幽微的形和幽微的力。"③

五四前后，《新青年》等杂志率先介绍、宣传王尔德等唯美派作家的作品及其艺术主张，一时形成了一股王尔德热。他的剧本《莎乐美》等在中国舞台上演出，引起了热烈的反响。陈独秀在《现代欧洲文艺史谭》中称王尔德为"近代四大代表作家"之一，又在《文学革命论》中热情呼唤"中国之虞哥、左喇、桂特、郝卜特曼、狄铿士、王尔德"之诞生。陈独秀热

① 赵澧、徐京安主编《唯美主义》，中国人民大学出版社1998年版，第6页。
② 同上书，第7页。
③ 同上书，第6页。

情地推崇国外的这些作家，是因为从这些作家身上看到了一种
叛逆及反抗的气息，看到了其中所包含着的生命热力。不过，
我们知道，西方唯美主义是对被技术化、标准化、大众化以及
粗鄙化宰制的世界的批判，而其时在上海生活的人，并没有这
种批判意识，他们只是对唯美颓废派那种"重主观、重幻觉、
求神秘、求怪异"的艺术形式兴趣浓厚，以及其中所包含的生
命态度加以模仿和赞赏。邵洵美正是以一种唯美颓废派的特立
独行姿态表达自己对人生的一种独特感悟。他们对唯美—颓废
派的借鉴，主要是从一种思维方式、审美方式的角度。他们注
意从情绪、生命以及意识领域，来观照历史和现实。他们表达
的是一种独特的生命态度。在《金屋月刊》创刊号上，编者的
话中写道，创刊的目的是"因为对这个时候的文坛不满意"，
"我们要打倒浅薄，我们要打倒顽固，我们要打倒有时代观念
的工具的文艺，我们要示人们以真正的艺术"，"我们要用人的
力的极点来表现艺术"。① 他们以西欧的唯美—颓废派为师祖，
尽力用艺术的美来同鄙俗现实中的丑相对抗。注重生命的质
量，追求刹那间美好的心灵感觉，用感觉的美来装饰生活，是
他们的艺术主张。这一点比较鲜明地在其代表作家邵洵美那里
表现出来。邵洵美在《贼窟与圣庙之间的信徒》一文中，曾有
这样表述自己生存哲学的话：

  ……我读了马蔼 G. Moore 的一个少年的忏悔录，啊，
这才是我理想中的忏悔录吓，我羡慕他的学问渊博，我羡慕
他的人生观，他也和王尔德 O. Wilde 一般张着唯美派的旗
帜，过着唯美派的生活，不过王尔德带着些颓废派的色彩，
而他却有一种享乐派的意味。我以为像他那样的生活，才是

---

① 编者：《色彩与旗帜》，1929 年 1 月 1 日《金屋月刊》创刊号。

我们所需要的生活。①

　　人生不过是极短时间的寄旅，来也匆匆，去也匆匆，决
不使你有一秒钟的逗留，那么眼前有的快乐，自当尽量去享
受。与其做一枝蜡烛焚毁了自己的身体给人家利用；不如做
一朵白云变幻出十百千万不同的神秘的象征，虽然会散化消
灭，但至少比蜡烛的生命要有意义的多。②

　　英国唯美主义的代表人物瓦尔特·佩特就认为艺术的目的
就在于培养人的美感，寻求美的享受。他认为人生短暂，要使
短暂的人生有所意义，有所价值，就要尽可能地抓住那些给人
以新奇、感动的东西。在《文艺复兴·结论》中，他写道：
"我们的生命是像火焰那样的；它只是多种力的组合，这各力
在中途或迟或早地离去，其组合是时时更新的。""既然感到了
我们经验中的这种异彩及其短暂性，那么，我们在尽一切努力
拼命去看见它们和接触它们……我们必须做的，是永远好奇地
试验新的意见，追求新的印象。"③感受刹那的印象，经营个人
刹那间的生活，就是人生的意义。"人生的意义就在于充实刹
那间的美感享受。"人的一生不能以世俗的观点去评价，而主
要看自己内心底的感受。对生命的感受本身才是最值得我们关
注的。"并非经验的结果是目的，经验本身便是目的。"而人一
生真正的成功就是能拥有心灵上的这种美感享受。"能使得这
种强烈的、宝石般的火焰一直燃烧着，能保持心醉神迷的状
态，这就是人生的成功。"④

　　① 邵洵美：《贼窟与圣庙之间的信徒》，《火与肉》，金屋书店1928年版，第
51—52页。
　　② 同上书，第59页。
　　③ 赵澧、徐京安主编《唯美主义》，中国人民大学出版社1998年版，第77页。
　　④ 同上。

显而易见，邵洵美的人生理想和生存哲学都受到西欧唯美主义的影响。只是在邵洵美的诗中，他所获取的感受及享乐大多局限于感官方面。《花一般的罪恶》是他的代表作。有人曾这样评价过这部诗集的整体风格"是轻灵的，娇媚的，浓腻的，妖艳的，香喷的，而又狂纵的，大胆的，——什么都说得出来，人家不能说不敢道的。简直首首是香迷心窍的灵葩，充满着春的气息，肉的甜热；包含着诱惑一切的伟大魔力"。① 如他的出名的诗所描绘的：

> 花一般的罪恶
> 那树帐内草褥上的甘露，
> 正像新婚夜处女的蜜泪；
> 又如淫妇上下体的沸汗，
> 能使多少灵魂日夜醉迷。
>
> ——《花一般的罪恶》②

> 牡丹也是会死的；但是她那童贞般的红，
> 淫妇般的摇动，
> 尽够你我白日里去发疯，
> 黑夜里去做梦。

> 少的是香气：
> 虽然她亦曾在诗句里加进些甜味，
> 在眼泪里和入些诈欺；

---

① 《〈花一般的罪恶〉介绍》，《金屋月刊》第 1 卷第 2 期。
② 邵洵美：《花一般的罪恶》，《花一般的罪恶》，上海：金屋书店 1928 年版，第 49 页。

但是我总忘不了那潮润的肉，
那透红的皮，
那紧挤出来的醉意。

——《牡丹》①

而他的另一首《蛇》更具色情的魅惑力：

在宫殿的阶下，
在庙宇的瓦上，
你垂下你最柔软嫩的一段——
好像是女人半松的裤带
在等待着男性的颤抖的勇敢。

我不懂你血红的叉分的舌尖
要刺痛我那一边的嘴唇？
他们都准备着了，
准备着这同一个时辰里双倍的欢欣！

我忘不了你那捉不住的
油滑磨光了多少重叠的竹节：
我知道了舒服里有伤痛，
我更知道了冰冷里还有火炽。
啊，但愿你再把你剩下的一段
来箍紧我箍不紧的身体，
当钟声偷进云房的纱帐，

① 邵洵美：《牡丹》，《诗二十五首》，上海：时代图书公司 1936 年版（上海书店影印版，1988 年），第 37、38 页。

温暖爬满了冷宫稀薄的绣被！①

　　这里的蛇，如李欧梵所说，在西方文学和神话里是一种欲
望、邪恶、引诱的喻体，而在中国文学中，它代表的是"尤物"，
就是人们常说的"蛇蝎美人"。李欧梵分析说："这些可资联想的
丰富资源让整首诗浸透了神话的芬芳和热烈：做爱成了狂喜和死
亡的联姻，爱寻求死的寓言。"②但是这里值得注意的是，诗人
明明知道他的做爱对象是"蛇"，是"蛇蝎美人"，他预知这种做
爱的危险，但是他仍然不放弃自己心底所引发的一种欲念。李欧
梵所说的"做爱成了狂喜和死亡的联姻，爱寻求死的寓言"。其
实表达的是作家对于生命体验的一种态度，诗人所寻求的，是发
自内心的生命律动，即使是从罪恶中所诱发的生命力量，即使是
面临着死亡的危险，但只要是一种热烈的生命感动，就不要拒
绝，就应该抛弃世俗的道德观念，勇敢地去享受。听从自己心底
的呼唤，把注意力放到自身的感觉体验上。如瓦尔特·佩特所说
的，"人生的意义就在于充实刹那间的美感享受"。瓦尔特曾经把
人生所获取的刹那感受视为"火焰"，"能使得这种强烈的、宝石
般的火焰一直燃烧着，能保持心醉神迷的状态，这就是人生的成
功"。③

　　邵洵美在诗中所表达的，就是一种心醉神迷的状态，这种
心醉神迷的状态是一种生命体验的极致，是完全的感官的放纵
与颓靡，是心灵极度的放松与快乐。像他所渲染的那种"颓加
荡"的爱，就是那种不加约束的绚烂到极点的生命感受。一切

---

　　① 邵洵美：《蛇》,《诗二十五首》，上海：时代图书公司 1936 年版（上海书店
影印版，1988 年），第 55、56 页。

　　② 李欧梵：《上海摩登——一种新都市文化在中国》，北京大学出版社 2001 年
版，第 269—270 页。

　　③ 赵澧、徐京安主编《唯美主义》，中国人民大学出版社 1998 年版，第 77 页。

行为只是"快乐的怂恿",只为那一刻的生命感受的绚丽。在唯美—颓废派的其他作家中也有人表达过这种只重视生命刹那的体验、追求那一刻的生命质量的观念。如郭子雄在《你躲避我么》中写道:"如其我是一朵花,我不怕落,只要我有过十足的开。如其我是一轮月,我不怕缺,只要我有过十足的开。如其我是一团火,我不怕烧成灰,只要曾经有过一度熊熊的燃。"[①] 在虚白的《舞场之夜》中写道:"管他是骨,管他是肉,只要是个人,我就心足。来,大夥儿来,这儿是无遮大会,是忘情天国!肉气,酒香塞你的鼻;乐调,人声聋你的耳;色采,脂粉盲你的目;滑润,丰盈钝你的触;鼻塞,耳聋,目盲触钝,一切感觉失掉了本能,这才是彻底的人生享乐。"[②] 尽心尽意的纵情,任凭自己内心情感之流一泻千里,汪洋恣肆,抛弃掉一切的羁绊,尽片刻的欢娱,这是唯美主义者的生存态度。王尔德的小说《道连·格雷的画像》中主人公的观点是:青春时代最有价值的生活,是感官的享乐,肉的享乐。邵洵美非常推崇王尔德,曾经说:"我以为像他那样的生活,才是真的生活,才是我们所需要的生活。"[③]

尽情地享受短暂的人生,享受生命的激情,这是上海的唯美派效仿英美唯美派的主要动因。

二 在上海:颓废之生活方式的生长土壤

我们要考察的是,这种思想为什么在上海诞生?

唯美主义和颓废派最先在上海被介绍进中国,而后来唯美主

① 郭子雄:《你躲避我吗》,《花一般的罪恶——狮吼社作品、评论资料选》,华东师范大学出版社 2002 年版,第 85 页。

② 虚白:《舞场之夜》,1929 年 5 月《金屋月刊》第 1 卷第 5 期。

③ 邵洵美:《贼窟与圣庙之间的信徒》,《火与肉》,上海:金屋书店 1928 年版,第 52 页。

义和颓废主义最流行的地区也是上海。以王尔德为例，据史料记载，王尔德的话剧在天津和成都也上演过，但影响不及上海地区。[①] 王尔德著作的译本有百分之九十由上海的出版社出版。他的诗歌、童话、批评论文也基本上是在上海的杂志或报纸的副刊上连载的。[②]

王尔德为什么在上海才能拥有读者？唯美主义为什么在上海才得以风行？有论者认为，这里有地理上的原因。相比其他城市，上海离东京最近，而鲁迅、周作人、郭沫若、田汉、郁达夫等宣扬王尔德思想的文人大都有在日本留学的经历。是他们从日本把王尔德、唯美主义、颓废主义进口到中国，最近的口岸是上海。[③]

地理上的原因是一方面，但其中最主要的还是社会文化上的因素。对于西方唯美主义在中国的传播，朱寿桐在《中国现代主义文学史》中有过这样的解释，他说，在 19 世纪的西方，"'为艺术而艺术'的口号不过是对艺术商品化的庸俗风气的曲折抗议"，"颓废主义和享乐主义也是对资本主义物欲泛滥、人欲横流

---

① 王尔德《少奶奶的扇子》于 1926 年在成都由四川戏剧协社演出，见孙晓芳《抗日战争时期的四川话剧运动》，四川大学出版社 1989 年版，第 3 页；1925、1927、1929 年在天津由南开话剧团演出，见崔国良等编《南开话剧运动史料》，南开大学出版社 1993 年版，第 251 页；1935 年在天津由中国旅行剧团演出，见《中国话剧史料集》第 1 辑，第 184—185 页。

② 1915 年《新青年》杂志开始翻译王尔德的戏剧《意中人》、《弗罗连斯》、《天明》、《遗扇记》、《自私的巨人》，1921 年《少年中国》第 2 卷第 9 期开始连载田汉译的王尔德最重要的剧本《莎乐美》，这一年的《小说月报》的第 12 卷第 5 期发表沈泽民的长文《王尔德评传》，同时开始连载耿式之翻译的《一个不重要的妇人》。1921 年至 1922 年，是王尔德在中国最为盛行的两年。有关王尔德在中国被介绍、翻译的情况，详细的介绍参见肖同庆《世纪末思潮与中国现代文学》，安徽教育出版社 2001 年版，第 93—101 页。

③ 参见周小仪《唯美主义与消费文化》，北京大学出版社 2002 年版，第 179页。

的一种反映和偏激的反抗"。① 朱寿桐指出，这些精神逻辑原本与我们新文学初创阶段的社会文明背景和文化氛围相距甚远，照理说这样的精神现象在那时候的中国文坛上难以盛行。但事实是许多文学家都对唯美式的颓废、享乐风表现过不同程度的留恋，形成了一脉不可忽视的精神潜流。朱寿桐认为这其中的原因主要还是文化现实特有的规定。其一，是因为随着"五四"前后大规模思想解放运动的掀起，传统文化和道德受到了崩溃性的冲击，而新文化、新道德正以其较为模糊的面影日益引起曾经慷慨激昂于一时的青年们的疑虑和迷茫，在这种无所适从的时节，不少青年作家很自然地追求"新浪漫主义"，包括在其中占主要地位的唯美主义。其二，"新思潮将青年鼓动起来，激动起来之后，不能及时将他们导入正常的社会秩序和理性的道德意识之中去，很容易使得他们产生消极、颓废乃至绝望情绪，这是新文学作家对唯美主义有所取向的另一现实依据"。②

在其时上海的文化语境里，唯美主义的盛行也包含着朱氏所说的原因。但上海又有其特有的接受唯美主义文化思想的氛围。如前所述，上海在 20 世纪二三十年代商业经济极其发达，消费娱乐也呈畸形繁荣之势。唯美、颓废思想在上海得以流行，首先是这种思想感觉和极度膨胀、畸形发达的现代化的上海都市给予人的心境、感觉相契合。现代化的钢铁世界给人心灵造成的挤压，声光化电的喧嚣社会对人神经的刺激，机械化的速率给人心理上的影响，贫富悬殊且失去价值评判的上海社会给予人的混乱、无力感。——现代都市中的一切使人产生荒诞的各式各样的现代感觉。所以不仅是作家，在上海生活的读者也更能欣赏接受

---

① 朱寿桐主编：《中国现代主义文学史》，江苏教育出版社 1998 年版，第 177 页。

② 同上书，第 178 页。

西方的唯美主义。

再者，上海是出思想先锋的地方，一切的独立特行行为及怪异思想都能在上海找到适宜的生存土壤。颓废主义的代表人物王尔德是那个时代惊世骇俗的先锋，他的种种反道德和反传统的行为，对奇装异服的喜好和对同性恋的坦然，很能满足民众的猎奇心理。唯美主义作品中那种从感伤、阴冷、迟暮中领悟美的独特的审美基调，对"恶之花"的奇诡而炫美的意象的沉溺，给习惯于追新猎奇的上海民众开辟了一片独特的审美领域，在心理得到震撼的同时也得到一种极致的审美感悟。

唯美主义得以在上海盛行还和上海重视声色的传统风气密切相关。唯美主义的极致是一种灵魂和肉体的尽情颓放，是对自己心底激情感觉的极度沉溺。唯美主义强调的是把生命的激情发挥到极致的那种生存状态。所以他们不拒绝能激发人生命激情的情欲，在官能的刺激中放任感觉漫无边际的驰骋，在极度的颓废感觉中放纵灵魂的沉沦，是他们所追求的一种境界。这也是注重声色的上海所追求的一种生命感觉。

唯美—颓废思想得以在上海传播最主要的一点是，上海能包容各种生命形态，所有的具有波西米亚色彩的"游手好闲"者都可以在其间找到容身之处。唯美—颓废思想归根到底是一种先锋文学，是为传统所不容的"另类"人的文学，同时又是"纨绔子弟"的文学。在波德莱尔那里，波西米亚人是泛指一切思想上与生活上独立不羁的文人墨客。"浪荡作风特别出现在过渡的时代，其时民主尚未成为万能，贵族只是部分地衰弱和堕落。在这种时代的混乱之中，有些人失去了社会地位，感到厌倦，无所事事，但他们都富有天生的力量，他们能够设想出创立一种新型贵族的计划，这种贵族难以消灭，因为他们这一种类将建立在最珍贵、最难以摧毁的能力之上，建立在劳动和金钱所不能给予的天赋之上。浪荡作风是英雄主义在颓废之中的最后一次闪光……浪荡作风是一轮落日，有如沉落的星辰，壮丽辉煌，没有热力，充满了忧郁。"[1]颓废也和波西米亚之类的游手好闲者具有的边缘化的政治身份也有关联，对他们来说，他们所崇尚的颓废、唯美，要的是一种激情的生活，不是传统意义上的光宗耀祖，他们要的是自由式的流浪，漂泊生活中心灵的那种绝对自由。

这种不是从外部而是从人的心底寻求激情经验的趋向，从而重新估定的价值，也是"五四"所倡导的"人的文学"的一个方面。唯美主义对于人的内心激情经验的尊重，它在众多层面上可以直接导向对人道精神的肯定。

第四节　上海作为隐喻之三
——色情之都

潘柳黛在《退职夫人自传》中写道：上海是"一个桃色的情欲之园"[2]。现代历史时期的上海，情欲以汪洋恣肆之势被夸张地释放出来。在这一时期作家的创作中，颓废的情欲如倾盆的雨，漫天而下，为上海这座都市涂抹上了五彩缤纷而又光怪陆离的魔都色彩。所以有评论家曾说，肉欲是上海这个东方魔都的标记。

作家对于上海城市想象的色情性，以一种偷窥、观看的形式在文学叙事中被表现出来，而这种偷窥、观看的主要对象是女人。确切地说，上海作为色情地，其主要的色情符号就是各式各样的摩登女人。考察30年代的作家作品，对城市的看视、感觉

---

① 郭宏安译：《波德莱尔美学论文选》，人民文学出版社1987年版，第501—502页。

② 潘柳黛：《退职夫人自传》，新世界出版社2003年版，第36页。

是作家叙事的主要形式。

一　上海：作为女性的生存空间

女性在上海比在其他地方能最先获得解放意识，尤其是躯体的解放。在传统父权制文化下对身体的论述中，女性的身体长久以来一直受到社会的监控。在父权制下，女性躯体被安置在闺阁中，不允许暴露在公共场所。传统中国三纲五常、三从四德、男尊女卑的宗法观念形成了一套以男性为中心的性别体系，女性成为男人的附属品，被收编在婚姻家庭之内，在躯体乃至在文化上受控于父亲、丈夫和男性家长。传统所宣扬的"从一而终"的贞操观念，正是对女性躯体控制的显性表现。在传统思想下，对女性躯体的压制烙上了深厚的政治文化的符码。女性躯体不再是作为自然人的肉体，而是蕴含父权文化象征的社会身体。女性躯体由此被简化为礼教规范的符号，在宗法制的权威下越来越趋于单一的空洞能指。在父权制性别政治运作下，传统社会中女性的社会身体即是男性集体想象的产物，具有宗法监控下的文化意义。

父权社会的这种礼教规范和性别体系也限定了男女的日常生活空间及休闲娱乐空间。公共场所为男人所占据控制，妇女除了在风俗所规定的年节喜庆庙会等时节才可出入公共场所外，大部分的活动区域只能限定在闺阁、家族内，如果女子去公共场所抛头露面，就会为时人所不齿，被认为是有悖妇德的越规之举。

在上海，最先在公共场所抛头露面的是妓女和仆妇、娘姨下层妇女。她们冶游街市，出入茶馆、酒肆、戏馆等休闲娱乐场地，蔚为壮观。如针对妇女的入戏院看戏，时人记述说：

上海一区，戏馆林立，每当白日西坠，红灯夕张，鬓影钗光，衣香人语，沓来纷至，座上客常满，红粉居多。①

此风渐盛，波及体面的朱门贵妇、大家闺秀。于是良家女性也开始从闺阁走向社会，她们出入高档茶馆、戏园，浓妆靓服，在街头列居的大小消闲娱乐场所内，与男子杂坐其间，公然谈笑，成为上海这座城市的独特景观。在当时报刊上曾刊载如下言论：

> 妇人女子原宜深藏闺阁，不令轻见男子之面，所以别内外而防淫欲，意至深也。乃上海地方妇女之蹀躞街头者不知凡几，途间或遇相识之人欢然道故，寒暄笑语，视为固然。若行所无事者，甚至茶轩酒肆，杯酒谈心，握手无罚，目眙不禁……此风日甚一日，莫能禁止。②

由闺阁走向社会，是女性解放历程中走出的很重要的一步。这重要一步的迈出，和都市的现代化发展进程密不可分，也和人们所浸淫其中的现代性观念有重要关联。我们说，都市所提供的现代性语境，是妇女由闺阁走向社会、迈向躯体解放的重要物质基础。

上海开埠后，各式各样的休闲娱乐设施和场所建立起来，这些娱乐设施的建立，是女性走向社会的条件和物质基础。尤其是作为消费标志性场所百货公司的建立，更为女性走出闺门提供了合法化依据。有论者说，"百货公司是新'视觉政体'中视觉普遍存在的示例"，它"应该被读解成制造了女性体验同时也被女性体验制造了的现代性的一个原型之地"。③

---

① 《邑尊据禀严禁妇女入馆看戏告示》，1874 年 1 月 7 日《申报》。

② 《二人摸乳被枷》，1872 年 6 月 4 日《申报》。

③ 米卡·娜娃：《现代性所拒不承认的：女性、城市和百货公司》，《消费文化读本》，第 181 页。

女性在大街上游走，在公园、茶馆和其他公共场所闲荡，和男人们一起享受着观赏外界城市所带来的观视愉悦。并由此充实自己的头脑，丰富自己的内心体验，由此确立全新的世界观，改变以往在闺阁中对外界的狭隘看法。这对女性的成长具有重要的意义。

　　女性的走出闺门，当然最重要的还是受西方现代思想意识的影响。上海开埠后，西洋男女公开自由交往的方式，很是令国人震惊。最初的舆论导向，都认为这是有伤风化之事。然而西国妇女的能任"一切工役之事"，以及同男子一样平等地出外观游与参与社交……在华洋混居的上海租界，西方男女交往习俗与中国传统两相对照，其优劣互见。在这种参照下，人们开始重新审视并评价中国传统男女性别体系，同情妇女的言论也开始出现。

　　1880年的《申报》上曾刊登过《论中国妇女之苦》的文章，文中说：

　　　　妇女之苦则固有过于男子者矣……良辰美景之天，乐事赏心之境，皆男子躬尝之，而为妇人者闭门兀坐，不啻达摩之面壁，其气不能畅，安得如男子之时时出外，足以扩眼界而豁胸襟也。[①]

　　类似的言论在这一段时期出现不少，这些议论，都谴责传统"厚于男而薄于女"的男女不平等观念。可以想见，没有西方现代男女平权的思想意识和交际规范的传入，延续中国两千多年的男尊女卑的传统观念不会就此打破。

　　在思想界，晚清时期对女性的关注，女权革命思想的兴

---

① 《论中国妇女之苦》，1880年2月27日《申报》。

起，最初的原因是基于民族国家建构的需求。建立新的民族国家其首要之旨是要有新的精神气质面貌和修养的国民。而如何"造就新国民"——如何营造一个新的民族国家，在当时是以梁启超为首的知识分子们共同思索的命题。所以对女权意识的倡导，是因为女子天然具有的生育能力。是因为"女子者，国民之母也"。未来的国民既然要由女子诞育，那么女性的素质和教养就是首要考虑的问题。晚清时期编印于上海的《女子世界》①，在发刊词上就果断地把女子素质修养的提高作为救中国的第一因素：

> 欲新中国，必新女子；欲强中国，必强女子；欲文明中国，必先文明我女子；欲普救中国，必先普救我女子，无可疑也。②

丁初我认为男子之奴役女性，为中国亡国灭种的根本原因：

> 长弃其母，胡育其子？吾谓三千年之中国，直亡于女子之一身；非亡于女子之一身，直亡于男子残贼女子而自召其亡之一手。③

两者都在强调女性对于国家命运拥有根本的决定权。中国女子若能生育出文明、强壮的新国民，则中国兴；反之，则中国亡。

基于培育新国民的考虑，女子的教育是第一要义。有论者

---

① 刊于《申报》1904年1月17日。
② 金一：《女子世界发刊词》，《女子世界》第1期，1904年1月。
③ 初我：《女子世界颂词》，《女子世界》第1期，1904年1月。

云："儿在襁褓，与母尤亲，故儿有痛痒，恒呼其母，一切语言，都母教之，而非父教之。语言可教，文字独不可教乎？少成若天性，习惯成自然，家垂母教，即国储贤才。"① 《女子世界》中有文章也认为女子于国民的教化作用重大："天下善感人者莫如女子；一切国家观念，社会思想，民族主义，胥于是萌芽，胥于是胎育焉，可也。"②

女子学堂就此开始创办。最初在上海的女学是外国教会创办的，如圣马利亚女校、中西女塾等。1898 年在上海由中国人创办了第一所女子学堂，此后，女子学堂在上海次第创办。女子走进校门，开始和男子一样接受教育，培养自立精神，提高了女子的自身修养和文化素质。

二三十年代，在都市中拥有职业的女子已很多，女性走向社会，走向工作岗位，走向交际娱乐场所。自此，女性不再使自身的躯体局限在闺阁之中，不再是某个或某些有地位或钱财的男人金屋藏娇、独自把玩的物品，而是成为上海社会一道亮丽的风景。

有一点需要强调的是，我在这里所说的女性解放，只是相对于传统的封建社会而言的。由于外在的社会环境和内在的女子自身的观念、见识，女性的解放不可能在短时期内取得预期的效果，毕竟，女性的被压抑状态经历了几千年的封建男权社会。在上海，女性虽然有了某种程度上的解放，但在商品消费社会中，仍然改变不了被物化的命运，仍然作为男性的欣赏物品而存在。在上海，女性虽然拥有了一定程度的解放，但并不能与男性享有一样的自由。比如在都市，女子从来没有拥有过像男子一样的游手好闲者在都市里随意看视的权力。那个时代的所谓摩登女性，

---

① 棣华书屋：《论女学》，1876 年 3 月 30 日《申报》。

② 初我：《说女魔》，《女子世界》第 2 期，1904 年 2 月。

还是依男性的尺度和规范而界定的。即便是女性走出围阁，也只不过是作为全社会物化的风景被观赏、被领略。自此以后，女性置于男性目光下，作为男性欲望对象而开始了汹涌澎湃的被观看的历史。

二　作为欲望对象被观看的女性

作为发达的资本主义时代的抒情诗人，波德莱尔曾将巴黎这座都市描绘成女性之城，其原因之一是因为女性是都市的游手好闲者/艺术家们重要的观看对象：

> 大体上，女人是为艺术家存在的……远不止是相对男人而言的女人。确切地说，她是神，是星……是一切造化铸就之典雅的闪亮的凝合，结晶成为单纯的存在；是生活的画面所能提供给它的深思者的最热切的倾慕和好奇的对象。她是偶像，可能有些愚蠢，却能使人目眩神离而迷醉……能为着力炫耀其美貌的女人增添魅力的一切都是其自身的一部分……①

在《现代生活的画家》中，波德莱尔指出，城市的游手好闲者正是通过观看而存在。波德莱尔把游手好闲者的形象润饰为现代艺术家的形象，而这些艺术家深深地依恋城市，因都市而存活。游手好闲者在都市中行走、观看，现代都市的一切都在他们的视野之内。在城市设施所构成的景观中，女性的身体在都市的视觉景观中最为触目，尤其是对男性而言。在游手好闲/艺术家们所看视的世界里，女人是"光亮，是惊鸿一瞥，是欢乐的诱

---

① 夏尔·波德莱尔：《现代生活的画家》，转引自《现代性和女性气质的空间》，《视觉文化读本》，广西师范大学出版社 2003 年版，第 347 页。

惑，有时仅是一个词"，① 她们是男性欲望的对象和目标。一位西方学者说："女性意味着欲望，她成为后者的标尺。她在可行的范围内表现并调节了快乐……和性特征，使欲望被人理解。"②

传统男权社会，女人是男性获取快乐的器具。章克标就说："说快乐，总逃不出女人、金钱和酒。"③ 许多文学家也是把醇酒妇人并列，视为是男人获取快乐的源泉。章克标在《银蛇》中所说的："文人的本色是女人和酒。"④ 现代文学史上，文学家们大多都能坦然地谈论女人，只不过是不同的人所持的态度有异。有些文学家主张以"艺术的眼光来看女人"，梁遇春赞同把美丽的女人当成风景、获取精神享乐的一种态度，赞赏"看到美丽的女人，不动枕席之念的天真"。⑤ 而朱自清在《女人》一文中，借文中人物白水之口表达他对女人的态度：

> 我所追寻的女人是什么呢？我发见的女人是什么呢？这是艺术的女人。……所谓艺术的女人，有三种意思：是女人中最为艺术的，是女人的艺术的一面，是我们以艺术的眼光看女人。……艺术的女人便是有着美好的颜色和轮廓和动作的女人，便是她的容貌、身材、姿态，使我们看了感到"自己圆满"的女人。……我们之看女人，若被她的圆满相所吸引，便会不顾自己，不顾她的一切，而只陶醉于其中；这个

---

① 《现代性和女性气质的空间》，《视觉文化读本》，广西师范大学出版社 2003 年版，第 347 页。

② 珍妮弗·克雷克：《时装的面貌：时装的文化研究》，舒允中译，中央编译出版社 2000 年版，第 98 页。

③ 章克标：《做不成的小说》，《金屋月刊》第 1 卷第 5 期。

④ 章克标：《银蛇》，《一个人的结婚》，花城出版社 1996 年版，第 21 页。

⑤ 梁遇春：《天真与经验》，《梁遇春散文全编》，浙江文艺出版社 1989 年版，第 129 页。

陶醉是刹那的，无关心的，而且在沉默之中。①

朱自清在这里所表白的对女人的观看，所获取的也是一种精神上的愉悦。而在何其芳那里，女性是人世间绝美的风景，是这悲惨世界中使人精神振奋内心充满希望的必不可少的点缀。在其散文《扇上的烟云》中，他这样描述少女的存在的意义：

> ……暮色与暮年。我到哪儿去？旅途的尽头等着我的是什么？我在车厢内各种不同的乘客的脸上得着一上回答了：那些刻满了厌倦与不幸的皱纹的脸，谁要静静的多望一会儿都将哭了起来或者发狂的。但是，在那边，有一幅美丽的少女的侧面剪影。暮色作了柔和的背景了。于是我对自己说，假若没有美丽的少女，世界上是多么寂寞啊。因为从她们，我们有时可以窥见那未被诅咒之前的夏娃的面目。于是我望着天边的云彩，正如那个自言见过天使和精灵的十八世纪的神秘歌人所说，在刹那间捉住了永恒。②

在人一生的生命历程中，青春时光是一道怡人的风景，生命就在这青春时光的瞬息激情中达到永恒。少女的存在是人们对于生存的信心与安慰，在某种程度上代表了人生的意义和价值。女性作为风景的存在一直是被文学家们所称道的，所以对于女人，现代的文学作家们一点也不掩饰心底的看视欲望。沈从文要去上海的时候，徐霞村开他玩笑说，去上海的目的是否就是"存心想去看看南京路走路的顶好看的新式女人"，而沈从文自己也毫不

---

① 朱自清：《女人》，《朱自清全集》第 1 卷，第 38—39 页。
② 何其芳：《扇上的烟云》，《画梦录·代序》，文化生活出版社 1937 年版，第 Ⅲ—Ⅳ 页。

回避对女人贪婪的看视："这里也看了，那里也看了……一个人都不放松。每一个脸我都细心的检察一番，每一个人从我身边过去的我都得贪馋的看一个饱。只要是女人，我会不让她在我审视以前把她从我心头开释。"① 徐葆炎在其小说《创作》中写到自己离开了"车马纷纭，人肉往还，电光辉耀，夜以继昼的上海"，来到"冷落得连一个铜子的香蕉糖也买不出来的太湖边上的村中之后"，最难以忍受的是没有女人看。"别的倒还可以支持；没有香蕉吃也不要紧，只是没有女人看，这件事情真是要人的命了"。由此写到上海的好处之一是"能看到所要看的一切的女人"：

> ……啊，上海！上海是这么好啊！你只要花它十六个铜子，就可以从先施公司的门口乘一路电车，一直到北四川路虬江路，在这一段的行程中，你便可以在车中看所欲看的看它一个醉饱！中年妇也有，小姑娘也有，中国的有，西洋的也有，日本的也有，一切世界上的女人都有。真好说是应有尽有了！你就不坐电车，你就要站在那些大的百货公司的门口，或者马路旁边，你也能看到所要看的一切的女人。上海真好，上海真好……②

小说中的"我"，为了看女人，从乡下赶到苏州去，在车站里看到一"绝世的美人"，于是"眼睛转也不转的将她看了个醉饱"，且看他的看视：

> 从脚上说起：她有一双不短不长的年糕似的脚，脚上穿

---

① 沈从文：《南行杂记》，《沈从文全集》11卷，北岳文艺出版社2002年版，第80、81页。
② 徐葆炎：《创作》，1930年4月《金屋月刊》第8期。

的是肉色的丝袜，既不太高，又不太低的高跟嫩黄色的漆皮鞋。脚肚既不太肥，又不太细，立在那里恰像一对棍棒一样，身上穿的是一件过膝七八分、淡黄色的外国绸的单旗袍，微风吹动她那旗袍的时候，在她的胸部很容易看得见那隐隐约约的乳峰。……旗袍没有做领，所以颈的全部完全可以看见。颈的上部便是面部了。呵，要面部才真是惊人的美呢。她那嘴唇，是又红又小，约略起来，正好放进我的舌尖。……①

这种看视不同于前述的对于女人的精神方面的欣赏，而带上了赤裸裸的肉欲色彩。"年糕似的脚"，"隐隐约约的乳峰"，嘴唇"又红又小"，"正好放进我的舌尖"，这些话语中包含着的赤裸裸的男性欲望暴露无遗。沈从文在小说《公寓中》写到一个犯着手淫病的男子，为逃避"公寓中可怕的寂寞"，每天去街上找一些"能够兴奋神经的事情"，能够独自玩味填补空虚寂寞的事情，而这事情就是"到马路上看女人"。② 在《怯汉》中，沈从文笔下"三十岁没有能力没有钱财没有相貌"的男子，娶不起女人，"注定只得看"，而正是这种对女人的看视，才让他得以活下去。小说中写道："当高而柔的少女身子从我身边过去时，我感到我心中的春天。""因这可怜的一瞬，就居然能够活着下来。"③ 在现代文学中的大多数男性作家笔下，男子对女人的看视大多带有肉欲的色情的成分，像梁遇春所写的那种精神上的愉悦的还不多，尤其是在海派作家笔下，

---

① 徐葆炎：《创作》，1930年4月《金屋月刊》第8期。
② 沈从文：《公寓中》，《沈从文全集》第1集，北岳文艺出版社2002年版，第353页。
③ 沈从文：《怯汉》，《沈从文全集》第2集，北岳文艺出版社2002年版，第199页。

女人更是作为欲望对象而存在。

这种看视不仅是在大街上，也是在戏院，在电影院，在茶馆，酒楼，总之在一切的公共场所中。沈从文借小说中人物的口说出看女人是"性的卑劣，男子的通病"。《重君》中的男子对自己的女友坦言说："你不知道，电影场内那一个不是感到性的饥饿才去花钱？他们把眼光屈折着，去搜索身前左右人丛中的标致脸孔。从这中也能得到种满足。"[①] 刘呐鸥就认为，人们到电影院去有种种原因，但"在电影院里最有魅力的却是在闪烁的银幕上出出没没的艳丽的女性的影像"。[②] 晚清小说中就有男子去戏院看女人的诸多场面的描写，有些非良家的女子，就把去戏院看成是出风头的机会，她们去戏院的目的并不是诚心看戏，而是借此机会被人观看。所以这种女人不早到戏院，只是在观众坐齐之后、戏开演中间隙款款前来，只为吸引眼球。在《歇浦潮》中，就有许多这种场面的描写。

在对都市的研究中，漫步街头曾经被视为城市空间活动的重要形式，是感觉和了解城市的必不可少的方式。舍勒就曾指出，"现代人"的生存样式是行和看，与中古的冥思构成类型上的差异。[③] 30年代上海的作家黑婴曾这样回答过自己为什么多产？是"因为寂寞。……寂寞的时候我远远地跑到上海去逛：也许在马路上跑半天，瞧那来来往往的各色各样的人；也许在爵士风里跟顽皮的女孩子唠叨"。[④] 柳眉君在《上海男子生活》中，以调侃的语调写到在上海靠卖文为生的文人的夜生活：

---

① 沈从文：《重君》，《沈从文全集》第1集，第404页。

② 葛莫美（刘呐鸥）：《影戏漫想：电影和女性美》，载《无轨列车》第4期，第一线书店1928年10月版，第207页。

③ 参见刘小枫《现代性社会理论绪论》，上海三联书店1998年版，第332页。

④ 黑婴：《帝国的女儿》，上海开华书局1944年版，第2页。

写完文章，天已经有点暗了。心中有点闷，想出去跑跑，于是脱下睡衣睡裤，换上衣服，随便到马路上去荡荡，看看体面的女人……一时心血来潮，想到跳舞，马上在路边叫了一辆汽车，把自己送上一家舞厅或咖啡馆。在爵士音乐与女人肉香的混合空气中坐下来，故意用一种似乎孤独的心理，来造成自己与环境神秘的对视，喝过几口酒或咖啡，有点兴奋起来了，眼睛便像一支箭，一条饧丝一样，绕到附近那些女人身上去，等会便如腾云如作梦的，与那女人随着音乐舞起来了。浪漫文人是不缺乏那种享乐自己的本领的，在这等麻醉人的环境中，全身每一个细胞都伸出手来捉取那些销魂荡魄的愉快。走出跳舞厅，感觉到那些音乐与肉香渐渐远时，心下有些寂寞，但精神则还很兴奋，毫不疲倦，趁步所之，又走进一家咖啡馆，再坐下来，再看女人，听音乐，看别的男人女人们亲狎的表情，再高兴起来，于是又去捉一个可爱的女人来跳舞。……①

　　在这里，文人对女人的看视，是为了"享乐自己"，"捉取那些销魂荡魄的愉快"，总而言之是为了满足自己的感官欲望。在黑婴的大部分小说中，漫步街头闲逛看视"各色各样的人"也成为他小说中主要的叙事模式。在他的小说《春天来到的时候》中，街头的流浪者的目光从摩天大楼到商店橱窗，捕捉到的是女人的身影，主人公对女性的看视包含着极大的感官欲望，其中潜隐着漫步街头者所藏有的暧昧心理。特里莎·德劳·瑞提斯关于都市书写的一种叙事场景的表述是："城市是一种文本，它通过将女性表现为文本来讲述关于

---

　　① 柳眉君：《上海男子生活》，《上海：记忆与想象》，文汇出版社 1996 年版，第 87 页。

男性欲望的故事。"① 我们从这种城市叙述中所读到的也是男性心底的欲望的展露。

现代历史时期的上海，作为中国最具有现代性色彩的都市，吸引了大批外地作家前来感受、体验现代生活。这些作家对上海的看视、其最震撼人心的感受大都与女人有着不可分割的联系，如郁达夫刚来上海，首先看到的是"四围的珠玑粉黛，鬓影衣香"，这种景象，"几乎把我这个初到上海的乡下青年，窒塞到回不过气来，我感到了眩惑，感到了昏迷"。② 蒋光慈的诗作《我背着手儿在大马路上慢踱》，在街头看到的也是"口齿白的美丽的姑娘"，而且心底非常憧憬；茅盾《追求》中所看到的舞场"只见卑劣的色情狂，丑化的金钱和肉欲的交换"。③ 而一位不知名的作者所看到的舞厅更是充满肉的气息："Jazz 声，一双白藕似的透明而纤美的脚胖，丰满而肉感的肩膀和背部，比盛开时的花还要浓艳的半开底胸上一对乳峰，她们底一切欢迎着祝福一般全身如铁甲车的刚强而有压力的男性底肉体。"④《春光曲》中，主人公所看视到的上海的舞场是"女儿的微笑，颤动的乳峰，迷人的香气……金钱与肉体交织成的欢乐王国哪……"⑤《PLER-ROT》中主人公看到的街，也是饱含情欲的汁液：

> 街。
>
> 街有着无数都市的风魔的眼：舞场的色情的眼，百货公司的饕餮的蝇眼，"啤酒园"的乐天的醉眼，美容室里的欺

① 劳瑞提斯：《爱丽丝不再：女权主义，符号学，电影》，美国：印第安纳大学出版社 1984 年版，第 13 页。

② 郁达夫：《海上·自传之八》，1935 年 7 月 5 日《人间世》第 31 期。

③ 《追求》：见《茅盾全集》第 1 卷，人民文学出版社 1984 年版，第 302 页。

④ 迷云：《现代人底娱乐姿态》，1930 年《新文艺》第 5 期。

⑤ 黑婴：《春光曲》，见《帝国的女儿》，上海开华书局 1944 年版，第 79 页。

诈的俗眼，旅邸的亲昵的荡眼，教堂的伪善的法眼，电影院的奸滑的三角眼，饭店的朦胧的睡眼……

桃色的眼，湖色的眼，青色的眼，眼的光轮里边展开了都市的风土画：植立在暗角里的卖淫女，在街心用鼠眼注视着每一个着窄袍的青年的，性欲错乱狂的，棕榈树似的印度巡捕，逼紧了嗓子模仿着少女的声音唱十八摸的，披散着一头白发的老丐……①

也许最为惊心动魄的看视还是在《子夜》里茅盾笔下借乡下地主吴老太爷的眼光看到的都市摩登女，女性的那种肉体的震撼终于致吴老太爷毙命：

> ……女性的身体出现了：二女儿芙芳时髦的打扮一下令吴老主爷厌恶起来，淡蓝色薄纱紧裹着她的壮健的身体，一对丰满的乳房很显明地突出来，袖口缩在臂弯以上，露出雪白的半只胳膊。……窗外：又是一位半裸体似的只穿着亮纱坎肩，连肌肤都看得分明的时装少妇，高坐在一辆黄包车上，翘起了赤裸的一只白腿，简直好像没有穿裤子。②

> ……她们身上的轻绡掩不住全身肌肉的轮廓，高耸的乳峰，嫩红的乳头，腋下的细毛皮，无数的高耸的乳峰，颤动着，颤动着的乳峰，在满屋子里飞舞了……突然吴老太爷又看见这一切颤动着飞舞着的乳房像乱箭一般射到他胸前，堆

---

① 穆时英：《PLERROT》，见《白金的女体塑像》，九洲图书出版社1995年版，第123—124页。

② 茅盾：《子夜》，人民文学出版社1982年版，第12—13页。

积起来，堆积起来，重压着，重压着，压在他胸脯上，压在那部摆在他膝头的《太上感应篇》上，于是他又听得狂荡的艳笑，房间摇摇欲坠。①

在黑婴小说中的"看视"中，男性欲望还是以潜隐的形式表现出来，主人公所看视的还是能引起心神愉悦的"苗条的身影"，"懂事的眼珠子"，"会说话的嘴"，但在吴老太爷的眼中，他所看到的女性完全是肉欲、色情的刺激物了。女性的面貌长相已不在他的视野范围之内，他目光所关注的完全是女性的"身体"。"丰满的乳房"、"雪白的半只胳膊"、"肌肤看得分明的时装少妇"，还有令吴老太爷眩晕的乳峰……在这里，女人作为生命个体特性已被抽空，女人的性的特征被无限制地扩大，男性所看到的完完全全是一种欲望的器具。

在男性的这种看视中，可以看出，男性并不是以平等的目光来看待女人的，他们只是把女性作为一种物品——一种或是爽心悦目或是激发情欲的物品，从中，可以看出男权社会中男性面对女性时的那种根深蒂固的优越感。女性从来不是在精神层面上被男性所欣赏所娱悦，所以，对要求个性解放求得精神上的追求的女性来说，面临这样的社会现实时就只有悲天悯人。丁玲在《梦珂》中，就写到了在上海单纯被视为"看视的欲望对象"的女子的感觉。梦珂所见到的上海，完全是一个欲的上海。学校里教员对女模特儿的侮辱，表哥晓淞、国画教师澹明看到的只是她的肉身。本来梦珂所向往中的现代文明的上海是自由、艺术的人生，是人格的独立和完美，但触目所见的现实一片虚伪，一片污垢。农村中的家她也不能回，"男性的粗野"，以及"家族亲戚中做媳妇们的规矩"，已使受过现代文明拂照的她不能忍受。最后终于

---

① 茅盾：《子夜》，人民文学出版社1982年版，第17—18页。

还是去圆月剧社作一个被男子观看的"闭月羞花","国色天香"的欲望对象。在上海，对女人来说，只不过是作为男子欲望的对象而存在，而不是有尊严有人格的独立生命个体，在精神家园里空茫无依。正如有论者所言，在男性的看视中，"女人只是一个符号，一种虚构，是意义和幻象的绝妙结晶。女性气质并不是指女人的自然状态，它只是赋予'女人'这一符号以历史可变性的意识形态意义，而这一意义是被男性社会群体为其自身所构建出来的，他们借助制造一个虚幻的他者来缔造出自我的身份和假想的优越性"。[1]

在现代历史阶段的上海，女性得以走出闺阁获取看与被看的权利是现代都市发展的结果，是一种进步。但由于时代所限，这个时期貌似被解放了的女性仍然没有真正的人格上的被尊重与独立，仍是作为男性的欲望对象而存在。女性由此成了都市消费中的对象，"成了男性窥视的目标和欲望的载体。在这种情形下，她们完全失去了自我生命的意义，本身的喜怒哀乐完全不被人注意。人们之所以注意她们，大都是因为她们激起了他们的欲念。在此意义上，她们已完全不具备任何一点主体性。她们成为都市风景的一部分，成为男人众多的消费对象之一，而无法逃脱作为女人的宿命"。[2]

三 上海：作为色情的生存空间

周作人曾说，上海文化是"买办流氓与妓女的文化"，"上海文化以财色为中心，而一般社会上又充满着饱满颓废的空气，看不出什么饥渴似的热烈追求。结果自然是一个满足了欲望的犬儒

---

① 《现代性和女性气质的空间》，《视觉文化读本》，广西师范大学出版社 2003年版，第 347 页。

② 《上海酒吧——空间、消费与想象》，江苏人民出版社 2001 年版，第 133 页。

之玩世的态度"。① 而这种玩世的态度决定了把女人当作"娱乐的器具",所以这种上海风气决定了女人在上海的独特之处,不是传统大家闺秀所具备的雍容典雅,而是传统所不容的"情色"两字。

情色在上海的得以发展,主要也是因为上海这座商业消费都市所具有的物化力量所决定。在现代历史时期,上海的资本势力极度发展之时,商品拜物教也无形中以它的力量侵袭着传统的价值评判和情感模式。在商品的交换法则下,物化力量渗透到日常生活世界中的方方面面,是支配人物行动的唯一的权威。"物化力量解释了城市中的一切——政治、性、冒险、剥夺、幻想、堕落和贫穷。"②

对上海的女性来说,在物化力量的支配下,受现实情境的耳濡目染,视青春、美貌为资本的意识比其他地方的女性更为自觉。所以在上海,爱情也是建立在商品交换基础上,很难找到真正的两情相悦的爱情。蒋光慈的小说《寻爱》,写出上海这个地方金钱在"爱情"方面所具有的腐蚀力量。"名满海内外的天才诗人"但一贫如洗的刘逸生在上海寻找爱情,在小姐出身的女学生里找,在风尘女子中找,在咖啡馆中的"下女"里找,皆以失败而告终。无论哪种身份的女子喜欢的都是穿西装的富家少爷,甚至是"温雅不俗"的女茶房,她的微笑也是受着金钱的驱动的。……上海的诗情画意、风花雪月是要以金钱为基础的。刘逸生最终明白:"现在的世界是钱的世界,什么天才的诗人,什么恋爱,什么纯洁,简直就是狗屁!……"③ 所以他将自己所有的

---

① 周作人:《上海气》,1927年1月1日《语丝》第112期。

② 李洁非:《城市镜框》,山西教育出版社1999年版,第33页。

③ 蒋光慈:《寻爱》,《蒋光慈文集》第1卷,上海文艺出版社1982年版,第210页。

诗稿焚烧，誓再不做诗。

当爱情也沦为商品受物物交换的规则操纵的时候，色情便有了它存在的土壤。鲁迅在《上海文艺之一瞥》中尖锐地指出："佳人并非因为爱才若渴而作婊子的，佳人只为的是钱。"30年代一个文人评价上海时指出，上海一个主要的特点是商品化。尤其是"物质的精神的各方面都商品化了"，在上海，"一切都是钱说话"。① 在商品经济的熏染下，在上海这片土地上生活的少女，很自然地把自己的娇嗔也当成了用来交换的物品。鲁迅在《上海的少女》中，意味深长地写到普通日常生活中女子的购物，写出其中所暗含的某种色情的气息：

> 挑选不完，决断不下，店员也还是很能忍耐的。不过时间太长，就须有一种必要的条件，是带着一点风骚，能受几句调笑。否则，也会终于引出普通的白眼来。

> ——惯在上海生活了的女性，早已分明地自觉着这种自己所具有的光荣，同时也明白着这种光荣中所含的危险。所以凡有时髦女子所表现的神气，是在招摇，也在固守，在罗致，也在抵御，像一切异性的亲人，也像一切异性的敌人，她在喜欢，也正在恼怒。这神气也传染了未成年的少女，我们有时会看见她们在店铺里购买东西，侧着头，佯嗔薄怒，如临大敌。自然，店员们是能像对待成年女性一样，加以调笑的，而她也早已明白这调笑的意义。总之：她们大抵早熟了。②

---

① 高植：《在上海》，《上海：记忆与想象》，文汇出版社 1996 年版，第 81 页。
② 鲁迅：《上海的少女》，原载《申报月刊》第 2 期，1933 年 9 月 9 日，收入《上海：记忆与想象》，第 91 页。

而在 1935 年刊载在《漫画漫话》中的一幅漫画，更是形象地表现出女性在购物（买布料）过程中利用自身独特的女性魅力来获取实际的好处。在第一幅画中，女性顾客摆出娇媚的姿态，向男性伙计抛着媚眼："多放一点吧"，被诱惑的伙计只有从命。第二幅画中，女性顾客以更为娇媚的姿态身体往男性伙计这边倾斜："再放一点吧！"男性伙计："好！好！"第三幅画中，女性顾客几乎靠在了男性伙计的身上："再放一点吧！"画中所展示出的伙计不能自抑，乐得合不拢嘴："好！好！"[①]

　　在这里，女性的魅惑力成为换取多一些布料的资本。在这个购物过程中，也严格地遵循商品交换法则，换取的布料越多，女性所要展示的女性魅力及风情就越迷人。在物化的上海，女性已经很明白自己的躯体所包含的商品价值信息，并懂得如何利用它去获取物质上的便利。

　　在消费社会里，购物和消费成为人们重要的仪式，尤其是对女人。西方的消费文化研究者正是从女性的购物上，看出了色情的存在。如米卡·娜娃认为"百货公司出现后，其结果是向女性提供了一个公共区域"。[②] 因为它是"将女性看和被看的欲望合法化的环境——它让女性能够同时成为观看、欣赏的主体和客体"。[③] 有学者从女性的购物欲望中，由商品带给人感官享受的陈列中，认为百货公司的环境有助于"构建挑逗性的、不道德的犯罪快感"（珍尼斯·威廉姆）。[④] 米卡·娜娃直接说，商店"释

----

　　① 参见王绿作的漫画《片断的都市史料》，《漫画漫话》1935 年第 3 期。

　　② 米卡·娜娃：《现代性所拒不承认的：女性、城市和百货公司》，《消费文化读本》，中国社会科学出版社 2003 年版，第 171 页。

　　③ 同上书，第 194 页。

　　④ 转引自彼德·杰克逊、尼格尔·斯内夫特《消费地理学》，《消费文化读本》，中国社会科学出版社 2003 年版，第 451 页。

放出不受拘束的性欲，一种不祥的犯罪倾向"。① 在莫尔那里，购物中心已经成为我们 20 世纪"满足肉欲的乐园"。② 而根据米卡·娜娃的分析，左拉作品中描写过女性顾客"渴望的垂涎的目光"，和被"色情的"、"诱人的"商店世界搞得挥霍无度的危险。米勒在对巴黎著名的全世界第一家百货公司 Le Bon Marche 的描述中写道，女性被宣称能从对丝绸（而不是其爱人）的抚摩中获得更多的"能激起情欲的感觉"。③

让·波德里亚在《消费社会》中也指出美丽之于女性，"变成了宗教式绝对命令"，是"资本的一种形式"，是"交换着的符号的一种材料。它作为价值/符号运作着"。④ 而"美丽的命令，是通过自恋式重新投入的转向对身体进行赋值的命令，它包含了作为性赋值的色情"。⑤ 这样的色情身体只是作为欲望交换符号载体而存在。在色情化的身体中，占主导地位的是"交换的社会功能"。

在消费社会的上海，女性身体作为商品而存在。所有的服饰装扮也是服从于交换的需要。究其实质，女性只是男性欲望的对象，作为色情交换而存在。女性的美丽可以按照一定的比率换成赖以生存的物质。所以在王安忆的《长恨歌》中，王琦瑶毫不犹豫地选择李主任，正是潜意识中的这种交换准则：她的美丽和李主任背后的显赫身份有种等值的东西，而金条就是衡量王琦瑶美

---

① 米卡·娜娃：《现代性所拒不承认的：女性、城市和百货公司》，《消费文化读本》，中国社会科学出版社 2003 年版，第 197 页。

② 彼德·杰克逊、尼格尔·斯内夫特：《消费地理学》，《消费文化读本》，中国社会科学出版社 2003 年版，第 451 页。

③ 参见米卡·娜娃《现代性所拒不承认的：女性、城市和百货公司》，《消费文化读本》，中国社会科学出版社 2003 年版，第 197 页。

④ 让·波德里亚：《消费社会》，南京大学出版社 2001 年版，第 144 页。

⑤ 同上书，第 145 页。

貌的外化物。

上海作为女性之城，色情得以在都市之上空弥漫，其中一个重要的因素也归因于电影业的发展及美国好莱坞影片在上海的渗透。其时以获取商业利润为目的的好莱坞，大部分影片的内容"千篇一律的逃不出恋爱与情感作为故事的主题"，"极尽罗曼司、妖媚与美丽"之能事。① 《良友》杂志也有文章写道，美国片把"一切麻醉的、享乐的表现方法，尽量地搬弄出来，铺张华丽，推陈出新，极声色之娱"。② 在 30 年代有关"硬性电影"、"软性电影"之争论中，"硬性电影"论者认为："在半殖民地的中国，欧美帝国主义的影片以文化侵略者的姿态在市场上出现，起的是麻醉、欺骗、说教、诱惑的作用"，除"色情的浪费的表演之外，什么都没有"。③

丹尼尔·贝尔说："电影作为世界的窗口，首先起到了改造文化的作用。"④ 青少年不仅喜欢看电影，还把电影当成了一种学校。他们模仿电影明星，讲电影上的笑话，摆电影上的姿势，学习两性之间的微妙举止，因而养成了这种虚饰的老练。……电影美化了年轻人崇拜的事物（姑娘们喜欢留短发、穿短裙），并劝告中年男女要"及时行乐"。⑤ 可以想见，好莱坞电影以有形的形式不仅向上海民众传播美国式的价值观念，还从表情、仪态、装饰及生活方式方面给上海观众以示范，电影明星的穿着打扮成为青年人所追逐的时髦，而西式迥异于传统的男女交往方式、调情语言尤其令中国青年神经振奋。性学博士张竞生说：

① 壮游：《女性控制好莱坞——她们主宰着电影题材的选择》，1935 年 3 月 4 日上海《晨报》。

② 《电影的两面：麻醉的与暴露的》，1934 年 3 月 15 日《良友》画报第 86 期。

③ 唐纳：《清算软性电影论》，1934 年 6 月 27 日上海《晨报》。

④ 丹尼尔·贝尔：《资本主义文化矛盾》，三联书店 2003 年版，第 115 页。

⑤ 同上。

"人人都濡染于演员的表情，自然不知不觉地养成了风度与风韵的性格。精而言之，则眉眼表情，也有十几种，凡此都使观众得以仿效。即如我国说，自影戏传入以来，一般男女，必定增加多少分的表情，尤其是亲吻的进步。"①

好莱坞影片对中国观众最为巨大的影响是对中国女性体态风韵的重新塑造。新感觉派主编的刊物《无轨列车》从第四期到六期连载过《影戏漫想》长文，说："银幕是女性美的发现者，是女性美的解剖台"，"全世界的女性应该感谢影戏的恩惠的，因为影戏使她们以前埋没着的美——肉体美，精神美，静止美，运动美——在全世界的人们的面前伸展"。好莱坞影片对中国女性体态的影响，最具典型的是鸥外鸥虽不无低俗但还算切中肯綮的话，说："过去的若干年前，我邦女儿的体态的美是不可寻问之在何处匿伏着的。腰与臀与胸次你不能得到向导员一一向导出其所在来，不知何处腰何处臀的呢。这样没有部落的美的。甚且我们会骇讶是没有乳房的女人之国家呢。"但"近顷我们的乳房生长起来倍发起来，大赦释放出狱了"。"包裹今日的贴身的旗袍内的含弹性的肢干的吹气的橡胶兽形玩具样的，我邦的女儿的体态的美，一跃而前的跃出来世间上。"② 穆时英也说："好莱坞王国里那些银色的维纳斯们有一种共同的，愉快的东西，这就是在她们的身上被强调了的，特征化了的女性魅力。就是这魅力使她们成为全世界男子的憧憬，成为都市危险的存在。""女星们的魅力都是属于性的"，"就是一种个性美和性感的化合物"。③

好莱坞女性以绝代芳华的迷人魅力给上海女性衣食住行恋爱

① 参见《张竞生文集》（一），广州出版社 1998 年版，第 240 页。

② 鸥外鸥：《中华儿女美之隔别审判》，1936 年 4 月《妇人画报》第 17 期。

③ 穆时英：《电影的散步·魅力解剖学》，1935 年 7 月 19 日上海《晨报》。

婚姻等各方面以模仿的样板，从而改变了上海女人的精神面貌和体态风情。其中突出女性"性征"的装扮，即女子在着装方面体形曲线美的凸现，成为激发男子"战栗和肉的沉醉"的最重要的动力源，为上海成为桃色的情欲之园涂抹上最为令人颤栗的色彩。成仿吾说："有人说：科学的进步不过供给了我们一些美丽的女性，这句话在我们中国尤为恰当。"①

对于男性而言，对女人的观看也便以流行的摩登女郎为审美标准，自然也影响到男性的恋爱、择偶。而这种对女人的要求，同时也助长了上海的色情之风。

施济美《十二金钗》中写到居住在芜湖的李楠孙，其未婚夫吴光宇到了上海之后，给她的信日益减少，日益冷淡，其中原因是："上海是一个花花世界，花花世界里漂亮的女人太多了，看惯了上海的女人，吴光宇嫌自己的未婚妻土气十足，上不得台盘。"为此，李楠孙为了拢住丈夫，到了上海，竭力去作上海的女人，烫了头发，买了眉笔，胭脂和唇膏，拼命模仿《现代小姐须知》研究得透彻的时髦女子安妮。楠孙原本是个木讷的乡下女孩，"无表情的脸，平板的声音，说话做事都有点木木然，甚至连笑都不大会笑的样子，像泥制的面具"。"跟一杯开水似的，淡而无味"，② 但经过她拼命学习，短短的一段时间，李楠孙变成了一个"上海的女人"，名字改为洋味十足的"兰姗李"，"知道用怎样一个方法去处世，去对待她的未婚夫，以及每一个人，每一件事；她的无表情的脸上，差不多进步得连眉毛眼睛都会说话"，"她又熟悉了许多化妆品的牌子和用途，香水是应该洒在什么地方的？肥皂要伤害皮肤，脸上只要天天涂些油和冷霜，再擦

①　仿吾：《上海滩上》，《洪水》半月刊第 2 卷第 13 期，1926 年 3 月。

②　施济美：《十二金钗》，选自《凤仪园》，上海古籍出版社 1997 年版，第 119 页。

掉，然后再涂，再擦掉……就算洗脸。发亮的衣服要留到晚上穿，耳环别针项链一类的饰物要戴得不多不少，恰到好处，口红与胭脂的色泽要押韵……"①

李楠孙经过一番包装后，未婚夫对她的态度来了个一百八十度的大转弯。作为乡下女子的李楠孙，原本女性的"性征"并不突出，到上海以后，她按照男子的意愿、喜好来改变自己，学习的是上海女人风情万种的女性"性征"的一面，以至于帮佣王妈都感慨"古时候的人讲究个'娶妻娶德，娶妾娶色'，如今世道变了，什么都反了"。由此也可看出，好莱坞中肉感的女性也给男子的情欲对象提供了范本，而中国女子对好莱坞影星的模仿也有取悦于男子的目的。像施济美《十二金钗》中的时髦女子安妮，整天别无他事，捧着一本《现代小姐须知》研究女子的化妆、衣饰，及接人待物，其目的就是为钓一个金龟婿。女子为攀附新贵，竭尽所能模仿好莱坞中影星之装扮，突出其女性特征，由此也助长了上海色情之氛围。

色情在上海得以发展，也是由其所处的商埠要地决定的。上海自1843年开埠后，经济迅速发展，一派繁华景象。这种繁华正如李伯元在《海天鸿雪记》所说的：

> 上海一埠，自从通商以来，世界繁华，日新月盛，北自杨树浦，南至十六浦，沿着黄浦江，岸上的煤气灯、电灯，夜间望去，竟是一条火龙一般。福州路一带，曲院勾栏，鳞次栉比，一到夜来，酒肉薰天，笙歌匝地。……正是说不尽的标新眩异，醉纸迷金。那红粉青衫，倾心游目，更觉相喻

---

① 施济美：《十二金钗》，选自《凤仪园》，上海古籍出版社1997年版，第128页。

无言，解人艰索。[①]

上海的繁华是和畸形繁荣的消费娱乐密切相关的。鳞次栉比
的"曲院勾栏"，以及"倾心游目"的"红粉青衫"，展示出上海
所特有的声色颓废的景象。而上海的色情气息，和兴盛的娼妓业
更是有难以割舍的姻缘。

上海开埠后，妓业甲盛于天下，"烟花荟萃"，出入妓院成为
公开的娱乐方式。妓女在街头、在戏院、在茶楼、在烟馆公然调
笑、拉客，毫无羞耻之心，使得色情之气息毫无遮拦地在公众场
所蔓延，风气所及，影响到良家妇女。

上海妓院之盛，从下列的一组数字中即可说明。1934 年，
《申报》估计：就卖淫业作为一种特色而论，上海走在全世界城
市的最前列：在伦敦，960 人中有一人当娼妓，即娼妓占总人口
的九百六十分之一；在柏林，娼妓占总人口五百八十分之一；在
巴黎，占四百八十一分之一；在芝加哥，占四百三十分之一；在
东京，占二百五十分之一；在上海，占一百三十分之一。[②]

可以想见，数量惊人的妓女，增加了上海社会的色情气息。
章克标的小说《蜃楼》写到两个人到上海的旅社住宿，居于其中
有一种难以扼制的欲望的骚动，而这种骚动正是基于色情活动的
猖獗所导致的淫逸空气：

> 新开的神州旅社也是电炬通明像一座灿烂的水晶宫，在
> 升降机的口上出出入入的，更有许多龙女，鲛人的俏身，笑

---

① 李伯元：《海天鸿雪记》，《中国近代小说大系》，江西人民出版社 1989 年版，
第 191 页。

② 据《申报》1934 年 12 月 3 日记载。转引自〔美〕罗兹·墨菲：《上海——
现代中国的钥匙》，上海人民出版社 1986 年版，第 8 页。

口，情眼。一间间的房间像是给比目鱼预备的寝宫，青年男女能在这里独个人宿一宵的，不是圣人，定是没有感情没有生命的土偶木偶。……娇嗔，媚笑，燕语，莺啼，曼歌，欢舞，还加上管弦丝竹同打牌所混成的一团顶时髦、顶风流、顶肉感、顶荡心、顶诱惑、顶幻妙美丽的声音所鼓动的细浪，不知是从那一处的门缝里，那一处的窗隙里，墙壁的那一处的细孔里钻过来，透过来，传过来的。一感染了那一缕的声息，像霉菌繁殖一般，顿时我们的房间里，空气像沸腾了，坐椅像癫狂了，床褥像奔跃了，电灯像爆裂了，全房间像有几千百条火蛇乱舞着，那些火蛇烧我们肉体，刺我们情感。[①]

有一点需要指出的是，上海妓女之多有复杂的社会原因，在上海那种残酷的生存环境中，许多妓女只是为了保命迫于无奈。据贺萧考察，"沦落为娼的人几乎无一例外地处于贫困"[②]。尤其是在 30 年代，当时发生了世界范围内的经济危机，中国的都市和农村都受到影响。1934 年《良友》1 月号里刊登过一篇《妇女国货年》的文章，文中写道：

> 如今，农村破产，农村妇女大多数跑到都会来找饭吃，而都会不景气，裁工的裁工，闭厂的闭厂，连有职业的妇女都要失业。这两重失业的妇女充塞在这大都会上，给畸形的社会更加了许多畸形的生活。大都会的人肉市场发达到了可

---

① 章克标：《蜃楼》，见《银蛇》，黑龙江人民出版社、北方文艺出版社 1998 年版，第 318 页。

② 贺萧：《上海娼妓（1919—1949）》，《上海研究论丛》第 4 辑，第 184—185 页。

怕的程度。社会的消费面一天天的增长。病毒和性的不道德充满了这腐败的社会。①

归根到底，由妓女而推波助澜的色情还是因为社会制度的不完善，用傅斯年的话说是"社会组织不良才有这样的怪现状"②。像当时的一篇文章中所写的："奢侈和淫靡只是一种社会崩溃腐化的现象，决不是原因。私有制度的社会，本来把女人也当作私产，当作商品。一切国家，一切宗教都有许多稀奇古怪的规条，把女人看作一种不吉利的动物，威吓她，使她奴隶般的服从；同时又要她作高等阶级的玩具。正像现在的正人君子，他们骂女人奢侈，板起面孔维持风化，而同时正偷偷地欣赏着肉感的大腿文化。——自然，各式各样的卖淫总有女人的份。然而买卖是双方的。没有买淫的嫖男，那里会有卖淫的娼女。所以问题还在买淫的社会根源。这根源存在一天，也就是主动的买者存在一天，那所谓女人的淫靡和奢侈就一天不会消灭。"③ 20、30 年代的中国社会，缺乏一个强有力的政府实施其统治。当时国民党政权统治下的中国，"不仅有难以纳入统治范围的外国租界和外国势力的大量存在，更有实际上独立为政的众多地方军阀势力及遍布数省的中共红色政权的存在，国民党中央政权真正的统治范围，用历史学家的话说，当时不过长江流域中部的数省而已"。④ 而上海，由于租界的存在，更是国民政府无暇顾及的地方。社会肌体的不完善，宽松的政治统治环境，给了各式各样的思想行为滋生的土壤。色情的产生，归根到底还是不完善的社会机制所致。

---

① 周菊川：《妇女国货年》，1934 年《良友》1 月号。
② 傅斯年：《通信·同社诸君》，《新潮》第 2 卷第 4 号。
③ 洛文：《关于女人》，1933 年 6 月 15 日《申报月刊》第 2 卷第 6 期。
④ 参见逄增玉《现代性与中国现代文学》，东北师范大学出版社 2001 年版，第 255 页。

色情还和上海所构筑的"陌生的人群"式的都市有关联。周作人说"上海气是一种风气，或者是中国古已有之的，未必一定是有了上海滩以后方才发生的也未可知"，"上海气的基调即是中国固有的'恶化'"。① 上海在成为大都市之前，是没有多少文化底蕴的。它在元代只是一个渔村，明代还是一个小镇，清代才是县治，传统文化根基很浅。开埠之初，上海的流动人口增多，市民主体仍然是那些文化程度不高的商人。这些文化素质不高的商人在接受欧美现代文明的时候，没有鉴赏识别力，在对西方思想观念的选取过程中，不可避免地存在着良莠不分的倾向。他们更多地接受了西方现代性的那种负面的东西。他们借西方现代思想之名，发掘的是传统观念中腐化堕落的一面，而上海的社会环境也激发了他们身上所固有的恶习。我们知道，传统的中国社会是一种封闭型的缺乏流动性的家族制社会，在封建宗法势力很强盛的家族内部，在封闭不变的社会结构中，血亲伦理思想很强的家族中人只能循规蹈矩，固守传统，以维护家族的荣誉和声望。而上海的家族不像传统家族那样森严壁垒，传统农业社会的家族制往往属官绅之家，靠官俸维持生活，家族内部角色较固定，不易改变。而上海多的是商家，流动性较强，家庭内部角色相对而言较松动。再者上海是一个人员流动性很强的商业城市，上海很多的一部分人口是从内地前往上海的富商大贾或读书人或佣工，这些人到上海，便不受家族的约束，自身荣辱也不受家族影响，放得开手脚去做坏事。安德鲁·辛克莱："十九世纪道德观之所以成为令人压抑的威胁，在很大程度上是因为人们不能逃离那个地方，因而也无法避免过失的结果。"② 另外很重要的一点是，上海租界中的外国人，也是脱离了其家庭束缚的在外寄居者，他们

---

① 周作人：《上海气》，1927年1月1日《语丝》第112期。
② 丹尼尔·贝尔：《资本主义文化矛盾》，三联书店2003年版，第114页。

的介入，使上海变成了放纵情欲的乐土。"就像一个在庄严的大家庭里循规蹈矩的男人难免在外面格外胡作非为一样，一切在法律或者教规禁止以内的情欲因素都可能在殖民地领土变本加厉地膨胀。"所以上海无形中担当了西方文明的"情欲排泄口的功能"。①

色情还和奢侈有密不可分的关系。

俞平伯在《一星期在上海的感想》一文中指出，上海人之所以具有"委靡偷惰淫纵"诸恶习，是因为地处江南富庶地，"物质界发达甚骤"，"所以衣食男女等欲望得以很容易丰富的满足"的缘故。② 江苏作为物质富饶的地方，在明中叶时奢侈之风就已兴起。19 世纪 60 年代以后，开埠后的上海经济得以发展，崇奢之风更为兴盛。在茶馆、酒楼，以及烟馆、妓院等娱乐场所，随时可见豪商富绅挥金如土、争趋奢靡的情景。1893 年《申报》有文对奢华之风评论："今日之天下，一奢华糜丽之天下也。衣服则必求其锦绣绫罗，饮食则必求其肥醲甘脆，或且饰珠玉于衣褥冠履，效西人之燔炙烹焦。一出入也，必以舆马为荣；一起居也，必以安逸为乐。以致风气日即于骄奢而不知变，俗尚日趋于淫佚而不知返。……此则中国之大患积而重焉，必有江河日下之势。"③ 这种奢靡之风一直延续到现代。

奢侈风追求感官的陶醉，和感官欲望的满足有不能割裂的联系。诚如一位哲学家所言："所有个体的奢侈都首先源于对享受的纯粹感性的愉悦：凡能使视、听、嗅、味、触觉陶醉的，都在日常用品中以日益精致的方式对象化了。这些日常用品带来了奢

---

① 陈思和：《论海派文学的传统》，《杭州师范学院学报》2002 年第 1 期，第 1—2 页。

② 俞平伯：《一星期在上海的感想》，《新潮》2 卷 3 号。

③ 《勤能补俭论》，1893 年 10 月 16 日《申报》。

侈风。性生活是一切使感官刺激物精致和多样化的最终根源：感官快乐与性爱根本上是一码事。"①

开埠后经济发达、消费娱乐业也畸形繁荣的上海，吸引了大批富商大贾前来居住或游玩，他们对女人一掷千金的奢侈助长了上海色情业的发达。流落到上海的妓女人数的增多也是因为上海有庞大的有挥霍能力的消费者群体。尼古拉·别尔嘉耶夫认为，资产者的奢侈完全是根源于对代表欲望的女人的追逐，他说："在以金钱统治为基础的资产阶级社会里，奢侈的发展主要靠的是资产者的好色。女人是资产者贪恋的对象，是女人制造了对奢侈的崇拜……资产阶级的女人类似于玩具，是个人工的存在物，资产者就是为了这样的女人建立了虚假的奢侈世界，直至犯罪。"②

四　作为色情都市的意义

潘柳黛在《退职夫人自传》里写道："许多人对上海怀着单恋病，尤其是活在故都的年青人。"小说中写到"我"由上海去北京，见到少女时代的朋友，朋友对上海充满了向往，向"我"打听上海人的生活，并表达了热切的想去上海的愿望。"我"问已经结婚了的朋友，如果她到上海，她先生怎么办，北平的这位女子很坚决地说：如果能去上海，就跟先生离婚。"我"感慨道："我自己是住在上海了，我根本没有想到上海对于北平的女孩，竟会发生这样大的诱惑力。后来，我回来了，她常常写信给我，每次都谈到了她对于梦幻着的上海的思念，直到她后来做了母

---

①　W. Sombart：《性爱、奢侈与资本主义》，转引自刘小枫《现代性社会理论绪论》第 76 页。

②　[俄]尼古拉·别尔嘉耶夫：《论人的奴役与自由》，中国城市出版社 2002 年版，第 217 页。

亲。"① 小说中透露出,上海对年青女人的诱惑之一是"活在上海的女人,一直被男人包围着,从十六岁到六十岁,几乎每一天都有爱情在发生"。②

而在1934年2月号《良友》杂志上刊登了题为《Zntoxicated shanghai》即"都会的刺激"的一组照片。这一组照片除了都市司空见惯的特色诸如摩天巨厦,运动设施(跑马场、回力球场)外,其中最具致命诱惑力的还是女人的身体,是"少女舞蹈,冶荡的歌声,冶荡的舞姿",是女人开叉很高的旗袍露出的大腿,是"肉的跳动,性的刺激"。③ 与女人的身体并排陈列的是啤酒、烈性饮料、爵士乐和恐怖的侦探的、冒险的好莱坞电影。这组照片暗示:都会的刺激主要是色情的刺激。而都会的吸引力也是在此。

在现代性的生成过程中,褒扬生命情感原是谋求个性解放的一个重要表现,但当新文化的倡导者竭力宣扬生命情感的勃发时,他们不仅将批判的锋芒指向封建伦理纲常,而且往往指向文明社会里的道德禁忌和礼仪规范,"结果就以不断加剧的叛逆姿态,一步步扫荡了传统伦理,特别是宗教信仰极力强调的那种对丧失约束的自发本能和感性趣味的恐惧"。④ 在西方,尼采宣称"上帝死了",神圣的价值由此被颠覆,传统的区分是非善恶的标准也已消失,潘多拉的盒子被打开,魔鬼纷纷逸出。色情、淫欲、暴力等等在传统价值判断里视为大逆不道的东西,现在堂而皇之地成为艺术和日常生活中表现、追求、玩赏的对象。在中国,在以西方现代思想为样板的现代观念的重建中,也经历了这

---

① 潘柳黛:《退职夫人自传》,新奇出版社1945年版,第78页。

② 同上书,第68页。

③ 参见《良友》画报,1934年2月号。

④ 张凤阳:《现代性的谱系》,南京大学出版社2004年版,第173页

样一个贬抑传统规范，张扬个性的过程，这种思想有其意义，也有其负面影响。

尼古拉·别尔嘉耶夫说："爱欲的诱惑是最流行的诱惑，受性的奴役是人的奴役的最深刻根源之一。生理上的性需求在人身上很少以纯粹的形式出现；性需求总是伴随着复杂的心理情况以及爱欲的幻想。"① 不可否认，潘柳黛小说中所提及的北平女子对魔都上海的向往，是基于深层的受"爱欲的诱惑"。因为在现代的中国，只有在上海，才有放松身心沉溺于爱欲的外在思想文化环境。如前所述，北京是儒家伦理规范森严壁垒的地方，上海较北京更具有包容性。上海"没有传统"，没有"束缚"，在这块土地上人们可以任感情、任情欲无拘无束地滋长。施蛰存在《春阳》中，写到抱牌位成亲的婵阿姨，来到物质文明的上海，在上海那种氛围里，也"冥想着一位新交的男朋友陪着她在马路上走，手挽着手。和暖的太阳照在他们相并的肩上，让她觉得通身的轻快"。②

如前所述，爱欲是人的生命的根源和生命最大张力的东西，但在人类发展史上，它一直被隐藏被压抑。在中国，爱欲更是罪恶的不能张扬的东西。但自晚明起，受王阳明心学思想的影响，在思想领域开始强调情欲，突出爱情，特别是在东南沿海一带。西方的现代性思潮传入中国，个性解放的价值观日渐深入人心，人的自然欲望也得以释放出来。爱拉斯谟明确指出，上帝既然不再也不能对人施以压束，人就有理由公开释放其自然欲望。甚至，人的疯狂也成为展示人性的伟大品格。泛滥的热情，无拘无束的行为，无忧无虑的狂肆，都是人的本性使然的快乐追求。

---

① ［俄］尼古拉·别尔嘉耶夫：《论人的奴役与自由》，中国城市出版社 2002 年版，第 262 页

② 施蛰存：《薄暮的舞女》，中国华侨出版社 1997 年版，第 366 页。

它天经地义，正当合法。爱拉斯谟向上帝质问："神明在上，请他们告诉我，如果没有快乐，也就是没有疯狂来调剂，生活哪时哪刻不是悲哀的，烦闷的，不愉快的，无聊的，不可忍受的？"[①]爱拉斯谟特别强调，肉体生命是人的自然本质。世界上所有的幸福快乐都从"我"而来，因此，听任情欲摆布的疯狂，不是生活错误，而是人之大幸。"那样才算是人"。这或可说是坚持个人本位、推崇现世感性幸福的自由主义价值观的最粗放的理论表达。

我们说，上海作为情欲之都在一定程度上标示了对人性的尊重，对人的身体欲望的尊重，在某种程度上体现了生命的能量。正如尼古拉·别尔嘉耶夫所言"与性相关的还有生命的张力，性的能量是生命的能量，并可能成为创造生命热情的根源"。[②]情欲是与人生来俱有的东西，一味地压制结果适得其反。所以在某种程度上肯定情欲，张扬欲望也是对生命力的一种肯定，有利于激发人们的创造性。穆时英也说，性欲是"现代生活最发展，最重要的一部分"。[③]

现代文学史上，"性解放"是作为五四时期"人的解放"主题的一个重要组成部分，是个性解放的重要表征，与"女性解放"紧密相连。像子君喊出个性解放的宣言："我是我自己的"，其潜隐的一层含义就是，我的身体也是我自己的，我可以随意支配。儒家伦理是生殖中心伦理。传统父权家族制女性在"三从四德"等道德规范下，其肉身也成为父权符号的附属物。父权家族要保持家族血缘的纯正性，对女子贞操的强调到达了无以复加的

---

① 爱拉斯谟：《疯狂颂》，北京大学西语系编：《从文艺复兴到十九世纪资产阶级文学家艺术家有关人道主义人性论言论选辑》，商务印书馆1971年版，第29页。

② ［俄］尼古拉·别尔嘉耶夫：《论人的奴役与自由》，中国城市出版社2002年版，第272页。

③ 穆时英：《PLERROT》，《白金的女体塑像》，九洲图书出版社1995年版，第130页。

残酷程度。如宋代理学所标榜的"饿死事小，失节事大"，在这种贞操伦理观的操纵下，女性的躯体被物质化为家族政治器皿，只能从父从夫，由其父权家族任意模塑。女性没有权力支配自己的身体。女性解放使她们获取支配自己肉身的权力，在女性解放发展史上有其重大意义。"五四"之后20年代的中国文坛也出现了好多以男女性爱为主题的作品，如风行一时的"私小说"，丁玲、郁达夫等人的作品很具有代表性，作家们大胆地袒露性被压抑的病态，性苦闷，以及对性爱的渴求，表现"灵"与"肉"的冲突，声讨旧礼教旧道德对人的正常欲望的压抑，渴求符合正常人性的性爱，在某种程度上具有积极意义。

在上海，性学博士张竞生把男女相悦的性看作是"美的人生观"的一个重要部分，是"娱乐的一种"，"男女的交合本为乐趣"，"人生一部分而且极重要的乐趣就是性趣"。[1] 张竞生有如此言论："男女交媾的使命，不在生小孩，而在其产出了无穷尽的精神快乐"，"在其发泄人身内无穷尽的情愫"。[2] 张竞生认为完美的性的愉悦有助于人精神上的丰富与滋养，所以他主张应该"变肉欲的快乐为精神的受用"，"利用性欲的精力为一切思想上，艺术上，及行为上的发展"。[3] 在《幻洲》诸君那里，性是艺术化人生的一部分，所以要用心讲究："酒是要一滴一滴地喝，食堂是不可不求其能使饮食艺术化的，缝纫术，烹饪术是不可不讲究的了，现在要知道肉的生活也是要深深玩味，闺房是不可不求其能使肉的生活艺术化，房中术是不可不讲究的。这样，肉的生活，在人的整个生活中自有它的独立价值，自可以单独提高到艺

---

[1] 张竞生：《性育丛谈》，《张竞生文集》（下），广州出版社1998年版，第284页

[2] 张竞生：《美的人生观》，《张竞生文集》（上），广州出版社1998年版，第79页。

[3] 同上书，第82页。

术化的地位，它就不必托庇在精神爱情之下求偷安。"① 这种观念把性爱作为日常生活中的一部分，像吃饭穿衣一样稀松平常，并无神秘感羞耻感可言，所以我们也应以坦然的态度来看待性爱，把它作为自身个性张扬的一部分，作为美好人生的一部分。艺术化的人生应该包括性生活的艺术化。

在现代社会，性爱从婚姻的附庸中脱离出来，作为一种个体的自我认同方式而存在，在人的生命哲学中的意义重大。传统宗法制社会里，性爱目的是为传宗接代繁衍子孙而存在，男女性爱只是生育的附属品，人的自主能动性被漠视、被压抑。在家族社会里，男女双方社会角色中为"父"为"母"的角色意识被凸显，而两性夫与妻的关系作为"父"与"母"的附属品而存在。在儒家的伦理规范中，夫妇结合更重要的是维护家族的繁衍与兴旺。冯友兰说："儒家论夫妇关系时，但言夫妇有别，从未言夫妇有爱。"② 由于过分强调了男女双方结合"事宗庙"、"继后世"的社会责任，传统家族制社会中夫妇间的感情往往非常淡漠。③现代男女关系中突出性的愉悦，男女的自主意识由此确立。男女因相互愉悦而恋爱，而结合，两性愉悦由此成为确认自身生命力的一种方式。用吉尔斯的话说，"性的发展和性的满足，变成与自我的投射结合在一起"。④ 男女两性之间亲密程度也因为性观念的改变而改变。性爱既然是一种"乐趣"，一种"娱乐方式"，一种"精神快乐"，那么男女双方就不再单纯是因外在的社会事物而结合成的责任和义务的关系，更重要的是一种获取快乐的伙

---

① 任厂：《如是我解的灵肉问题》，《幻洲》，第 1 卷第 7 期。

② 转引自费孝通《生育制度》，北京大学出版社 2004 年版，第 53 页。

③ 参见费孝通《乡土中国·生育制度》中的论述，北京大学出版社 2004 年版，第 146—150 页。

④ 安东尼·吉登斯：《现代性与自我认同》，上海三联书店 1998 年版，第 192 页

伴关系。于是在两性关系中男女双方相互依附的情感关系占据主要地位，性由此变成了一种"沟通的代码"。① 吉登斯这样表述何为"沟通的代码"："当性与亲密行为之间建立起新的连结的时候，与先前相比，性变得完全与生殖区分开来了。性变成了双重的东西，一种是自我实现的中介，另一种就是亲密行为的主要方式和表达。因而，它就失去了与广泛的传统和伦理道德的联系，也失去了与代系传递之间的内在联系。"②

对于女子来说，破除性的禁忌有更为重要的意义。苏青的短篇小说《蛾》中，力图抖掉历史给女性的"性"蒙上的那块罪恶的遮羞布。小说中女主人公明珠大胆地喊出"我要……"肯定了女性作为自然界中生命个体所具有的正常的生理欲望。因其正常性，所以才应该理直气壮毫无羞愧和罪恶感地去面对。千百年来封建思想、男权话语压制女性的欲望，同时却为男性的荒唐寻找各种借口，反映了男性话语虚伪、自私的本质。苏青大笔一挥，把孔老夫子的"食色，男女之大欲存也"，改成，"食色男，女之大欲存也"，为女子的情欲寻找合法性依据。这种惊世骇俗的行为，为建立正常的两性关系奠定了基础，在以女性为奴役的男权思想盛行的时代有其积极意义，值得肯定。

躯体解放的最重要的表现形式是女性的婚姻自主，以及性意识的自主。开埠后的上海，家族制度渐趋崩溃，男女自由交往之风渐长。对于性关系上的男女平等意识，也在许多小说中有所表现。妇女思想中男女平等的观念愈来愈强烈。这一切，对于几千年来被禁锢被压制的妇女来说，也具有划时代的重要意义。

---

① 安东尼·吉登斯：《现代性与自我认同》，上海三联书店 1998 年版，第 192 页。

② 同上。

在现代社会,性脱离了功利性目的的传宗接代功能,重新被赋予了个性的意义,是认识自己、实现自我生命的重要途径;同时也变成了亲密关系的一种表达方式。性的这种改变有其重要意义。这种意义正如吉登斯所言:"性"在今天得以被发现、开发和用于不同生活方式的发展。它已是我们每一个人都"拥有"或培养的东西,而不再是被个人视为注定的事物状态而接受的自然条件。在一种可以被调查的意义上,性似乎发挥着自我的一种可锻炼的功能,是身体、自我认同和社会准则的一个基本接合点。①

然而,尼古拉·别尔嘉耶夫又指出:虽然"色欲在创造的本性里发挥着巨大的作用",但是,"把色欲普遍化,彻底地用色欲代替伦理,并不利于个性的原则,不利于精神自由,而可能成为更精制的奴役"。"色欲可能是精神的消极性,是心理肉体原则对精神原则的统治"。所以,"对个性和自由的保卫要求伦理原则,要求精神的积极性"。②

我们说,打破传统封建社会道德观念对于性的禁忌,树立正常的性爱心理和观念,是有利于个人和社会的行为。但在二三十年代的上海,对性问题存在着矫枉过正的弊病。实际情况是,色情的上海引发了许多社会问题。首先是无节制的欲望宣泄引发了人的贪欲之心,消弭了人们的羞耻心和道德感,而当社会丧失了羞耻感、道德感的时候,整个社会会进一步趋向于混乱,——"习俗和法规不再受人尊重,平等导致怂恿,卑鄙和妒忌取代仁爱……"③ 于是造成了一种恶性循环:《良友》杂

---

① 吉登斯:《亲密关系的变革》,陈永国译,社会科学文献出版社2001年版,第20—21页。

② [俄]尼古拉·别尔嘉耶夫:《论人的奴役与自由》,中国城市出版社2002年版,第273页。

③ 丹尼尔·贝尔:《资本主义文化矛盾》,三联书店1989年版,第215页。

志 1934 年 2 月号写到都市的刺激——"麻醉的享乐，金钱的诱惑……冶荡的歌声，冶荡的舞姿，女人旗袍开叉的高度发展，肉的挑动，性的刺激……"之后，也指出都会的刺激所引出的恶果："社会的不安使这酒精般的刺激强烈地加增：建设的雄心，爱国的热情，在失望的绝境之下，全沉沦在这麻醉的漩涡中去了。失败者的自暴自弃，灰心者的逃避现实，愤世者的憎恨的报复……全溶合在这刺激的大烘炉中，于是来了抢劫和被抢劫，奸淫和被奸淫，杀人和自杀……"在这样刺激里"有许多惨叫与哀号！"所以作者说："如其说中国有个巴黎第二，我们不知该庆幸还是悲痛。"①。

俞平伯这样评价色情的上海："上海社会实最容易过量发展性的欲望。公共娱权场无非是满足性欲——直接或间接——的地方。"在这种环境里面，一般的青年会有两种危险：一是"性欲被抑的危险"，因为上海是个让青年激发情欲的地方，但现实的上海社会情欲的满足也要建立在金钱之上的。二是有性欲被纵的危险。"繁盛的都会，娼妓遍有，佐以万恶的金钱，于是性欲一纵不可收。"而性欲放纵的结果是上海社会"显出性的本能畸重的现象，或陷于自杀穷饿，或入于疾病潦倒。因他种本能既被迫不得满足而望冲突，造出不安扰惑的心境"。② "性欲既很危险，上海社会又适宜于他的发展；所以多数人都因惑于此，组成有病的社会。辗转相因个人被社会所害，又转而害社会。青年既多堕落，所以真成黑沈沈无边的上海了。"③

色情的发展对整个城市的精神建构也是非常有害的。无节制的欲望宣泄只不过使人沦为欲望的奴隶，在精神上极其委顿。

---

① 《良友》画报，1934 年 2 月号。
② 俞平伯：《一星期在上海的感想》，《新潮》第 2 卷第 3 号。
③ 同上。

第五节　上海作为隐喻之四
——革命之都

　　在 20 世纪的中国文学中，"革命"一词在不同的语境里有不同的含义。它既指政权更迭，建立民族国家的一种诉求，也指在思想文化领域里除旧布新，在生活方式及处世观念中的现代需求。有时候也窄化为对生命、肉体的消灭的本土原始含义，如左翼革命中的革命含义。但有一点是共通的，即革命的目标都是指向更为美好的未来，指向更为合理的发展，指向更为人性的生活。总而言之，革命所要达到的是一种先进的现代生活方式。在时间维度上，它隐含了越来越好的现代性的线型发展观念。在 20 世纪，革命话语翻天覆地遍布中国大地，革命思想及行为从星星之火导向燎原之势，归根到底还是由于革命作为现代性话语给予人们"生活更加美好"的诱惑。像蒋光慈所说的"现代革命的倾向，就是要打破以个人主义为中心的社会制度，而创造一个比较光明的，平等的，以集体为中心的社会制度"。[①] 革命话语所允诺的未来生活是一种现代文明社会里拥有的生活，是在中国开天辟地、与传统迥然不同的现代生活，对全新生活的想象激发着民众的革命热情，这种热情使革命的浪潮居高不下。

　　张灏在考察中国近百年来的革命思想道路时指出："在二十世纪初年，中国思想界开始出现革命崇拜的现象，最好的例子就是邹容的《革命军》。随着革命的声浪日渐扩大，革命崇拜日渐散布，中国思想界出现了激化的现象，到了'五四'后期，二十年代初，这激化已经相当普遍，终而形成中国文化界、思想界在

---

　　① 蒋光慈：《关于革命文学》，载《太阳月刊》2 月号，1928 年 2 月 1 日。

二十年代至四十年代间大规模的左转，而革命崇拜也逐渐激化成为一种革命宗教，像燎原的野火在当时吞卷着中国。"① 这股革命思潮最终走向狂热的乌托邦主义与人的神化道路，在"文化大革命"时达到极致。这种革命思潮能长期掀起高度的狂热与激情的原因，是因为在革命者所宣扬的革命的理想主义理论中，有一个三段结构："一方面是对现状彻底的不满与全面的否定，另一方面是对未来有极度乐观的前瞻意识，而当今的时代正是由黑暗的现状，透过革命跃向理想的未来的关键时刻。""在这样一个思想结构里，革命的核心地位是很显然的，因为革命就是全面摧毁万恶的旧世界的唯一工具，同时它也是跃向光明美好的未来世界的唯一途径。"② 只有革命才能拯救民众于水深火热中，只有走革命道路才能通向未来的美好生活。这样的思路是革命被推崇的重要理由。

在 20 世纪，革命话语几乎被作为一种神圣仪式引入民众的日常生活，"文化大革命"时尤甚。革命目标被演绎成一种乌托邦的美好理想境界，这种美好境界鼓动着更多的民众投入到革命的洪流之中。尼古拉·别尔嘉耶夫指出："关于革命总是建立一种神话，革命就靠神话的动力展开。令人惊奇的是，不但大众的想象在制造神话，学者们也在制造神话。人具有把各种力量和质进行拟人化的不可克服的愿望。革命也在被拟人化，被想象成一个存在物。革命也被神圣化。革命也变成神圣的了，如同君主专制和革命前的制度一样神圣。"③ 为了美好的未来、为了民众的幸福而进行革命，甚至是流血牺牲的革命，是神圣的。革命的这

---

① 张灏：《中国近百年来的革命思想道路》，许纪霖编《二十世纪中国思想史论》，东方出版中心 2000 年版，第 385 页。

② 同上书，第 397 页。

③ ［俄］尼古拉·别尔嘉耶夫：《论人的奴役与自由》，中国城市出版社 2002 年版，第 231 页。

种指向美好现代生活的诱惑是其被推崇备至的主要原因。革命与现代性的结合也是革命得以进行的极其重要的内在精神动力。

一　在上海：革命之必须性合法性依据

革命既然是以建构美好合理的社会为标的，那么革命最为合法性的依据是目前社会的不合理及诸多缺陷。上海自开埠以来，虽然历经种种繁华与发展，但以传统观念视之，一直是"罪恶的渊薮"。即便是在二三十年代，上海的繁华达到顶峰，作为世界第六大都市而存在，这一时期的上海在多数人的眼中仍然是罪恶而不可饶恕的。

人们对上海社会的控诉首先是基于思想方面的。上海社会的虚浮、丑恶，及在精神层面上的萎缩、无亮色是人们对上海进行攻击的重要缘由。在一般的市民眼里，上海是一个"矛盾的上海"，很明显的表现是物质生活上的贫富差距悬殊："关于上海，一切都不能是确切，只有'矛盾'两个字，比较来得名副其实吧，真的，上海随时随地都觉得有'矛盾'的表现，不信的话，请看下面：摩登女士们所穿的衣料，每尺五六元以至于十多元，而犹以为不佳，但同时有人，对于每尺四五分钱的买不起，弄来弄去还是穿的破衣服。""坐汽车的人们，开足了八十码马达，还嫌速率不快，可是安步当车的穷措大，镇日奔波了几十里路途，非但不嫌迟缓，反觉得精神焕发，不以为劳。""吃酒食的人们，而又嫌菜肴不佳，要掉换吃西菜的滋味，其实上海正多着一般欲吃剩菜而不可得的人。""天气马上冷了，有的穿着大衣皮袍子，而犹认为不能御寒，还要烘火炉，可是在冰冻下雪天，十字街头，正有不少单衣薄服的人，被北风剥食着。"① 不只是物质方面差距上的矛盾，就是居于上海中的人和事，也是奇形怪状，匪

---

① 雅英：《矛盾的上海》，载《上海报》1932 年 10 月 27 日。

夷所思。如陈独秀所描画的上海社会，就是充斥着各式各样奇形怪状的"非人"的社会，有志的青年只占一小部分：

> 上海社会，分析起来，一大部分是困苦卖力毫无知识的劳动者；一部分是直接或间接在外国资本势力底下讨生活的奸商；一部分是卖伪造的西洋药品发财票的诈欺取财者；一部分是淫业妇人；一部分是无恶不作的流氓，包打听、拆白党；一部分是做红男绿女小说，做种种宝鉴秘诀，做冒牌新杂志骗钱的黑幕文人和书贾；一部分是流氓政客；青年有志的学生只居一小部分——处在这种环境里，仅仅有自保的力量，还没有征服环境的力量。像上海这种龌龊社会，居然算是全中国舆论底中心，或者更有一班妄人说是文化底中心；上海社会若不用猛力来改造一下，当真拿他做舆论和文化底中心，那末，中国的舆论和文化可真糟透了；因为此时的上海社会，充满了无知识利用奸诈欺骗的分子，无论什么好事，一到了上海，便有一班冒牌骗钱的东西出来鬼混……①

所以他认为上海社会应该"用猛力来改造一下"。相对于陈独秀这种较为客观的心态对上海社会的描述，傅斯年对上海社会的描述有更多的主观情感色彩：

> 上海的一般自以为的文艺家、美术家、评剧家——一般的"洋场少年"——生就一副滑头面孔，挟着一副鸽子英文，买到几本炭铅画帖，运用几部肉麻的骈文诗词，去赚不够用的钱，还不清的嫖帐；又是一天吃到晚，神经细胞都起变态，好比背上驼着很长的一个石碑，喘气不得，还有什么

---

① 陈独秀：《上海社会》，1920 年 9 月 1 日《新青年》第 8 卷第 1 号。

工夫去"思想"，去"进步"，去作正义的讽刺，老实说，上
海一块地的空气真该经洪水的了。有见解的人自然要造几个
独木舟——越多越好——若是大家终不觉得，必欲翻车而后
快，也只好由他。①

　　傅斯年主要是从文化思想方面谈上海的堕落。他痛感于上海
社会思想方面的虚浮和精神上的畸形，认为"上海一块地的空气
真该经洪水的了"；"有见解的人自然在造几个独木舟——越多越
好，——若是大家终不觉得，必欲翻车而后快，也只好由他"。②
这种话诚然有些过分，但表达了当时文人们对改革社会所报的极
大的期望。
　　在无政府主义者巴金眼里，正是黑暗的社会现实才激起了人
们的革命欲望。在他的以 1925 年军阀孙传芳统治下的上海为背
景的小说《幻灭》里，杜大心的革命激情源于上海地狱般的社会
环境：戒严司令部秘书长的汽车压死了穷人，可以若无其事地扬
长而去；饿得黑瘦的小孩子只因为偷了一根萝卜，就受到卖菜妇
人的咒骂与厮打；衣食华丽的贵妇人们在热闹餐馆里享用细磁盘
子盛着的各种精美的菜肴和点心，而门外却是衣衫褴褛的饿汉饥
妇。深夜的街头，徘徊着叫卖五个小孩子的山东汉子……杜大心
对社会的憎恨就是因为这种不公平的现实，因为造成这种不公平
的社会现实的人："人是没有同情心的东西，而且他正是在别人
底痛苦上建筑自己底快乐。"他为此感到痛苦和愤怒，由此渴望
着这些无同情心的人的灭亡："一个破坏的激情在他底身体内发
生了，他很想把这一切人，这一切建筑毁坏干净！他用了奇异的
眼光看着路上的人和物。在他底利刀般锋利的眼光之下，所有过

---

　　① 　傅斯年：《通信·同社诸君》，《新潮》第 1 卷第 5 号。
　　② 　同上。

往的盛服艳装的男女都被剥下衣服，而且剐了皮，只剩下那直立着的骷髅，一辆一辆的汽车也成了柩车，霎时间到处都是骷髅，都是柩车。这时候他又感到一种复仇的满足了。"[1]

在左翼作家那里，贫富悬殊的上海社会生活中存在的不公正不合理是进行革命的重要依据。在蒋光慈的作品中，作者许多次地表达过这种贫富悬殊所给予无产者的心理上的刺激，从中印证革命的合法性依据。

在《冲出云围的月亮》中，曼英所感觉到的上海是"可怕的罗网"，是"狰狞的恶意了"。引起她产生报复社会之心理的是上海难以逾越的两极分化的社会：

> 她见着那无愁无虑的西装少年，花花公子，那艳装冶服的少奶奶，太太和小姐，那翩翩的大腹贾，那坐在汽车中的傲然的帝国主义者，那一切的欢欣着的面目……她不禁感觉得自己是在被嘲笑，是在被侮辱了。他们好象在曼英的面前示威，好象得意地表示着自己的胜利，好象这繁华的南京路，这个上海，以至于这个世界，都是他们的，而曼英，而其余的穷苦的人们没有份……唉，如果有一颗巨弹！如果有一把烈火！毁灭掉，一齐都毁灭掉，落得一个痛痛快快的同归于尽！……[2]

蒋光慈在小说中指明，这种两极分化不是由公平的竞争所造成的，而是归因于黑暗腐朽的社会制度。在此小说中，曼英通过

---

[1] 巴金：《幻灭》，《巴金全集》第四卷，人民文学出版社 1987 年版，第 135 页。

[2] 蒋光慈：《冲出云围的月亮》，《蒋光慈文集》第 2 卷，上海文艺出版社 1983 年版，第 44 页。

对一个有为青年李士毅的感受来说明这一点。"李士毅给了她一个巨大的刺激，使得她即刻就要将这个不公道的，黑暗的，残酷的世界毁灭掉。他，李士毅，无论在何方面都是一个很好的青年，而且他是一个极忠勇的为人类自由而奋斗的战士。但是他现在这般地受着社会的虐待，忍受着饥寒，已是冬季了，还穿着一件薄薄的长衫……同时，那些翩翩的大腹贾，那些丰衣足食的少爷公子，那些拥有福利的人们，是那样地得意，是那样地高傲！……有的已经穿上轻暖的狐裘了……唉，这世界，我的天哪，这到底是怎样的一个世界呵！……"① 诗作《我背着手儿在大马路上慢踱》中写到，作者在上海的街头，看到的是"汽车的吼叫声，电车的空洞声，/马蹄声，嘈杂声，混合的轰隆声，/这样声，那样声，那样声，这样声……/似觉这庞然的大城呵在呼鸣"。"这富丽繁华的商店，这高大的洋房，/这脂粉的香味，这花红柳绿的衣裳，/这外国人的气昂昂，这红头阿三的哭丧棒，/这应有尽有无色不备的怪现象……"而人们的心灵没有了，"这是些行走的死尸，污秽的皮囊，/这是些沉沦的蚂蚁，糊里糊涂地扰攘，/这是些无灵魂的蠕动，浑沌的惨象，/"② 正是面对这种景象，诗人引发了砸碎这个上海世界的愿望："倘若我有孙悟空的金箍棒，/那末我将赶他们到东海里去洗一洗；/倘若我有观世音的杨柳枝，/那末我将洒甘露驱散掉这些尘氛浊气。//倘若我是一个巨大的霹雳，/那末我将震醒他们的梦寐；/再不然倘若我是一把烈火，/我也可以烧尽一切不洁的东西。"③

不合理、不公平的社会现实以及在上海商业氛围中丧失灵魂

---

① 蒋光慈：《冲出云围的月亮》，《蒋光慈文集》第 2 卷，上海文艺出版社 1983 年版，第 44 页。

② 蒋光慈：《我背着手儿在大马路上慢踱》，《蒋光慈文集》第 3 卷，上海文艺出版社 1983 年版，第 416—417 页。

③ 同上书，第 417 页。

的生存是进行革命的最合法理由。在左翼作家笔下，反复书写着这样的主题，不仅仅为革命寻找合法性依据，更主要的是要激起一种复仇的心理，进行革命的鼓动宣传。正像尼古拉·别尔嘉耶夫所说的："革命的积极分子被复仇的情感所控制……它却采取了自发——非理性的，甚至是无理智的形式。革命总是被对过去的痴迷的仇恨所控制，没有从过去里站出来的敌人，革命就不能存在，不能发展和成长。当这个敌人现实地已经不再存在，人们就把他杜撰出来，人们靠关于敌人的神话为生，并扶持这样的神话。善依赖于恶，革命依赖于反动。仇恨鼓舞人。神话在革命里，比现实发挥的作用无可比拟地大，其实在整个历史上也一样。"①

在新感觉派作家那里，都市的贫富不均所构成的不公平的社会也是他们倾力所书写的上海的罪恶之源。在 20 世纪初的上海，各个社会阶层的人在这里聚集，外国殖民者、富商大贾，及各地来上海讨生活的破产农民，无产流浪者……贫富悬殊在这里得到黑白分明、斩钉截铁般的表现。穆时英小说《上海的狐步舞》开篇一句话就是"上海。造在地狱上的天堂！"穆时英在这篇小说中所展示的上海世界就是一个贫富悬殊的分裂、颠倒、混乱的世界。对富人来讲上海可谓是恣情享乐的天堂。这里有着摩登的消费和享乐：看电影、跳舞、吃大餐；有着摩登的恋爱方式："开着一九三二的新别克，却一个心儿想一九八零年的恋爱方式。""法律上的母亲偎在儿子的怀里道：'可惜你是我的儿子。'……儿子在父亲吻过的母亲的小嘴上吻了一下，差点儿把车开到行人道上去啦。"② 富人们的上海是纵欲、狂欢、乱伦、淫逸的上海。

---

① ［俄］尼古拉·别尔嘉耶夫：《论人的奴役与自由》，中国城市出版社 2002 年版，第 227 页。

② 穆时英：《上海的狐步舞》，《南北极》，九洲图书出版社 1995 年版，第 261 页。

而这一切，是建立在工人阶级无昼夜的劳作、鲜血和死亡上的："在血上，铺上了士敏土，造起了钢骨，新的饭店造起来了！新的舞场造起来了！新的旅馆造起来了！把他的力气，把他的血，把他的生命压在底下。"① 有产者的骄奢淫逸、堕落腐朽的生活和无产者辛勤的劳作却衣不暖食不饱的生活两相对照，映照出不公平的社会现实。刘呐鸥的作品也涉及不合理的贫富不均的现象。他的小说《流》中，作为无产者的镜秋在繁华的上海都市中走，看着商店中琳琅满目的商品，和街头走动着的与上海的繁华不相称的衣衫褴褛的做苦力的人，不禁为这种不公平鸣不平：

> ……这些做着苦马的棕色的人们，和这辉煌的大商店里的商品成山的堆积，是表示什么呢？这些车马的潮流，这些人头的泛滥？这个都市不是有了这些肮脏的棕色的人们才活着的吗？是的，他们是这都市的血液，他们驱使着全身使机械活动，使人们吃着东西，穿着东西，使这都市有寿命，有活力。这都市的一切都是出于他们的手里的，谁说这都市的全财产不是他们的呢。但是他们却不时都像牛马似的被人驱使。②

镜秋陪了有产者的少爷去看电影，"按不住被刺戟了的神经的跳动，默默地心里想。哼，这就是堂文之所谓眼睛的 diner de luxe 吗？花着工人们流了半年的苦汗都拿不到的洋钱，只得了一个多钟头的桃色的兴奋。怪不得下层的人们常要闹不平"。刘

---

① 穆时英：《上海的狐步舞》，《南北极》，九洲图书出版社 1995 年版，第 265 页。

② 刘呐鸥：《流》，海派文化长廊《刘呐鸥小说全编》，学林出版社 1997 年版，第 26 页。

呐鸥由此指出，富人们的腐化堕落的生活必定趋向灭亡，正是他们的衣来伸手、饭来张口无所事事的生活状态导致了精神上的空虚与腐朽。"他们身虽裹着柔软的呢绒，高价的毛皮，谁知他们的体内不是腐朽了的呢。他们多半不是歇斯底里的女人，不是性的不能的老头儿吗？他们能有多少力量再担起以后的社会？"[①]

上海外国殖民势力的侵入及对中国民众的剥削与凌辱也是进行革命的极为重要的合理依据。郭沫若《月蚀》中写到为人父的自己不忍心看到在上海生活的孩子们因为少娱、远离自然而身体瘦削，性情舛僻，所以决定带孩子外出游玩。因为经济拮据只好去黄浦滩公园，而去那里必须穿洋服假扮东洋人。作者悲愤道："可怜的亡国奴，我们连亡国奴都还够不上，印度人都可以进出自由，只有我们华人是狗。"孩子的一句：爹爹，你天天晚上都引我们这儿来吧！这一简单的要求，"使我听了几乎流出了眼泪"。[②]

从理论上，革命最具有说服力的合法性依据是进化论思想。"物竞天择，优胜劣汰"的思想观念促使革命者认识到革命的必要性。用这种观念来看视外强对中国的入侵，得出的结论必定是中国的落后。正是因为中国的落后，因为老大帝国的腐朽，才被外强凌辱。而中国落后的原因，在"五四"革命者那里，是中国几千年的封建文化，是"吃人"的家族制度。正是以礼教为核心的封建文化扼杀和摧毁了中国人原本具有的生命的鲜活，造成了中国人精神上、人格上的萎缩及弱化，鲁迅所担忧的："我所怕的，是中国人要从'世界人'中挤出"，正是基于进化论的思想影响。所以要使中国人在世界上"挣一地位"，"即须有相当的进

---

① 刘呐鸥：《流》，海派文化长廊《刘呐鸥小说全编》，学林出版社 1997 年版，第 20 页。

② 郭沫若：《月蚀》，《创造》周报第 17—18 号，1923 年 9 月。

步的智识，道德，品格，思想，才能够站得住脚"。① 而要使中国人具有进步的思想意识，必须进行思想、文化乃至社会制度上各个方面的革命。只有进行革命，改变中国积弱落后的社会现实，树立具有精神思想活力的新的国民，建立强大的现代民族国家，才能使中国不被淘汰灭亡，才能使中华民族屹立于世界民族之林。

二 作为罗曼蒂克之想象的革命

在作家的笔下，有关革命的合法性依据有诸多类型，社会的腐败和不公，统治者的镇压与残暴，等等，一切的不合理都成为揭竿革命、奋起而立新世界、新国家的理由。然而审视有关革命的上海书写，一个值得注意的现象是，作家们热衷的主要是革命生活中蕴藏着的激情，与革命有关的权力、政权、后果并不在他们的书写热情之内。怎样实施革命的计划，以及如何建立合理的政权组织形式，都不在这些作家的关心范围之内。革命作家所关心的，是在革命中体味一种全新的生活方式，正如学者们所定义的："革命是一种热切的、动荡的兴奋"②，革命作家们醉心于一种生命的激情，陶醉于一种革命的罗曼蒂克……总之，对激情的新生活的向往成了革命者对于革命热衷的最合法理由。

鲁迅说："革命家风起云涌的所在，其实是并没有革命的。"③ 原因之一是因为，在革命期间，大家都忙于从事革命活动，无暇顾及文学。以蒋光慈为代表的革命文学在现代文学史上

---

① 鲁迅：《随感录三十六》，见《鲁迅全集》第 1 卷，人民文学出版社 1981 年版，第 307 页。

② ［英］彼得·卡尔佛特：《革命与反革命》，吉林人民出版社 2005 年版，第 2 页。

③ 鲁迅：《革命文学》，《鲁迅全集》第 3 卷，人民文学出版社 1981 年版，第 544 页。

成为潮流是在 1928 年，正值革命陷入低潮之际。这正印证了鲁迅的话。正是因为革命陷入低潮，才有革命作家的风起云涌。从这一方面来看，革命文学在某种程度上记录的并非完全是革命的历程，而是包含着对革命的想象成分。茅盾曾指出蒋光慈的作品中有非现实性的因素："作品中人物的转变，在蒋光慈笔下每每好象睡在床上翻一个身，又好象是凭空掉下一个'革命'来到人物的身上……总之，我们看了蒋光慈的作品，总觉得其来源不是'革命生活的实感'，而是想象。"①

可以说，革命书写中所表达的，更多的确实是一种对新生活的想象。但并非因其是对革命新生活的想象就没有其价值意义。蒋光慈认为，文学应该记载社会的一种情绪："文学家是代表社会的情绪的（我始终是这样的主张），并且文学家负有鼓动社会的情绪之职任。"而这种情绪的记载也有其重大意义："我们听见了文学家的高呼狂喊，可以证明社会的情绪不是死的，并且有奋兴的希望。"② 作为作家，不应该对黑暗之社会现实漠然置之，关注社会人心，关注民众情绪，是作家的职责。在蒋光慈那些以上海为背景的被称为"普罗文学"的作品中，无论是《冲出云围的月亮》，还是《野祭》，确实是一种奋激的昂扬的情绪占据了主导地位。

不只是蒋光慈，被誉为现实主义作家的茅盾最初在革命三部曲《蚀》的小说创作中，也并非按照客观现实来描写都市生活，更多地放进了自己的感情、自身的生活体验在里面。1928 年，茅盾写完《蚀》三部曲，曾写过这样的话：

① 茅盾：《关于"创作"》，《茅盾全集》第 19 卷，人民文学出版社 1991 年版，第 278 页。

② 蒋光慈：《现代中国社会与革命文学》，《蒋光慈文集》第 4 卷，上海文艺出版社，第 150 页。

有一位英国批评家说过这样的话：左拉因为要做小说，才去经验人生；托尔斯泰则是经验了人生以后才来做小说。

这两位大师的出发点何其不同，然而他们的作品却同样的震动了一世了！左拉对于人生的态度至少可以说是"冷观"的，和托尔斯泰那样的热爱人生显然又是正相反；然而他们的作品却又同样是现实人生的批评和反映。我爱左拉，我亦爱托尔斯泰；我曾经热心地——虽然无效地而且很受误会和反对，鼓吹过左拉的自然主义，可是到我自己来试作小说的时候，我却更近于托尔斯泰了……[1]

从中可以看出，茅盾自己也深深地知道自己是在用体验，用激情来写小说，而不是如左拉一样客观冷静地进行创作。据陈建华的分析，茅盾最初的作品中，一些女性成为他写小说的起因，与什么主义、革命或小说写法并没有直接关系。而"最有关系的是作者的一腔情怀，一段追忆，一个感性或性感的世界，其中充满激情与狂想"。[2] 陈氏认为，茅盾在创作《蚀》三部曲的时候，"他的'客观'描写的企图一再受到主观情绪的干扰，又遭到女性身体的'欲望语言'的不断反抗和颠覆；另一方面，茅盾通过创作实践，将历史意识转化为象征、寓言以及最后不得不通过观念的形式，终于达到控制自我欲望与女体指符的'境界'，而将自我融入革命集体"。[3]

在这里值得我们注意的是，为什么作家们的一种激情与狂想与烦闷的情绪要借革命来发泄？而为什么在上海，革命才会演绎

---

① 茅盾：《从牯岭到东京》，《茅盾自传》，江苏文艺出版社，第187—188页。

② 参见陈建华《革命的现代性——中国革命话语考论》，上海古籍出版社2000年版，第299页。

③ 同上书，第302页。

为激情之书写？

其中主要原因，是革命的现代性话语给予人们未来生活"更加美好"的允诺，正是革命宣传话语中对革命胜利后的醉人图景的描绘，激发了民众追随革命的无限热望，激起革命者砸碎、摧毁现有一切的蓬勃野性，和内深处的生命激情。这一切都归到底都是源于对未来美好生活的想象。尼古拉·别尔嘉耶夫在谈到革命的诱惑和奴役的时候，曾指出："革命活动家致命的错误与对待时间的态度有关。现在被完全看作是手段，未来被完全看作是目的。所以，针对现在而肯定暴力和奴役，残忍和杀人，针对未来而肯定的则是自由和人性，针对现在在肯定噩梦般的生活，针对将来肯定的是天堂生活。巨大的秘密就在于，手段比目的重要。"① 对革命者来说，这种对待时间的态度是使革命得以进行的必要条件。因为毕竟革命是残酷的，要进行流血和牺牲，如果没有对过去的仇恨和未来的美好的宣传鼓动，革命的动力也无从来。所以，尼古拉·别尔嘉耶夫说，"革命不知道现在，也不拥有现在，革命完全指向过去和未来"。②

《幻灭》中的静女士在去武汉之前，有一段心理描写，写到她在理想与幻灭之间思想上的徘徊。尽管"过去的创痛"告诉她："每一次希望，结果只是失望；每一个美丽的憧憬，本身就是丑恶"，但"新的理想"告诉她："失望不算痛苦，无目的无希望而生活着，才是痛苦"。"这两股力一起一伏地牵引着静，暂时不分胜负。静悬空在这两力的平衡点，感到了不可耐的怅惘。她宁愿接受过去创痛的教训，然而新理想的诱惑力太强了，她委决不下。她屡次企图遗忘了一切，回复到初进医院来时的无感想，

---

① ［俄］尼古拉·别尔嘉耶夫：《论人的奴役与自由》，中国城市出版社 2002 年版，第 229 页。

② ［俄］同上书，第 232 页。

但是新的诱惑新的憧憬，已经连结为新的冲动，化成一大片的光耀，固执地在她眼前晃。她也曾追索这新冲动的来源，分析它的成分，企图找出一些'卑劣'来，那就可名正言顺地将它撇开了，但结果是相反，她反替这新冲动加添了许多坚强的理由。……这是精神活动的迫切的要求，没有了这精神活动，就没有现代的文明，没有这世间。"①

斗争的结果，"过去的创痛虽然可怖，究不敌新的憧憬之迷人。……勇气，自信，热情，理想……现在都回来了……她已经看见新生活——热烈，光明，动的新生活，张开了欢迎的臂膊等待她。这个在恋爱场中失败的人儿，现在转移了视线，满心想在'社会服务'上得到应得的安慰，享受应享的生活乐趣了"。② 应该说，是对新生活的渴望，才使得静女士振奋起来，而新生活，就是在革命中所获取的一种生活。换言之，静女士对革命的向往，其实质是对一种热烈、光明、动的新生活的向往。

在现代历史时期，民众及知识分子对革命的热切期盼，其中更为深层的原因，还是基于进化论的影响。进化论遵循的是一种线型发展的历史观和时间观。进化论认为，地球及其生活于其上的动植物，其发生、发展、演变是一个不断地由低级到高级，由简单到复杂的过程。这样的过程是无限的、无止境地向未来延伸着的。进化论就是这样，"将价值和意义注入时间，并且随着时间不断向前的线性运动，其价值和意义也就越巨大，更高级的、更美好的、更有价值乃至更具有神圣性的东西都在时间的现在，更在时间的前方维度"。③ 随着进化论在中国思想界的普及浸润，

① 茅盾：《幻灭》，《茅盾全集》第 1 卷，人民文学出版社 1984 年版，第 58—59 页。

② 同上书，第 59 页。

③ 逄增玉：《现代性与中国现代文学》，东北师范大学出版社 2001 年版，第 195 页。

进化论的这种肯定现在和将来而否定过去的人格价值观和思想价值观也慢慢被中国人所接受。就革命话语来说，砸碎不合理的现在，迎向美好的未来，对革命的民众来说是一个永远美好的诱惑。进化论与天争胜、新旧交替思想中所蕴含的那种"道路是曲折的，前途是美好的"的思想也为革命提供了强大的精神动力和援助。

而依据进化论的科学理论逻辑，在革命者那里，上海作为中国现代新文明最早的滋生地，虽然有这样那样的缺陷，但仍然有其比内陆乡村更为明亮的因子存在。茅盾小说《幻灭》中的开头，就是慧女士和静女士谈论对于上海的印象，慧女士表达着对上海的厌恶："我讨厌上海，讨厌那些外国人，讨厌大商店里油嘴的伙计，讨厌黄包车夫，讨厌电车上的卖票，讨厌二房东，讨厌专站在马路旁水门厅上看女人的那班瘪三……真的，不知为什么，全上海成了我的敌人，想着就生气。"[1] 而静女士说："我觉得上海固然讨厌，乡下也同样的讨厌；我们在上海，讨厌它的喧嚣，它的拜金主义化，但到了乡间，又讨厌乡村的固陋，呆笨，死一般的寂静了；在上海时，我们神昏头痛；在乡下时，我们又心灰意懒，和死了差不多。不过比较起来，在上海求知识还方便些。"[2]

在这里静女士通过对上海和乡村的比较，还是倾向于具有现代特征的上海。因为"在上海求知识方便些"。这也从某些方面表明了作者对于上海的定位：接受新思想新知识的地方。上海虽然不完美，但终究有新思潮的氛围存在。这是对年轻人最具吸引力的地方。静女士成长于受新思潮辐射的外省，因为在女校沐浴新式教育，接受新思想的影响。读了"新出版的杂志"，更受到

---

① 茅盾：《幻灭》，《茅盾全集》第 1 卷，人民文学出版社 1984 年版，第 7 页。
② 同上。

时代的感召，来到上海正是为了心底追求新思想的渴望，为了"领略知识界的风味"。如前所述，进化论的时间观使中国的知识分子和作家在历史和价值的评判中一切以现在、以新和未来为价值中心，"新"与现在、与未来、与进步、与光明和希望等肯定性的价值联系起来，求"新"便毫无疑问是一件值得肯定的事情，无论这种"新"的内容如何。事实上，晚清以降，各种领域的"革命"都是以求"新"作为宣传内容和最终目标。戊戌变法是"维新"，小说界革命是要建立"新小说"观念，"五四"运动也是为了建立"新文化"、"新思想"。五四时期各种口号都冠以"新"字来吸引人。诸如"新中国"、"新民"，"新青年"、"新女性"，等等。而许多刊物也纷纷以"新"字命名。诸如《新青年》、《新潮》、《新小说》、《新上海》……"新"是对一种全然不同于现在的生活环境和生存方式的无限制的渴望，"新"给予革命者无边的想象，意味着有张力、充满无限可能性的未来生活。对"新"的永无止境的追逐毋庸置疑是一种有价值意义的生活，革命的动力也由此而来。逢增玉曾指出，"五四"新文化运动中的知识分子和作家"积极乐观乃至情感化、意识形态化地肯定现在和未来的价值，不断地求'新'，必然导致时间观和社会历史观上的一种'新世纪'、'新纪元'情结和意识，并以此作为一种价值尺度，来重新评估一切思想、价值、历史和人格本身"。[1]

有一点需要强调的是，晚清以降至"五四"时期所谓的各种"新"事物"新"思想，大都是和传统的"旧"事物"旧"思想相对立的，其"新"的源头，还是从西方传入的各式各样的现代思想。上海作为最先接受欧风美雨之现代思想浸润的都市，是中国民众寄寓"新"思想的地方，是革命家和文人寄予未来希望的

---

① 逢增玉：《现代性与中国现代文学》，东北师范大学出版社 2001 年版，第196 页。

地方。自晚清开始，上海就作为一个指向未来的希望之地而存在。革命者到上海去寻求同党，改革派到上海去寻求新规划，文人们到上海去寻找新题材，求知若渴的学生们去上海去寻求新知识，而一般的民众到上海去观览新奇观……

在叶圣陶的小说《倪焕之》中，乡村中的倪焕之被"五四"的怒潮所激动，思想上渐渐起了变化。但渴望新式现代生活的倪焕之在乡村经历了革新的重重失败，在他所从事的教育方面，在新家庭的憧憬方面，在结婚的理想方面，都感到幻灭。他从乡村来到都市上海，就是要找寻新的生活意义，新的奋斗方式。上海是倪焕之寄托人生理想之地。在茅盾的小说《虹》中，梅女士最终也是在上海实现了自己的生命价值，跟上了历史的进程，掌握了自己的命运。作者安排主人公梅女士跑出闭塞的"蜀道"到大都市上海，正是寓意着中国女性从"封建"走向"现代"，必须投入革命才能获得解放的主题。在这里上海成了现代性的象征而存在。茅盾曾经对小说题目《虹》作出这样的解释："'虹'是一座桥，便是春之女神由此认出冥国，重到世间的那一座桥；'虹'又常见于傍晚，是黑夜前的幻美，然而易散；虹有迷人的魅力，然而本身是虚空的幻想。这便是《虹》的命意：一个象征主义的题目。"① 在这样的解释中，作为现代中国缩影的上海成了一切美好幻想的集结地。在上海，只有在新思潮弥漫的上海才能搭建起由冥国回世间的桥，正是上海所独具的与传统背道而驰的现代思想氛围才给了人们无限的对新生活的美好幻想。在小说《虹》中，上海是作为一个开放自由的现代都市而存在，是作为现代文明的象征而存在。在《虹》中，上海虽然"是五方杂处，最容易叫人上当的地方"，在繁华路段的公司门前"来往的仍旧是些醉

---

① 茅盾：《亡命生活——回忆录十一》，唐金海、孔海珠、周春东、李玉珍编：《茅盾专集》第 1 卷，福建人民出版社 1983 年版，第 644 页。

生梦死的行尸走肉",但是新的质素——现代意义上的革命思想正在以不可压制之势成长,这是上海的希望所在。"真正的上海的血脉是在小沙渡,杨树浦,烂泥渡,闸北这些地方的蜂窝样的矮房子里跳跃! 只有他们的鲜血沸滚的血能够洗去南京路上冷却了变色的血!"①

小说中写到梅女士搭乘江轮在由蜀中赶到上海的途中,看到由机械驾驶的轮船冲击着那些"蜗牛似的贴在岩壁的""小小的木船",内心中的感觉:

> 梅女士看着这些木船微笑,她赞美机械的伟大的力量;她毫不可怜那些被机械的急浪所冲击的蜗牛样的东西。她十分信托这载着自己的巨大的怪物。她深切地意识到这个近代文明的产儿的怪物将要带新的"将来"给她。在前面的虽然是不可知的生疏的世间,但一定是更广大更热烈:梅女士毫无条件地这样确信着。②

在这里,轮船成了现代物质文明的象征,代表历史发展必然趋势的未来、希望、光明的力量。那些被冲击的小小的木船象征着过去及落后的原始文明,是必定被历史淘汰掉的。梅女士以充分的热情呼唤未来的新生活,呼唤现代文明,"十分信托这载着自己的巨大怪物",表明了梅女士对现代文明持一种完全信任的态度。梅女士正是搭乘这样的代表现代文明的轮船到代表现代文明的上海,去经受"新的将来",轮船和上海由此成了现代文明的化身,是同质物。梅女士对代表过去和落后的"蜗牛似的贴在岩壁的""小小的木船"的毫无怜惜,表达了对现代文明的一种

---

① 茅盾:《虹》,《茅盾全集》第 2 卷,人民文学出版社 1984 年版,第 253 页。
② 同上书,第 11 页。

坚定的价值认同，在这样的价值认同中，将来的在上海的生活也便毋庸置疑地是一种有价值意义的生活，上海由此成了光明的未来的化身。

1928年以后，革命以不可阻挡之势蔓延整个中国，成为当时的先锋潮流，像蒋光慈所说的："革命文学成为了一个时髦的名词，不但一般急激的文学青年，口口声声地呼喊革命文学，就是一般旧式的作家，无论在思想方面，他们是否是革命的同情者，也没有一个敢起来公然反对。并且有的不但不表示反对，而且倡言革命文学的需要，大做其关于提倡革命文学的论文。"[①] 蒋光慈的有关革命的小说能一时争相传送，也从某一个方面表明了革命所给予人的诱惑力。据记载，蒋的小说在热销之际，连茅盾的作品都被出版商署名为蒋光慈才能得以出版并得以销售。蒋光慈在写于日本的散文《异邦与故国》中，曾写到，友人告诉了他一件新闻：最近中国某作家写信给他的东京友人说，"你若要出名，则必须描写恋爱加革命的线索。如此则销路广，销路广则出名矣"。[②] 这也从某一方面反映出革命所给予人的影响深远。

革命的罗曼蒂克就是产生于这样的民众对革命极度渴望的社会情绪中，在这种社会情势下，不难理解，为什么时代情绪要借助于革命，才能得以淋漓尽致地抒发出来。所以也不难理解为什么革命的小说中所宣扬的更多的是一种情绪，一种生命的激情，那更确切地说只是一种社会情绪的反映。阳翰生就曾指出革命的罗曼蒂克小说的缺陷："革命的罗曼蒂克的特征，是不能深刻的去反映社会生活中的唯物辩证法的发展过程，只主观的把现实的

---

① 蒋光慈：《关于革命文学》，载《太阳月刊》2月号，1928年2月1日。

② 蒋光慈：《异邦与故国》，《蒋光慈文集》第2卷，上海文艺出版社1983年版，第456页。

惨酷斗争，理想化，神秘化，高尚化，以至于罗曼谛克化。"①
阳翰生指出的"不能深刻的去反映社会生活中的唯物辩证法的发展过程"，也是指革命小说存在的想象成分。而"把现实的惨酷斗争，理想化，神秘化，高尚化，以至于罗曼谛克化"正是基于进化论的鼓动，相信革命是一个螺旋式的上升过程，经过多次的挫折，最终的结果必定是光明的。正是进化论给了革命者以充分的自信，使得他们以一种昂扬的情绪、必胜的信心投身于社会革命中。

三 革命行为：寻求一种生命的激情

在蒋光慈那里，被想象的革命是一种美妙的东西，他说："好的艺术家都曾知道，仅仅只有美妙的东西才值得想象。试问什么东西比革命再美好些的？"② 他把革命美化为诗，美化为艺术："革命就是艺术，真正的诗人不能不感觉得自己与革命具有共同点。诗人——罗曼蒂克更要比其他诗人能领略革命些！"③ 主要原因是革命中所蕴藏着的无边的激情，革命行动中那种鲜活的、触动神经的生活，以及革命生活中那种悖于常规的、无限的多种可能性的生活方式，还有革命的未来所给予人的锦绣前程的想象。所以蒋光慈欢呼："有什么东西能比革命还有趣些，还罗曼谛克些？"④"革命的作家幸福呵！革命给与他们多少材料！革命给与他们多少罗曼谛克！他们有对象描写，有兴趣创造，有机会想象。"⑤

由此可见，蒋光慈热衷的主要是革命生活中蕴藏着的激情，

---

① 参见旷新年《1928——革命文学》，山东教育出版社 2002 年版，第 106 页。
② 蒋光慈：《十月革命与俄罗斯文学》，《蒋光慈文集》第 4 卷，上海文艺出版社 1983 年版，第 69 页。
③ 同上书，第 68 页。
④ 同上书，第 62 页。
⑤ 同上书，第 65 页。

与革命有关的权力、政权、后果并不真正为他注重，虽然蒋氏在小说中也极力宣扬砸碎不合理的社会制度建立新世界的愿望。正如他所坦言的："革命的诗人爱的是'革命的心灵'，'而非革命的理性和计划'。"①

"革命的心灵"，正是革命生活中所具有的对未来生活无限多种可能性的想象，是革命行动中脱离循规蹈矩的日常生活的新鲜和刺激。"革命的心灵"不是单一呆板静止无波澜的，而是起伏跌宕，时时充满鲜活的生命热力的，是有许多浪漫怀想的："唯真正的罗曼谛克才能捉住革命的心灵，才能在革命中寻出美妙的诗意。"②"罗曼谛克的心灵常常要求超出地上生活的范围以外，要求与全宇宙合而为一。革命越激烈些，它的怀抱越无边际些，则它越能捉住诗人的心灵，因为诗人的心灵所要求的，是伟大的，有趣的，具有罗曼性的东西。……他在革命中看见了电光雪浪，他爱革命永远地送来意外的，新的事物；他爱革命的钟声永远为着伟大的东西震响。"③

蒋光慈所需要的，就是革命生活中那种脱离平庸停滞之日常生活的丰富体验，是一种动荡不宁的求新求变精神。别尔嘉耶夫在论述革命的意义的时候，肯定的正是革命给予人类的丰富体验："革命是伟大的体验，这个体验既使人贫乏，也丰富人。贫穷的自身就是一种丰富。……在革命中，新的平民阶层总是被赋予发挥历史积极性的机会，束缚能量的枷锁被拆除。……新人的出现是新的精神的诞生。"④

---

① 蒋光慈：《十月革命与俄罗斯文学》，《蒋光慈文集》第4卷，上海文艺出版社1983年版，第62页。

② 同上书，第71页。

③ 同上书，第68—69页。

④ ［俄］尼古拉·别尔嘉耶夫：《论人的奴役与自由》，中国城市出版社2002年版，第234页。

革命最具有诱惑力的地方正是革命中所给予人们生命的丰富，所给予人的那种激情。这种激情对处于新旧交替时期中的中国人来说，尤其重要。因为中国人历经几千年来封建思想的禁锢压制，已经被模塑为没有自我生命意识及感觉的动物。父权森严的家族制使家族中人必须在设定好了的"角色"规范里生活，久而久之失去其原始本性，沦为角色的奴隶，异化为没有自身情感的活动的家具。生命就在这种循规蹈矩、一成不变死水一般的生活中磨蚀掉，没有思想，更无从奢谈生命激情。"五四"个性解放唤醒了一批青年，这些人不甘心自己的生命热力在封建家族中消殒，于是离家出走，外出寻求属于自己所有的个性与自由，寻求自己所渴望的现代生活方式。而大批离家出走的青年，其寻求自由之地往往是新思潮迭起的上海。

蒋光慈的小说深受欢迎，也是反映了新旧交替之时代人们对新生活激情渴望的一种情绪。而革命者进行革命，也是受激情生活的驱使。茅盾小说《幻灭》中，写到静女士当看护妇时遇到一个姓强名猛的军官，这个军官坦言，他到战场上去打仗不是为了什么神圣的口号，甚至也不是为了胜负，而单纯就是为了"强烈的刺激"，且看这位军官发自肺腑的话语：

战场对于我的引诱力，比什么都强烈。战场能把人生的经验缩短。希望，鼓舞，愤怒，破坏，牺牲——一切经验，你须得活半世去尝到的，在战场上，几小时内就全有了。战场的生活是最活泼最变化的，战场的生活并且也是最艺术的；尖锐而曳长的啸声是步枪弹在空中飞舞；哭哭哭，像鬼叫的，是水机关；——随你怎样勇敢的人听了水机关的声音没有不失色的，那东西实在难听！大炮的吼声像音乐队的大鼓，替你按拍子。死的气息，比美酒还醉人。呵，刺激，强烈的刺激！和战场生活比较，后方的生活简直是麻木的，死的。

我追求强烈的刺激，赞美炸弹，大炮，革命——一切剧烈的破坏的力的表现。我因为厌倦了周围的平凡，才做了革命党，才进了军队。

……战场是最合于未来主义的地方：强烈的刺激，破坏，变化，疯狂似的杀，威力的崇拜，一应俱全……别人冠冕堂皇说是为什么为什么而战，我老老实实对你说，我喜欢打仗，不为别的，单为了自己要求强烈的刺激！打胜打败，于我倒不相干！①

在这位军官眼中，刺激的生活才是真的生活，才是"活"的生活。而在《追求》中，茅盾所重笔泼墨描画的，也是一位不甘心于平淡生活，处处求新奇，期望在革命中寻求激情生活的青年——章秋柳。且看章秋柳一系列的自白：

我觉得短时期的热烈的生活实在比长时间的平凡的生活有意义得多！我有个最强烈的信念就是要把我的生活在人们的灰色生活上划一道痕迹。无论做什么事都好。我的口号是：不要平凡！②

我是时时刻刻在追求着热烈的痛快的，到跳舞场，到影戏院，到旅馆，到酒楼，甚至于想到地狱里，到血泊中！只

① 茅盾：《幻灭》《茅盾全集》第 1 卷，人民文学出版社 1984 年版，第 83、84 页。
② 茅盾：《追求》，《茅盾全集》第 1 卷，第 418 页。

有这样，我才感到一点生存的意义。……像吸烟成了瘾一般，我的要求新奇刺激的瘾是一天一天地大起来了。许多在从前是震撼了我的心灵，而现在回想来尚有余味的，一旦真个再现时，便成了平凡了。我不知道这是我的进步呢，抑是退步。我有时简直想要踏过了血泊下地狱去！①

我们正在青春，需要各种的刺激，可不是么？刺激对于我们是神圣的，道德的，合理的！②

在章秋柳这里，热烈的、刺激地生活着才有生命的意义。这样的生活是符合人性的，所以是"道德的"，"合理的"。表达了对一种有活力的激情生活的推崇。对革命中富有刺激的生活的追求，源于对现实麻木呆滞之日常生活的厌倦。可以理解，最初的革命小说为什么总是把革命和恋爱联系在一起了，因为发自心底全身心投入的恋爱，就是一种身心感官全然陶醉的激情，是生命之原动力。如前所述，革命最先源于对现实的不满，革命的目的是为了获取更为合理的生活方式。在 20 世纪前半叶，对具体的青年个体来说，革命是与青年对传统家族制中平庸刻板生活的不满相联系的。青年对家族的反抗，主要针对的是家族制中对个性的压制及"父母之命、媒妁之言"的婚姻方式。时代婚姻自主、个性解放的呼声应和着他们的心灵需求。他们脱离家庭，奔赴具有现代思想气息的都市。最初之时，娜拉出走的故事唤醒了一大批追求个性解放的女子，但在其后的几十年里，中国社会并没有给女子提供可供发展的空间及实现自我价值的现代性语境，女子凭职业谋生的机会少之又少。所以对脱离旧家庭的女子来说，只

---

① 茅盾：《追求》，《茅盾全集》第 1 卷，第 326 页。
② 同上书，第 360 页。

有走革命或恋爱之路，换言之，革命或恋爱是她们在社会上得以立足、寻求自己所期望的自由生活的一种存在方式。像《虹》中的梅女士，逃离封建婚姻家庭进入社会，只有进行革命，才能获取全新的生活。有些女子在恋爱遇挫之后，也投入革命。像蒋光慈《野祭》中的章淑君，爱上了革命作家陈季侠，但陈却另有所爱。章在失望之余，把感情托付给革命；"我想这样平淡地活着，不如轰轰烈烈地死去倒有味道些"。在白薇自传体小说《悲剧生涯》中，女主角发现自己的爱人背叛了她，写道：

> 啊，人无心，宇宙昏！我受不了这些凄风厉雨的摧残，我要发狂了！……我闷，我哭，我跳，我想死。死，我不！我要和世界这一切的恶毒宣战！我要革命，革命，誓将此身献给革命！[①]

女主角的投入革命，也是因为失恋。作者在这里将革命视为一种替代品，以弥补他们所失去的情爱对象。有一点需要注意的是，这些女子要么革命，要么恋爱，革命和恋爱的这种置换，是因为这两者有共同之特征，即都是脱离日常生活常规的，是一种轰轰烈烈的激情的生活，是足以发挥狂热之生命能量的生活。这是其吸引人处所在。

但多数的小说文本中写到，离家出走到上海去寻求自由的青年，在都市的环境中，也并不能真正找到自己所期望的生活。像《冲出云围中的月亮》中的曼英，在上海所看到的是种种不平等的社会现实；《幻灭》中的静女士和慧女士，到上海后也频频遇挫，深切体味到事业和爱情的幻灭；《追求》中的赵赤珠和王诗陶，为贫穷所驱使到街头去作卖淫妇……而这一切的挫折只能更

---

① 白薇：《悲剧人生》，上海生活书店 1936 年版，第 217 页。

加坚定她们的革命信念——因为革命中的遭遇使她们更不可能进入道德观念森严的封建家庭中去：一方面，她们早已被视为伤风败俗之"另类"被封建家族扫出家门，在这种情境中，革命是她们的护身符和唯一合法的存在方式；而更重要的另一方面是，她们更不可能忍受封建家族中的陈规陋习，像章秋柳所说的"我再不能把我自己的生活纳入有组织的模子里去了；我只能跟着我的热烈的冲动，跟着魔鬼跑！"[①]

我们说，从1928年开始发端于上海的普罗文学其主要特征是"革命的罗曼谛克"，而这种浪漫色彩很大程度上是对恋爱的渲染。最先把革命与恋爱相结合的是蒋光慈，钱杏邨在评《野祭》中所说的："现在，大家都要写革命与恋爱的小说了，但是在《野祭》之前似乎还没有。"[②]而茅盾的《蚀》三部曲和长篇小说《虹》几乎是和蒋光慈的作品同时出现在文坛上的。这两部小说正是以青年男女所面临的革命工作和恋爱之间的纷繁纠结为主要描写内容。茅盾并不是受蒋光慈的影响而写"革命"加"恋爱"的小说的，所以这两位作家在同一时期不约而同地以革命和恋爱为书写对象并不仅仅是一种巧合，这表明在当时社会现实中，革命与恋爱确实是一种社会存在，有其普遍性。

在茅盾的小说《幻灭》中，作者是把恋爱现象作为一种"时代病"来写的，小说通过静女士经历的革命与恋爱，表达了对革命和恋爱之关系的思考。最先在静女士的眼中，革命中的恋爱是革命意识不纯的消极表现。小说中写到静女士所看到的那些闹风潮的女校学生们，自闹了风潮之后，"渐渐地丢开了闹风潮的真

---

① 茅盾：《追求》，《茅盾全集》第1卷，人民文学出版社1984年版，第377页。

② 钱杏邨：《野祭》，载《太阳月刊》2月号（1928年2月）。

正目的，却和'社会上'那些仗义声援的漂亮人儿去交际——恋爱"。① 革命成为恋爱的交际手段。这使得静女士对革命的"幻想破灭了"，很消极。所以想到上海"静心读书"。在上海，静女士经过了恋爱的失败，在心灰意冷之际受到时代的氛围和热心于革命的同学的鼓动，在信心、希望、责任感的驱使下又投入革命。而此时的静女士对革命与恋爱又有了新发现。小说中写到静女士在投入革命工作之后，"得到了办事的兴趣"，踏进了"光明热烈的新生活"中，其遗憾并感觉不快的缘由之一就是她的同事们"近乎疯狂的见了单身女人就要恋爱"的举动行为，"闹恋爱尤其是他们办事以来唯一的要件"。"常常看见男同事和女职员纠缠，甚至嬲着要亲嘴。单身的女子若不和人恋爱，几乎罪同反革命——至少也是封建思想的余孽"。② 这些所谓的革命者，拼命地追逐恋爱，恋爱是唯一让他们神经振奋的事情。"提到恋爱，这一伙半醉的人儿宛如听得前线的捷报，一齐鼓舞起来了"。③ 这种行为促使静女士对革命工作发生嫌恶。

小说中有一段对静女士的心理描写，写到静女士对革命中所存"矛盾"现象的思考：

她想起半年来的所见所闻，都表示人生之矛盾，一方面是紧张的革命空气，一方面却又有普遍的疲倦和烦闷。各方面的活动都是机械的，几乎使你疑惑是虚应故事，而声嘶力竭之态，又随在暴露，这不是疲倦么？"要恋爱"成了流行病，人们疯狂地寻觅肉的享乐，新奇的性欲的刺激；那晚王女士不是讲过的么？某处长某部长某厅长最近都有恋爱的喜

① 茅盾：《幻灭》，《茅盾全集》第1卷，人民文学出版社1984年版，第8页。
② 同上书，第71页。
③ 同上书，第73页。

剧。他们都是儿女成行，并且职务何等繁剧，尚复有此闲情逸趣，更无怪那班青年了。然而这是烦闷的反映。在沉静的空气中，烦闷的反映是颓丧消极；在紧张的空气中，是追寻感官的刺激。所谓"恋爱"，遂成了神圣的解嘲。①

在这里，静女士把革命者追寻恋爱视为是革命前进途中的"矛盾"，这种矛盾如同不能完全根除的封建思想陋习与革命相辅相成。而恋爱是革命紧张空气中一种"烦闷的反映"，接下来小说中对静女士又有一段描写：

矛盾哪，普遍的矛盾。在这样的矛盾中革命就前进了么？静不能在理论上解决这些问题，但是在事实上她得到了肯定。她看到昨天的誓师典礼是那样地悲壮热烈，方恍然于平日所见的疲倦和烦闷只是小小的缺点，不足置虑；因为这些疲倦烦闷的人们在必要时确能慷慨为伟大之牺牲。这个"新发见"鼓起了她的勇气②。

这个时候的静女士把恋爱看作"不足置虑"的"小小的缺点"，因为这些闹恋爱的革命者"在必要时确能慷慨为伟大之牺牲"。这在某种程度上无疑又肯定了革命者之恋爱的合理性。茅盾通过静女士对革命与恋爱关系态度的矛盾潜隐地表达出了自己心底对两者关系的迷茫。但最终，恋爱被视为不足深虑的小缺点而被忽略。因为要革命就意味着随时准备牺牲，在牺牲面前，符合人性的恋爱就应该被接受。

值得注意的是，茅盾在《蚀》三部曲和《虹》中写到的恋

---

① 茅盾：《幻灭》，《茅盾全集》第 1 卷，人民文学出版社 1984 年版，第 71 页。
② 同上书，第 72 页。

爱，不是传统意义上的以缔结千年之好为目的、忠贞不渝、身心相许的那种神圣的爱情，而大多是非正常的婚外恋或三角恋、多角恋，时间大多短暂，不求结果。这些恋爱所追逐的只是一种"肉的享乐，新奇的性欲的刺激"。革命和恋爱由此找到了其共同性：对一种脱离常态之生活的追求，对麻木无聊之生活的反叛。

　　蒋光慈与茅盾不同，他对革命中的恋爱并无置疑，而是视作革命青年正常的一种行为。在蒋光慈眼中，革命和恋爱一样，都是一种激发激情的美好事物，革命与恋爱并无冲突，并无矛盾，反而是个彼此息息相关的革命议程。但和茅盾相比，蒋光慈显然更注重革命，在其小说《野祭》中，主角陈季侠是个年轻的革命作家，他在美丽纯洁的郑玉弦和朴素独立的章淑君中，选择了郑，但最终发现，最值得他爱的还是章，因为章和他都不甘心过平凡无作为的生活，他们有共同的为革命而献身的理想。在这里，革命成为选择恋爱对象的重要因素，既是发展恋爱的前提，也是结束恋爱的理由。革命成了检验真正爱情的标尺。《冲出云围中的月亮》中，曼英对爱人的选择也是以是否革命为标准。其潜隐的理论是，只有革命者，才配拥有真正的爱情，而在蒋光慈的眼中，真正的爱情，像革命一样，是拥有生活激情激发生命原动力的爱情。在革命的时代逃避革命的那些人，必定是肠肥脑满整日浑浑噩噩的寄生虫。这些人目光短浅，整天为一己私利蝇营狗苟，是不配拥有爱情的行尸走肉。在蒋光慈那里，革命是人之生存唯一的价值与意义，是至高无上之价值衡量的标尺。革命的生活，也是他所肯定的唯一之生活。

　　需要指出的是，在其时，"革命加恋爱"作为一种书写模式被效仿，革命和恋爱小说更多是为青年思想情感教育之说教目的而作。像洪灵菲的《流亡》三部曲，华汉的《两个女性》，孟超的《冲突》，以及丁玲的《苇护》等，都落入了"光赤式的陷阱"

里去，说教的意味很重。其后，"革命加恋爱"被视为一种类型化的书写公式而遭受批判。茅盾在 1935 年就曾写过《"革命"与"恋爱"的公式》一文，把文坛上风行一时的革命加恋爱模式分为三种类型。其一是书写"革命与恋爱"的冲突，指出了"恋爱"会妨碍"革命"，于是"为了革命而牺牲恋爱"的公式。其二是"革命与恋爱""相因相成"，"革命决定了恋爱"的公式。其三是"革命产生了恋爱"、革命就是恋爱的公式。模式化了的革命加恋爱小说已失去其原初风貌，已与激情无关。

如前所述，中国现代历史上的革命情绪及革命信心的鼓动都受进化论的影响。而中国的知识分子和作家如此热情地相信进化论，响应革命，在某种程度上反映了他们对发展的渴望，对建立合理的社会制度和强盛的民族国家的期望。这既是知识分子忧国忧民、以救助天下为己任之情怀展露，同时也反映出他们不甘平凡，渴望立功立业、有一番作为的生命价值观。革命情绪在上海得以从星星之火形成燎原之势，也在某种程度上表明中国人对一种激情而有挑战性的生活方式的向往。借此可见中国人内心深处蕴藏着的生命热力。

上海在 20、30 年代达到了历史发展的巅峰时期，也是作为都市的现代感觉最为浓厚的时期，在此时期，上海作为隐喻的各种形象——声光化电之都、颓废之都、色情之都、革命之都，都展现了一种处于发展流变中的现代性的自由理念，表现了中国人对自由的渴望与追求。这种追求历久弥新，魅影永存。新中国成立后，由于众所周知的原因，上海现代历史上的繁华已成旧迹，而对这种繁华的追忆，对繁华中所隐喻的现代生活的向往，依然阴魂不散，在 20 世纪 90 年代重新浮出水面，并借助于怀旧思潮把对现代生活的这种渴望推向极致。

第 三 章

当代文学中的上海

第一节　新中国成立后三十年文学中的上海

一　新中国成立后革命现代性对上海的改造

我们说，上海的独特性只有在中国现代历史上才充分地显现出来。新中国成立以后，由于政治、经济、文化和社会生活诸方面的改变及运作，革命现代性对上海进行了彻底的改造。上海作为都市的独特性悄然而逝。文学中的上海书写由此也不再具有特色。

前面我们指出①，在 20 世纪，革命话语几乎被作为一种神圣仪式引入民众的日常生活，而在新中国成立后，这种对革命的崇尚更为突出。革命目标被演绎成一种乌托邦的美好理想境界，并为发扬光大，成为亿万民众的信仰。这一时期，中国文学也被纳入了政治现代性序列，民众在政治的现代理念里生活，一切价值、意义的衡量标准是政治杠杆。上海从此被纳入新制度的统一规划下，随社会主义经济制度政治制度的运作而发生变化。上海至此，进入了一个特殊的历史时期。在城市形态各方面都发生了翻天覆地的变化。

新中国成立后的上海时时处在强有力的政治话语的控制下，

---

① 　见第二章第五节。

首先它要面临着重新改造的问题，这也是当时全国范围内所面临的大问题。在新中国成立前夕开的中共七届二中全会上，毛泽东指出："中国革命在全国胜利，并且解决了土地问题以后，中国还存在着两种基本矛盾。第一种是国内的，即工人阶级和资产阶级的矛盾。第二种是国外的，即中国和帝国主义国家的矛盾。"基于这一理论，大会号召要反对那些否定被压迫人民的思想倾向，尤其是要坚决反对资产阶级及其残余势力。这样，政治上与资产阶级的斗争，便首先在思想文化战线，尤其是在文艺界揭开了序幕。对电影《武训传》的批判，对俞平伯的《红楼梦研究》的批判，对胡风集团的批判，其主要目的都是为了清除在思想文化领域里资产阶级思想的影响。上海这座最能体现资本主义思想意识的商业化的大都市，欧化色彩浓厚的帝国主义殖民地，不可避免地被视为罪恶的渊薮，资产阶级道德和社会腐败滋长的温床，成为重点改造对象，所以在新政权建立后便不能不面临着动大手术的改造，结束了在此之前作为国际性的商业大都市的历史。

经过改造后的上海和二三十年代的上海有很大不同，首先是它的经济形态的不同。新中国成立前夕，毛泽东提出的改造城市之构想是"将消费的城市变成生产的城市"，[①] 加之受苏联经济模式的影响，上海的重工业由此得到发展，从现代历史时期的"消费"城市变为"生产"之城市，而且成为全国重要的工业城市。"公有制"的计划经济模式取代了资本主义自由经济。国家强大的政治权力控制着经济规律的运作，在一定意义上排斥着货币的权威和商品的自由交换法则。商品、货币、交换、买卖，这一切都成了资本主义的东西，是要严加防范并要毫不留情地摈弃的。原有的资本主义制度下的商业机构都被取缔或改整，外资撤

---

① 《毛泽东选集》一卷本，第 1318 页。

走，偶有的小商小贩也被当成资本主义尾巴割掉了。上海的商品经济不再像殖民资本主义时代那样呈畸形繁荣局面。原有的娱乐设施如夜总会、舞厅、咖啡馆、商埠码头、赌场、跑马场、证券交易所等，也被拆除或查封。这同时也影响到城市形态的改变。原先作为不夜城"华灯起，车声响，歌舞升平"的繁华场面已不再。通宵达旦的电影院、夜总会更无踪影。

经济形态的根本性改变导致了人的生活方式的改变。经过对工业农业资本主义工商业的社会主义改造，贫苦的劳动人民翻身，当家做主成了主人，上海的社会阶层也发生了变化。新中国成立前社会阶层划分的尺度是资本占有关系，1956 年三大改造完成，建立了公有制为主导地位的经济形式，资本占有关系基本被消灭，社会阶层也简单化为干部、工人、农民三种类型。在其后的三十年间，由于严格的户籍制度和人事管理体制，国家以政治权力为中枢，通过各类各级大大小小的单位，把干部、工人、农民这三大身份网络在单位组织当中，形成了一个在严格的政治制度控制下高度集中、高度一体化的社会。原先上海社会"五方杂处"，各色人等聚集的现象已不存在，上海"藏污纳垢"的特色也不存在。曾经活跃在这个都市中的各色外国人、印度巡捕，华服的贵妇和少爷，及舞女、赌徒、娼妓、拆白党、流氓无产者等人物已销声匿迹，被改造成了社会主义制度下安分守己的良民（当然也有一部分被视为"四类分子"接受贫下中农的再教育）。资产收归国有，昔日贵族一掷千金的气派已雨打风吹去。上海不再有开放的包容各种生命形态的生活状态，也失去了作为十里洋场的欧化色彩。总之，上海的独特性正面临消失，除了半殖民地遗留的欧式建筑，在新中国成立后的上海在城市的人文景观上和中国任何一个地方的城市没有区别，上海市民也和中国任何一个城市的市民在生活方式上没有任何差别：上班下班，政治学习，批判斗争……

每一个人都有其隶属的单位，外出要请假。人们进入程式化的生活，被固定在单位里，人际交往、活动空间也相对减少。计划经济、按劳分配的社会制度不再可能制造一夜暴富的神话。生活趋于凝固化，人们失去了冒险，投机的心里动荡。年复一年、日复一日的生活由于固守一处而少了许多新奇浪漫色彩。20、30年代的作家几乎都有漂泊不定的生活经历及心灵体验，这也是文学创作的丰富生活资源，而这恰恰是新上海的生活所不能提供的。当代都市文学创作不可避免地走向单一化。

对上海的改造不仅是在政治经济领域，还涉及意识形态的方方面面。文学体制的改革尤其是值得我们注意的。第一次"文代会"后政府就开始了对文化机构的调整。在50年代，上海的一些重要的出版社或被取消，或被合并，而且通过文化改造和生产资料所有制的改造运动，都被收为国有。由此出版社最终被国家所控制，其独特性受到削弱。中华书局、商务印书馆这两家在现代文学史上产生过重大影响的出版社，于1954年总部都从上海迁往北京，其原来的性质也发生了改变。中华书局1957年成为出版古籍的出版社，商务印书馆1958年以后主要出版工具书和汉译外国社会科学、哲学名著。上海的一些较小的出版社，像海燕书店、群益出版社、新群出版社、棠棣出版社、晨光出版公司等，在20世纪50年代初合并为新文艺出版社。这个出版社在1958年，又和上海文化出版社（50年代由广益书局、北新书局等组成）、上海音乐出版社等合并为上海文艺出版社。当时最有权威性的出版社是北京的人民文学出版社。当时的权威性的文学机构都在北京（比如中国作家协会的办公地点；作协的机关性刊物《人民文学》和《文艺报》）。上海的文学期刊经过改造，也自然地且必然性地进入主流话语之下，重要的如《收获》、《文艺月报》（后改为《上海文学》），在当时都受制于作家协会。现代文学史上流派纷呈，社团林立的局面已成历史陈迹。在 50—70 年代，文学杂志和出版业，都由国家所控制管理并实行监督，自由表达的"公共论域"缺失，30 年代众声喧哗的局面也已成过眼烟云。

就作家这一方面来说，新中国成立后作家的构成也发生了很大的变化，40 年代的一些活跃在上海的新海派作家如张爱玲、徐訏、无名氏出走海外，苏青、施济美、程育真的创作也受到限制，其他如陈梦家、师陀等现代派作家及九叶派诗人的创作也遭遇冷落。还有一部分作家，在 50 年代的政治、文学批判运动中受到攻击而罹难，如胡风集团分子及施蛰存、傅雷等。习惯于都市歌吟的文学力量遭到严重的削弱，一大批熟悉都市生活的作家退出历史舞台，而代之以农村出身的对城市生活不甚了解的作家。另有一些承继"五四"文学传统成长起来的作家，在新时代的感召下，主动深入工厂农村进行世界观的改造，创作符合时代需要的作品，放弃了对都市生活的书写。我们说，中国现代文坛实际上是一种城市现象，主要是因为中国现代文人是一个城市阶层，他们大都出生在有产者家庭，受过系统的学校教育，在青年时期都有在城市的生活经历，有的还曾留学欧美日本。正是因为他们有丰富的城市生活阅历，才会有丰富多彩的对城市的生活描写。现代文学史上海中心地位的取得，也是因为这座都市流动不居、包容性强的自由精神，吸引了大批异地的知识分子，使之心甘情愿地为这片土地漂零流浪。而新中国成立以后的作家，不具备这种在都市生活的阅历。作为创作主体的作家的素质，也决定了不会再有对都市对上海的独特描写的精彩作品，上海自然而然地退出作家的创作视野。

这一切都影响到文学中的上海书写。进入作家创作视界的已不是五光十色的新感觉派作家笔下的世界，传统小说中所描绘的上海景观如妓院、京戏、杂技、斗蟋蟀等更成明日黄花。上海在新中国成立后已有全新的革命质素。这时期写上海的小说如《上

海的早晨》（周而复）和话剧《霓虹灯下的哨兵》（沈西蒙）及
《上海滩的春天》（熊佛西）所描写的上海都带有浓厚的意识形态
色彩，上海作为故事场景退居后位，凸显在前景的是主流政治话
语下引导的革命路线斗争。《上海的早晨》表现的是新中国成立
后代表先进的工人阶级对代表落后、反动的城市工商业资本家的
改造。它力图表现新中国成立初期对民族资本主义工商业和民族
资产阶级进行社会主义改造的全过程，作者周而复当时担任中共
上海市委统战部副部长，熟谙对资产阶级的政策，熟谙毛泽东关
于民族资产阶级两面性的论述，所以能依照主流政治话语，对情
节故事、人物性格展开构思、叙述和描绘。工人对不法资本家的
斗争与改造一直是贯穿小说始终的主题。为了突出这一主题，小
说中几乎所有场景都具有政治意识形态的性质。城市生活被简化
为进行"社会主义改造"的阶级斗争的场所。作为故事背景的上
海这座城市本身所蕴含的文化特性已被抽空，或许作者选取上海
的唯一原因，是因为它是资产阶级、帝国主义殖民主义的代表
场所。

　　话剧《霓虹灯下的哨兵》所展示的上海是危险的、腐化堕落
的场地，需要我们时时加以警惕的。多彩的霓虹灯成了资产阶级
纸醉金迷的生活的象征。剧中的主人公排长陈喜，在战场上英勇
立功。进入城市后，却经不起用糖衣裹着的炮弹的攻击，受到资
产阶级思想作风的侵蚀，险些为阶级敌人利用造成重大失误。剧
本以陈喜最终受到教育得到挽救而结束。剧中另外一个主要角色
陈喜的妻子春妮，这个从农村来的姑娘，代表了新生的积极的健
旺的力量。对这个人物的塑造表明了作家的价值取向所在——也
昭示出当时主流社会的价值取向：中国的先进力量是在农村，都
市是藏污纳垢的地方，是腐化堕落的场所，要时时警惕资产阶级
思想的腐蚀。到 20 世纪 60 年代阶级斗争白热化，都市更是防备
敌对阶级的重心所在。另一出剧作《年青的一代》（陈耘），写地

质学院毕业生林育生，因为受资产阶级享乐思想的影响，不愿离开上海到青海工作。在这里都市上海成了享乐主义的代名词，要永葆革命传统，要提倡艰苦朴素的思想作风就必须和都市的生活方式决裂。当然戏剧最后也是以主人公受到教育而告终。总之这个时期的文学作品对上海的书写大多是概念化的，上海作为被改造的对象而被批判，作为资产阶级的影子而存在，真正把上海这座城市作为审美对象来进行艺术上的观照的作品几乎没有。即使是取材于上海地下党员的斗争经历的革命历史题材的剧作如《无名英雄》（杜宣）、《七月流火》（于伶），其所表达的主题也紧扣主流政治话语。在这样的思想意识的导引下，所有的对上海的书写已经变成了越来越纯粹的无产阶级思想意识的宣传，同时也越来越明显地消弭了文学所要求的社会生活的复杂与丰富。整整三十年，写上海这个城市的作品，除上面提到的外，其他差强人意可以提及的还有《春风化雨》、《火种》（《火种》还主要是写二七大罢工的），剩下的千篇一律的是工厂、车间、技术革命、劳动竞赛——完全是遵循文艺新方向所创造的表现作为"领导阶级"的工人的劳动和生活的作品。其创作模式也大都遵循围绕某一问题、事件展开的"两条路线斗争"的结构模式。文学失去了其丰富多彩的色调，全然被主流话语所覆盖。到"文化大革命"时期的《虹南作战史》（写上海郊区）则基本上是用小说的形式图解意识形态，上海的故事背景所在地更是毫无意义。

需要指出的是，或许是因为上海的藏污纳垢的特征，在五六十年代它一度成为帮派文学的大本营，在"阶级斗争"中走在全国前列。如1958年，上海在戏剧创作演出方面提出了"写中心、演中心、唱中心"的口号；创造了"领导出思想，群众出生活，作家出技巧"的"三结合"创作经验；1963年提出"大写十三年"的口号："文化大革命"中盛行的八个样板戏中有六个诞生于上海；上海"左派"音乐家提出"三突出"创作原则。创刊

《朝霞》，并有《一月风暴》、《盛大的节日》等歌颂"文化大革命"、造反派的作品横行；作为"文化大革命"导火线的《评新编历史剧〈海瑞罢官〉》（姚文元）又是发表在上海的《文汇报》上。在传统眼光中作为资本主义象征的上海，竟然成为"文化大革命"的策源地，在六七十年代作为一个特殊的政治中心而存在。因为它的革命性，所以在文学领域上海受灾最严重。

二 日常生活叙事与新中国成立后三十年文学

新中国成立后对上海的改造不仅是在政治经济领域，还涉及意识形态的方方面面。其中最主要的是人们的日常生活也被纳入主流意识形态并成为社会改造的重要对象。在文学领域，最能体现对日常生活进行改造的企图。

我们知道，现代历史上的上海作为消费城市市民的日常生活异常丰富，而且日常生活叙事在上海现代文学中有其独特性。与中国其他地方的文学相比，上海现代文学中的日常生活叙事更为繁盛。而且对日常生活的描述更偏离常规，更具有先锋色彩。这是由上海所处的特殊的地位所决定的。上海开埠后，一直作为商业中心而存在，随着外国殖民势力的入侵，上海的奇异色彩更加浓厚。"西洋景"于中国人具有另一种神秘怪异的氛围，加之远离京城，受传统思想的影响较少，殖民地的身份使它可以摆脱政治上的控制，这就给了上海恣肆发展的机会，使生活在上海的文人不必为"经国之大业"而写作，所以上海文学中有更多的回避"文以载道"的宏大叙事而展示平民日常生活的内容，也有更多的脱离传统的中国人的日常生活常规的内容。如上海最早致力于日常生活叙事的白话青楼小说《海上花列传》、《海上繁华梦》等展示的是富商巨贾及高官贵族的日常生活，如吃花酒、赌博、吸鸦片、唱曲、敬茶、叫局，等等。而穆时英笔下的都市男女日常生活的主要内容是逛影院、喝咖啡、赌马……总之是传统所认为的无所事事、虚掷光阴的浪荡子的生活，布满了放浪奢靡的颓废色彩。在 40 年代，张爱玲、苏青展示了更为普通的世俗人生，是更贴近过日子的日常市民生活。

对日常生活的警惕和批判在 40 年代的左翼文学界就已存在了。这与当时把文艺作为革命事业的一部分，强调文艺的社会功能密切相关。文艺新方向要求文艺为"工农兵"服务，要求作品反映"工农兵"的生活，但这里的生活是必须与重大主题联系在一起的生活，与之无关的对平凡的日常生活的描写，以及种种表现个人欲望、情感、精神状态和抒发个人情绪的"小叙事"遭遇拒斥与排挤。如茅盾在 40 年代针对国统区"反动文艺"中的一类曾作过如下评论："……还有'第三种'作品，用的是新文艺的形式，表面上可以不接触政治问题，但所选择的题材都以小市民的落后趣味为标准，或布置一些恋爱场面的悲喜剧，或提出都市日常生活中一两点小小的矛盾而构成故事，或给小市民发泄一点生活上的小牢骚而决不引起对现社会统治秩序的根本怀疑……"[1] 在这里，描写小市民个人趣味作品、描写日常都市生活小矛盾的作品，都被视为是"反动文艺"，属于落后的资产阶级所有的。新中国成立后，在意识形态领域里首先要清除资产阶级思想的影响，于是休闲、享乐、趣味等与私人日常生活相关的话语都被视为资产阶级生活方式严加摒弃。日常生活由此被纳入社会整体目标下，失去了独特性。

这个时期的上海文学遵循当时主流意识形态，对日常生活进行了重新的设计与构造。对日常生活的改造首先是要树立一种神圣崇高的生活目标，设计一种更为先进有价值意义的生活方式。战争年代里艰苦朴素的生活作风，具有为党为社会主义事业而奋

---

① 茅盾：《在反动派压迫下斗争和发展的革命文艺》，转引自《中国当代文学史料选》，北京大学出版社 1995 年版，第 39 页。

斗的崇高理想便成为主流意识形态所倡导的生活规范。上海现代文学中所展示的摩登腐化的日常生活便首当其冲备受批判。如在戏剧《无名英雄》（杜宣）中，作为革命者夫人的柳初明就表达了对资产阶级所具有的日常生活方式的厌恶："要我从擦粉、抹胭脂、管理家务中找出它的政治意义来，真把我烦透了。"陈志航也有同样的话："当我每天和这些卑鄙无聊、堕落腐化的生活搞在一起的时候，真把我憋死了。"这一时期文学作品中正面女性的形象也大都是致力于革命工作，脂粉不施，素面朝天，穿着朴素干净得体。

这些正面人物无一不是为无产阶级事业而奋斗、全心全意为人民服务的英雄。他们平时生活的一举一动、所思所想无不是围绕着这一宏伟目标而展开。在戏剧《七月流火》（于伶）中，华素英对等了她 8 年的恋人说："除了工作，我生命里没有可留恋的什么。个人的事情，先别谈论。"为党为人民的工作是第一位的、至高无上的，个人的私事不足挂齿。50 年代的多数作品就是这样极力宣扬那些自觉地放弃个人的私人生活，把自己的生存意义、日常生活和整个社会的理想联结在一起的英雄行为。就是在 50 年代受批判的小说《美丽》（丰村），也仍然遵循着主流意识形态的这种话语逻辑。小说中作为秘书的季玉洁事无巨细，都全身心地为首长操持，并视为是自己应尽的职责："对首长的生活，我深深感觉需要、有更妥善的安排和更细心的照顾，不然，使首长用于领导工作的精力而耗费在生活小事上面，我该如何向党交待呢。"若首长自己照理自己工作之外的日常生活，她就"觉得这是不应该的，为什么要首长自己分神呢"。

这所有的话语都在进行着瓦解私人日常生活空间的工作，革命者应该把全部的精力放在神圣的为革命的工作事业上，而不应把精力浪费在无聊的日常生活上，从而消解了日常生活在人的生命中的意义。在这种思想的倡导下，文学作品中所描写的全心全意为人民服务的英雄们无不是为工作贡献自己的身心，把为党的工作放在至高无上的地位，日常私人生活中的一切都服从这一需要，以至于日常生活的每一时间、每一行为、每一思想、每一动机都与社会的总体目标联在一起，与此相关的私人生活空间也相对减少乃至于消失。

60年代初期中国社会开展了大规模的学雷锋运动，与此同时《中国青年》杂志上展开了什么是幸福的讨论，进一步强化了为神圣目标而奋斗的生存价值观。学雷锋，目的是要倡导一种艰苦朴素、全心全意为人民服务的思想作风。对青年来说，所谓的幸福，就是为广大人民群众谋福利。在应这一潮流而生的剧作《年青的一代》里，剧作家就是依此对青年所应该具有的生活方式进行了阐释。正面人物萧继业一心扑在勘探工作上，到国家最需要最艰苦的地方去——这是青年要学习的典范。而另一需要改造的人物林育生贪图个人舒适，迷恋上海城市的繁华安逸——这是要严加摈弃的资产阶级腐化堕落的思想。于是在这部剧作里，两种生活方式以及各自对于幸福的理解进行了交锋。林育生所期望的生活方式正如他对其恋人夏倩如所说的：

> ……白天我们一起去上班，晚上回来就听听音乐，看看小说，读读诗，看看电影，星期天上公园，或者找几个朋友聊聊天……①

用今天的眼光看来，林育生所期望的听音乐，看小说，读诗，看电影，上公园，找朋友聊天，在90年代的中国是很正常的符合人性的生活方式。但当时这种生活在萧继业的眼里（也是

---

① 陈耘：《年青的一代》，《上海五十年文学创作丛书话剧卷》，上海文艺出版社1999年版，第295页。

主流意识形态所认为的）是："整天沉醉在爱情里，关心的只是个人的小天地，满足于平庸琐碎的生活，贪图眼前一点小小的安逸"，所以是庸俗的，是必须改变的。在这里我们可以看出主流话语对普通正常的日常生活的排斥。而什么是幸福呢？我们看剧中当林育生振振有词地说：大家辛辛苦苦地劳动是为了什么？不就是为了生活变得更好更幸福吗？萧继业这样表达了对幸福的理解：

> 使谁的生活变得更幸福？是仅仅使你个人的生活变得更幸福？还是使千百万人因为你的劳动而变得更幸福？如果一个人只追求个人的幸福，忘记我们的国家现在还是一穷二白，在我们的面前还排着多少困难，忘记我们青年人对党和人民应负的责任，这样的幸福会把我们引导到什么地方去呢。[①]

萧继业由此从价值层面上表达了对日常生活进行排斥的必要性。在萧继业的观念里，平凡的日常生活必须服从于某种超验的意义，否则日常生活本身是没有意义的。萧继业这一形象的塑造，是和当时主流意识形态及社会政治权力所设计的新型社会空间、日常生活密切相关的。这个人物形象是当时主流话语的代言人，是青年所要遵循的楷模。通过这一人物，作者号召青年人要以革命事业为重，积极热情地投入火热的社会主义建设中——这也是主导话语所设计的青年的生存目标。同时通过对林育生这一人物的批判，作者否定了私人生活存在空间的可能性。在这里所有的话语所要表达的思想都是要赋予个体生命以神圣的革命的意义，人要为宏伟目标而活。在这种主流话语的引导下，社会中的

---

① 陈耘：《年青的一代》，《上海五十年文学创作丛书话剧卷》，上海文艺出版社1999年版，第336页。

212

每一个人都必须做社会主义革命和建设的一片瓦，一块砖，一个螺丝钉。私人生活就此从文学作品中退隐，个人空间让位于公共空间、社会空间。当时流行《钢铁是怎样炼成的》作者奥斯托洛夫斯基的一句名言："人的一生应该这样度过：当回忆往事的时候，他不会因为虚度年华而悔恨，也不会因为碌碌无为而羞愧；在临死的时候，他能够说：'我的整个生命和全部精力，都已经献给了世界上最壮丽的事业——为人类的解放而斗争'。"而这句名言之所以流行，也是和主流意识形态的倡导分不开的。

第二节　改革开放后文学中的上海

一　80、90 年代转型期文学中的上海

改革开放以后，国门洞开，西方的各种哲学思潮又如潮水涌向中国思想界。在这一时期一些模仿西方现代派的作品在文坛上出现，但总体上来说，因为 80 年代的中国还处在集中统一的政治主流思想的控制影响下，文学深受其影响，所以有特色的作品终难出现。加之中国的城市还是处在单位管理体制之下，难有具有特色的城市，也难有对都市的独特书写。80 年代虽然经过政治体制改革，政府几次放权到地方，但长期的心理定势使人们不可能视政治而不顾。80 年代的几次文学潮流，诸如伤痕文学、反思文学、改革文学，其主导思想还是当时思想界倡导的政治话语，有些作品单纯就是政治理念的演绎。每次文学潮流构造的都是"宏大叙事"，作家致力于探讨的是有关启蒙、理想、政治、思想、哲学、文学艺术、思想解放、精神自由等形而上的问题，表达了对现实政治、思想的关怀。

到 80 年代后期，随着商品经济的发展，政治才开始从文学作品中淡出。到 90 年代，尤其是在 1992 年邓小平南巡讲话之后，改革进一步深化，市场经济体制进一步启动，集中统一的中

心结构终于被打破，在文坛上已没有一统天下、号令诸侯的强势话语，文学进入众声喧哗、杂语狂欢的时代。在这样的语境中，上海作为都市的特色才有所显现。

需要强调的一点是，在八九十年代社会转型期思想文化出现了许多新异的理论，其中对文学产生最大影响的就是日常生活以其独立的姿态呈现出来。日常生活的重新浮出历史地表可以说首先得益于改革开放，社会物质财富的极大丰富给日常生活的讲究提供了物质基础。尤其是在上海，国门打开之后借助于它独特的地理位置以及雄厚的物质基础，经济得到飞速发展，又重新成了冒险家梦寐以求的乐园。80 年代中后期，一部分先富起来的人开始了讲排场的高消费。进入 90 年代，随着改革开放的进一步深化，浦东开发力度的加大，上海又恢复了它作为东方明珠的动人风采。于是步入了一个以消费为主导的时代。日常生活被突出、被强调，而且呈现出前所未有的多姿多态。

日常生活的重新浮出水面最主要的还是政治思想层面上的价值观念的变革。受"文化大革命"愚弄的人们，随着乌托邦理想的破灭，不能不面临着价值观念的崩溃及重建。应该说，在价值观念重建的 80 年代初期，思想领域里还是充满理想主义的激情的。在知识文化界，中国的知识分子津津有味地谈论政治、思想、哲学、文学、艺术，及思想解放和精神自由，但随着经济体制、政治体制改革的进一步展开，人们最终还是发现个人力量的渺小。尤其是随着商品经济的启动，受市场机制的操纵，整个社会越来越进入了一个如韦伯所说的"铁笼"时代。人受制于外在的科层制，很难成为振臂一挥变革社会的英雄。加之改革免不了泥沙俱下，在经济发展的同时也带来了一系列的社会问题，而个人的空洞言论丝毫改变不了社会现状。于是一切伟大、神圣、终极价值、理想主义在诸多的社会问题面前都纷纷陨落。人们从宏大目标里退身而出，开始关注个人一己的日常生活。

在文学领域，80年代中后期已经透露出关心世俗日常生活的倾向。如《上海文学》就一直在有意识地倡导这一倾向。在1987年3月号的刊物上，特辟《上海人物志》专栏，关注市井小人物的日常人生。在1987年6月号的《上海文学》，编者的话中呼吁："我们希望有更多的作者关心自己周围的日常生活。"这一年发表了大量的家庭题材小说。进入90年代，更多的作家放弃了对"宏大叙事"的建构，而开始把笔触深入到普通人原生态的生活。像程乃珊、殷慧芬、沈嘉禄、徐惠照、王晓玉等作家的文学视点都是社会最底层的市民，他们展现的是石库门、上海小弄堂里普通市民的日常生活。这些作家所展示的日常生活状态还是有其深切的人文价值关怀的，他们在描述普通人的喜怒哀乐、家长里短的同时，所要探讨的仍然是一种符合人性的生存理念，即仍在寻求一种有诗意有价值的日常生活，这种价值和意义不再是和社会的宏伟目标结合在一起，而是在哲学存在意义上的人所应该具有的日常生活。这就使日常生活的内涵有更多的包容性，呈现出更丰富多彩的实质内容。经历了把日常生活和社会的乌托邦理想合而为一的时代的人们，在80年代的社会转型中受商品经济的冲击，不得不经受着价值观念崩溃的痛苦，在人究竟应该有什么样的日常生活，人生的目的、价值、意义方面都经过了伤筋动骨的蜕变，所以在对有关日常生活的思考中突现了作为个体存在的个性色彩。日常生活中正常的人的欲望也得以肯定。尤其是对人的性欲望的关注，在80年代掀起了一阵风暴，冲击着视淫为万恶之首、谈性色变的革命正统观念。王安忆著名的"三恋"（《小城之恋》、《荒山之恋》、《锦绣谷之恋》），从女性的角度审视了人的情欲，在当时的中国文坛引起了一阵思想冲击。把日常生活中历久常新的性作为一种文化心理来考察，把情欲视为人的正常需求，肯定女性在两性关系中所获得的欢愉，凡此种种，为人们步入正常的日常生活确立了积极的导向。

在这里值得注意的书写日常生活的作家是王安忆。日常生活在王安忆的笔下，是真实的社会历史事实。历史在王安忆的观念里不再是正宗的主流意识形态话语，而是由日常生活琐碎的小事呈现出来的。所以她倾注笔力描绘的是日常生活琐事。她的一系列以上海为背景的小说都是以平民生活的里弄为依托，展示的是发生在里弄里的日常生活故事。如《墙基》、《好婆与李同志》、《逐鹿中原》、《好姆妈、谢伯伯、小妹阿姨和妮妮》。典型的如《文革轶事》，描述的是"文化大革命"期间上海里弄一个小角落里小人物的日常生活，从中展现的是在主流政治话语覆盖的时代，民间社会所具有的生活习俗和为人处世哲学。虽然外界社会风云际变，但某些生存准则、生活方式以它柔韧的力量顽强地存在着，在日常生活中支撑着普通市民的生存理念。王安忆曾这样表述过她对上海的书写：

> 上海给我的动力，我想也许是对市民精神的认识，那是行动性很强的生存方式，没什么静思默想，但充满了实践。他们埋头于一日一日的生计，从容不迫地三餐一宿，享受着生活的乐趣，就是凭这，上海这城市度过了许多危难时刻，还能形神不散。比方说，在"文化大革命"的日子里，上海的街头其实并不像人们原来想象的那样荒凉呢！人们在蓝灰白的服饰里翻着花头，那种尖角领、贴袋、阿尔巴尼亚毛线针法，都洋溢着摩登的风气。你可以说一般市民的生活似乎有些盲目，可他们就好好地活过来了。[①]

王安忆对平民日常生活的展示，力图透过平凡社会生活表相去挖掘深层的历史本质，揭示日常的家长里短、流言飞语中所蕴

---

① 王安忆：《作家的压力和创作冲动》，《文汇报》2002 年 7 月 20 日。

含的市民精神，那些支撑民众生存的理性力量，从中我们可见出王安忆作为作家所具有的人文关怀。她书写日常生活的主要目的，还是力图赋予平凡的日常生活以意义，以积极的价值理念去寻求作为社会中的个体生存所应该具有的精神光彩，尽力构建日常生活所需要的朴素人性及道德。

总之，改革开放后至 90 年代初，作家们书写的上海不具有其独特性，它像当时中国的任何一个城市一样，只是一种地理概念，是文学故事发生的"地点"而已。换言之，作家在作品中所书写的，不是"上海"的独特风采，而是生活本身的色彩与市民的道德价值、精神面貌。地名"上海"只不过是当时中国城市的一个代表。

二 90 年代传媒语境中的上海：以卫慧、棉棉为例

在 90 年代，现实中日常生活的观念也发生了根本性的变革。日常生活的主导意识由原来的注重"生产"转向了注重"消费"，以生产积累为目的在资源短缺中形成的"节俭"、"朴素"的生活观已被高消费的梦想所代替。人们对"闲暇"、"舒适"和欲望满足的追求开始完全合法化。30 年代繁华的大上海所具有的风韵和情调，尤其是那种贵族式的优雅与精致，那种古典而又浪漫的现代生活气息，又一次成了 90 年代的上海人所追逐的繁华旧梦。这种观念的变革在小说中也有所反映。一些作家笔下平凡的日常生活场景也由家庭转入代表高消费的场所如豪华大酒店、情调高雅的咖啡馆、具有颓废放浪色彩的酒吧等等。像唐颖的《丽人公寓》系列作品，陈丹燕的《吧女琳达》、潘向黎的《无梦相随》等作品中，大多描述了都市女性的日常生活形态。她们笔下的都市女性是很重视生活实际的：喜欢物质、购物、化妆、喝咖啡、泡酒吧，而且需要男人，把男人也视为日常生活中不可缺少的一个重要部分。与王安忆一辈作家相比，这一代作家对都市生活的

物质性、包装性与流动性有深切感受，所以能以更为包容的心态看待女性生活。但这些作家在展示女性日常生活时仍有其价值底线，尤其是在女性人格、操守方面，她们仍在建构女性生活中精神层面的美感，在女性生活中过分偏离传统女德的行为也是被贬抑的。90年代女性主义的崛起也影响到都市女性的日常生活。面对已经松动的男权价值体系，女性在社会日常生活中如何自处，这是这一代作家所思考的问题。总之，这些作家笔下的上海只是改革开放的一个最具特色的城市，作家在书写时所关注的是改革开放后的都市人的生存状态，而并不强调突出作为故事发生地"上海"的独特性。

完全以上海这座都市作为一种独特符号进行写作的，是被视为70年代后的一批作家如卫慧、棉棉等。下面就以卫慧、棉棉为例来考察90年代传媒语境下文学中的上海。

（一）欲望的上海

在70年代作家魏微那里，真正的城市感觉是能唤起"人们心中潜存的某种原始情感"——"物质、奢华、欲望、放荡、文明……"以及"世俗社会里可能有的虚荣"（《从南京出发》）的城市，而这样的城市是"北京、上海、南京"。而在卫慧的作品中，都市上海是一个现代性的符码，它代表一切先锋、时髦、独具特色，以及优雅、风度、贵族气息和精英文化。甚至是作为上海人也是一种时尚、优雅的标签，借此也可以有极度的优越感。上海流淌着她们所渴望的万种风情，灯红酒绿，纸醉金迷，布满了奢华、欲望与时尚，是"艳情部落"。

卫慧常常用优越感来描绘上海，如：

> 我住在上海，这是一个美得不一样的城市，像个巨大而秘密的花园，有种形而上的迷光。这个城市有着租界时期留下来的欧式洋房，成排成荫的悬铃木，像UFO般摩登的现

代建筑，植根于平实聪明的市井生活里的优越感，和一群与这城市相克相生的艳妆人。①

……

棉花餐馆位于淮海路复兴路口，这个地段相当于纽约的第五大道或者巴黎的香榭丽舍大街。远远望去，那幢法式的两层建筑散发着不张扬的优越感，进进出出的都是长着下流眼珠儿的老外和单薄而闪光的亚裔美女。

……

上海终日飘着灰蒙蒙的雾霭，沉闷的流言，还有从十里洋场时期就沿袭下来的优越感。这种优越感时刻刺激着像我这般敏感骄傲的女孩，我对之既爱又恨。②

棉棉也说："我爱上海，因为上海是母的。这里有一种纵情，随意，反复，自恋，颠倒，虚无主义和感伤主义的混合物。"

卫慧在小说中，绝不让小说之上海背景模糊，甚至具体到一条街道、一个高档酒吧的名字。这表明，上海在卫慧的心中，是有着其超越于城市本身的文化符码的，而这种符码就是上海曾经的十里洋场的历史。而上海这座城市的"优越感"就是与其"租界时期留下来的欧式洋房"和"长着下流眼珠儿的老外"及"十里洋场"分不开的。但"上海的历史在她的文本中只是一种象征，一种怀旧的炫耀，一种时髦的装点，一种可供人消费的文化符号"。③ 卫慧所要的只不过是洋场社会所具有的那种氛围：即作为"魔都"的上海一面——糜烂、奢华、颓

---

① 卫慧：《欲望手枪》，上海三联书店2004年版，第204页。

② 卫慧：《上海宝贝》，《卫慧作品全编》，漓江出版社2000年版，第677页。

③ 王宏图：《青春物语——70年代出生的作家散论》，选自徐俊西编《世纪末的中国文坛》，上海文艺出版社，第239页。

废、艳情，以及令人眼花缭乱的街市，汹涌澎湃的物欲之流，以此来显示其笔下人物的"另类"及"先锋"姿态，以及由此而滋生的作为先锋、另类才有的优越感。——在卫慧那里，先锋、另类是与庸人区分开来的不俗的标志，是一种高雅文化的象征。它代表着一种激情、疯狂的生活状态。而激情、疯狂，是卫慧所认为的人所应该具有的一种生活状态。使人"更了解生命的意义"（《神采飞扬》）。是"一种摆脱公众阴影的简单明快而又使人着魔的方法，也是保持自我，使人振奋、增添活力的东西"（《像卫慧那样疯狂》），在这种疯狂的刺激中，"纵情缠绵就像在刀刃上跳舞，又痛又快乐"（《上海宝贝》）。卫慧曾自言，她的小说遵循的是"疯狂"的写作法则。

关于"疯狂"一词，我承认它时时刻刻具备着对我的头脑的挑逗能力，我总一厢情愿地认为，在我所经营的任何文本中，这个词一旦出现，它必将为我的写作（不管平庸与否）增添天使般的富于幻觉的光环。我愿视疯狂为某种持久的现实，一种摆脱公众阴影的简单明快而又使人着魔的方法，也是保持自我，使人振奋、增添活力的东西。

借着一种从地低升起的幽灵般的激情，我总是试图保持高昂的情绪和向下滑翔的透明感，以痉挛的手指完成语言狂欢的庆典，越疯狂越好。如果达不到这种状态，我就只能往自己脑袋上砸一打臭鸡蛋。是的，因为年轻，我万分迷恋于一些似是而非的主义，诸如神秘主义、达达主义，因为是女孩，我又万分迷恋黑色高帮靴、电子音乐、死亡诗歌、巫术游戏、炽热而盲目的玫瑰，以及自己在每一面镜子里的映像。

卫慧的小说所尽力表达的就是一种疯狂而有激情的生存状

态。卫慧称自己笔下的人物是一群"艳情部落"中人，以寻求新奇和怪异为生活之标的，他们都是一些"有病但都是漂亮宝贝"的"艳妆人"，"他们总在白天感觉到茫然而睡意朦胧，在夜晚他们出没于各种 PUB、CLUB、BAR，象一种吃着夜晚生存的虫子，腹部有一种接近于无限透明的蓝色，看上去玄惑、神经质、陌生、令人诧异而性感万分，还有那么一点刻意"。"他们中不少人自称是派对动物，冷血青年，在平时他们很少来往，疏于沟通，甚至永远不知道彼此的身份，但他们总是在同一个 PARTY 上相遇，目光如电，在瞬间就认出了自己的同类，幻影幢幢，他们就在夜上海秘密而艳情的角落欢乐并幻想着。"①

这些人的活动场所不再是日常家居生活场景，而是酒吧、歌厅这些充满欲望、消费的场所。是与色情有关的场所，如卫慧所言："城市里的酒吧是那种千篇一律的'艳妆洞穴'、'糜烂花园'。"（《甜蜜蜜》）"连酒吧最角落里的老鼠，浑身都洋溢着颓废、糜烂之风度。"（《像卫慧那样疯狂》）在其小说《愈夜愈美丽》中，卫慧这样描绘上海的酒吧："上海有大大小小 1000 个左右的酒吧，这些酒吧或者挤得像着火，或者从周一到周五一个顾客也没有。它们像一些缤纷的疱疹密密麻麻地长在都市的躯体上，吸入这座城市背面暗蓝色的迷光，如同一片富含腐殖质的温床一样滋长着浪漫、冷酷、糜烂、戏剧、谎言和失真的美丽，艺术家、无业游民、时髦产业的私营业主、雅皮和 PUNK、过期的演艺明星、名不见经传的模特、作家、处女和妓女，还有良莠不齐的洋人，各色人等云集于此，像赶夜晚的集市。"由此，酒吧成为"怪异"生活的一个独特的场景。

与酒吧相俱，卫慧笔下的人物不再是日常生活中上海弄堂里普通人家的儿女，而是一群与寻常生活相异的一圈子人，即她所

①　卫慧：《欲望手枪》，上海三联书店 2004 年版，第 204 页。

谓的"真伪艺术家、外国人、无业游民、大小演艺明星、时髦产业的私营业主、真假另类、新青年等组成的圈子"。卫慧认为，这些人物在某种程度上代表了上海这座都市的文化："这圈子游移于公众的视线内外，若隐若现，却始终占据了城市时尚生活的绝对部分。他们像吃着欲望和秘密存在的漂亮小虫子，肚子上能发出蓝色而蛊惑的光。一种能迅速对城市文化和狂欢生活做出感应的光。"这群人寻求的是一种狂欢、放纵的生活，从下面的描绘中可窥见一二：

> 迪厅里声色狂乱。年轻的肢体上下左右飞舞，构筑成欲望的迷宫，四周充满了滑腻而粘稠的某种体液的味道。我们一无所有，只有几个臭钱！一个小青年在我边上嚣叫，便有几个朋克打扮的同伙附和着狂吠起来，我们要爱！要被爱！要造爱！他们喊着口号。……我笑得止不住，身体内有岩浆呼啸滚动，这是放纵的感觉。
>
> ——《纸戒指》

这群人物是完全跟着感觉走的一群感性动物，其生活哲学为：

> 简简单单的物质消费，无拘无束的精神游戏，任何时候都相信内心冲动，服从灵魂深处的燃烧，对即兴的疯狂不作抵抗，对各种欲望顶礼膜拜，尽情地交流各种生命狂喜包括性高潮的奥秘，同时对媚俗肤浅、小市民、地痞作风敬而远之。[①]

---

① 卫慧：《像卫慧那样疯狂》，珠海出版社 1999 年版，第 40 页。

"服从灵魂深处的燃烧"，"对各种欲望顶礼膜拜"，我们可以看出，卫慧对 30 年代海派所特有的那种注重内心灵魂颓放自由的生活方式的顶礼膜拜。而值得注意的是，卫慧对她笔下的人物持一种赞赏态度。如上所说的"同时对媚俗肤浅、小市民、地痞作风敬而远之"之类的话语，表明在卫慧的观念里，她笔下人物的行为并不是一种低俗、肤浅的行为，而属一种特立独行的"另类"姿态，反映出作者在内心深处以先锋、主流、精英文化自居的心态。

　　而这种所谓的另类姿态，实质上就是自我的全然放纵，灵魂的无拘无束，其关键词为颓废、糜烂、狂欢、情欲。可以看出，卫慧小说中所书写的"另类"生活，所标榜的先锋姿态，是以 30 年代海派的那种摩登腐化的生活方式为蓝本的。如前所述，20 世纪 30 年代的上海，是一个"桃色的情欲之园"。欲望也是其时的文人作品中一再重复的主题。现代历史上作为繁华都市的上海吸引世人的正是它的"魔窟"特性。据李欧梵考察，20、30 年代，对西方游客来说，上海的名字"令人想起神秘、冒险和各种放纵"。而创作《魔都》的日本作家村松梢风在 1923 年来到上海时，为之陶醉的是它的"无秩序无统一之事"和"混沌的莫名其妙之处"："站立其间，我欢呼雀跃了起来。晕眩于它的华美，腐烂于它的淫荡，在放纵中失魂落魄……于是，欢乐、惊奇、悲伤，我感受到一种无可名状的激动。……牵引我的，是人的自由生活。这里没有传统，取而代之的是去除了一切的束缚。人们可以为所欲为。只有逍遥自在的感情在活生生地露骨地蠕动着。"卫慧、棉棉的作品展示的就是一种"逍遥自在"的、"活生生地露骨地蠕动"着的情欲。由此我们可以看出卫慧、棉棉笔下的上海是一个纸醉金迷的上海，是对 20、30 年代上海风情的重复。而并不是真正的属于"东方明珠"的当代历史变革中的上海。

（二）异国情调的上海

卫慧笔下的上海，强调的还有它的殖民地特性、异国情调。卫慧小说中的人物每每陶醉在这种异国情调中，并借这种情调标榜一种高雅的身份与情趣、修养。在《像卫慧那样疯狂》中异国情调能使人失去自我："在周末，我们三个人坐在一只破沙发上，听着两只小音箱里放出来的黑人爵士乐，爵士乐是黑色、忧郁、古老的梦境里的喘息声，在这种富于异国情调的音乐里，人会失却自我。"异国情调的酒吧是危险的温柔乡，使人优雅地沉沦："我们去了新华路上的 GOYA，这是一家以四十多种马丁尼酒和遍地的沙发、分支烛台、艳情的落地垂幔、绝对催眠的音乐著称的小酒馆。……这个地方像一艘沉在海底的古船，时时有种沉沉的睡意从天花板上压下来，压在人脑袋上，使人迷醉，酒会越喝越多，沙发越坐越陷下去，经常可以嗅到麻醉的味道。不时有人喝着喝着就头一歪靠在沙发上睡着了，然后醒过来，再喝，再睡一会儿，直到某处传来漂亮女人的笑声惊醒，总而言之，这其实是个非常危险的温柔乡，一个人想暂时丢失一些自我的时候就会坐车来这儿。……我会想起梦中的一只天 E，我在感伤而优雅的情绪中自我沉沦。"这种异国情调甚至是情欲的催化剂。《上海宝贝》中写道："我头靠在马克的肩上，嗅着来自北欧大地的花香和淡淡的狐臭，这种异国的性感体味也许是他最打动我的地方。"而与马克做爱时，异国情调又成为性高潮的原动力："我睁大眼睛，半爱半恨地看着他，白而不刺眼带着阳光色的裸体刺激着我，我想象他穿上纳粹的制服、长靴和皮大衣会是什么样子，那双日耳曼人的蓝眼睛里该有怎样的冷酷和兽性，这种想象有效地激励着我肉体的兴奋。'每个女人都崇拜法西斯分子，脸上挂着长靴、野蛮的，野蛮的心，长在野兽身上，像我……'……闭上眼睛听他的呻吟，一两句含混的德语，这些曾在我梦中出现过的声音击中了我子宫最敏感的地方，我想

224

我要死了，他可以一直干下去，然后一阵被占领被虐待的高潮伴随着我的尖叫到来了。"

比较文学学者弗朗西斯·约斯特在谈到异国情调时曾说："最广义的异国情调来源于种种心理感受。它通常表达人们想要躲避文明的桎梏，寻找另一个外国的和奇异的自然社会环境的愿望。它有助于滋养一个人的最美好的梦想，这个梦想是遥远的、陌生的和神秘的。另一类出于某种行动需要的异国情调具体表现在对探索、冒险和发现的嗜好。""充满异国情调的场景满足了我们对于别致和古怪的兴味，因而为某些种类的叙述故事和诗篇增添了不少光彩。"①

显而易见，卫慧作品中的主人公对异国情调的追求有躲避生活压力的一方面，如《上海宝贝》里所写的在路边的真锅咖啡店，"我们面对而坐，咖啡的香香起来可以让人慢性地中毒。所以很多人都上了瘾来咖啡店坐一下午，即使一辈子的五分之一的时间丢在了咖啡店，只要有种脱离了工作重负的假象就好"。也有冒险及对古怪兴味追求的意味，但更多的是对一种优雅生活的追求。尤其值得注意的是，卫慧强调的"异国"情调不是亚非拉等发展中国家的情调，而主要还是英美等发达资本主义国家的情调，在作者的潜意识中，那是一种高雅的生活，如她在小说中所坦言的："我承认我从骨子里崇尚着西方人的某些生活方式，并且按照我自己的理解，寻找一种放松、坦率的途径，来达到生活的平静。"（《梦无痕》）甚至是一种仿异国情调，也令作者沉醉："窗外灯火璀璨，人流如织，窗内则有爵士乐、鲜花和现代壁画。中国西餐馆里的情调虽然不太正，但依旧令人向往。"

---

① 弗朗西斯·约斯特：《比较文学导论》，廖鸿钧等译，湖南文艺出版社 1988年版，第138—139、141 页。

不仅是属于欧美的异国情调是某种与众不同、优雅、尊贵的标志，在卫慧笔下西方文化、西方现代派艺术更是小说中人物深刻、不平庸、高雅的标签。与异国情调相俱，卫慧在作品中强调的还有上海作为国际化大都市所具有的先锋色彩。而这种先锋色彩是以欧美现代派文化为主要表现特色的。卫慧、棉棉等一批70年代后出生的作家是接受国外后现代主义文化影响的一批作家。在他们的作品中，时时表露出对西方资产阶级文化和西方嬉皮士生活的向往与膜拜。棉棉在小说中说："我总是唱美国 60 年代的一些作品"，对于美国 60 年代文化，有种"古怪激情"。卫慧《上海宝贝》中的倪可和天天"向往西方 60 年代的那种狂欢的诗歌沙龙，艾伦·金斯堡依靠一连参加四十多场这种分享大麻和语言的沙龙走红，《嚎叫》征服无数毁于疯狂的头脑。……"①模仿西方 60 年代的嬉皮士复古装束。如《蝴蝶的尖叫》中的朱迪……"骨子里就是反文化的 PUNK 天使"。② 虽然从小说中对朱迪的描写中并没有"PUNK"的影子，但卫慧还是给她贴上西方先锋文化的标签。卫慧毫不掩饰自己对西方资产阶级文化的膜拜："我承认，我从骨子里崇尚着西方人的某些生活方式……"③"我们搞了一个草地派对。格子布摊在草地上，一些看上去诱人的食物摆在上面，朋友们像棋子般散落在四周，或躺或坐，像马奈的名画《草地上的午餐》，那些洋溢着中世纪中产阶级情调的生活场景一直是我好奇而向往的。"④《音乐是种毒》中写到的有一种有毒的音乐，"一律贩自欧美，有着风格另类的唱片封套和高低迥异的价位，它们往往被摆在唱片前卫的一角或集中于这城

　　① 卫慧：《上海宝贝》，《卫慧作品全编》，漓江出版社 2000 年版，第 708 页。
　　② 卫慧：《蝴蝶的尖叫》，《卫慧作品全编》，漓江出版社 2000 年版，第 457 页。
　　③ 卫慧：《梦无痕》，《卫慧作品全编》，漓江出版社 2000 年版，第 3 页。
　　④ 卫慧：《上海宝贝》，《卫慧作品全编》，漓江出版社 2000 年版，第 740 页。

市时尚地带的不引人注目的旮旯。年轻的孩子、艺术系的学生、留长发的艺人、跳舞屋里的 DJ 是这种音乐主要的消费群。……那些音乐一开始让人觉得其吵无比，反复听后就觉上瘾，仿佛打开一扇窗，那些噪音里有生活的另一种光泽。……我总是满心指望着音乐造就戏剧化的气氛。……"①

这样的话语在卫慧的作品中比比皆是，使她的小说成了西方文化的大拼盘。

被这样的西方文化填充的上海布满了浓郁的异国情调。甚至上海的阳光"像泼翻的威士忌酒"，淮海路复兴路口使她联想起的是"纽约的第五大道或者巴黎的香榭丽舍大街"，而酒吧蓝荧荧的灯光招牌使她想起"亨利·米勒笔下所形容的'杨梅大疮'"。正如有评论者所说的，卫慧的小说《上海宝贝》，罗列了应有尽有的西方文化时尚：从乔尼·米切尔、亨利·米勒、伊芙·泰勒、艾瑞卡·琼、鲍·布拉赫特、海伦·劳伦森、狄兰·托马斯、贝西·斯密斯、威廉姆·巴勒斯、普赖斯、西尔维亚·普拉斯、伊丽莎白·泰勒、弗·奥康纳、萨尔瓦多·达利、杰克·凯鲁亚克、艾伦·金斯堡、让—菲处·图森、罗宾·摩根、麦当娜、弗洛伊德、杜拉斯、保罗·西蒙、鲍勃·狄伦、伊恩·柯蒂斯、萨莉·斯坦弗、托里·阿莫斯、冯·莫里斯、尼采、米兰·昆德拉、苏珊·维加、斯维德、比利·布拉格、弗吉尼亚·伍尔芙、丹·费格伯格、莱西·斯通，到披头士、公共形象有限公司乐队，乃至笛卡儿和特蕾莎修女，所以作者认为这是一份奇特的无珍不备、无奇不搜的"西方品牌和时髦文化产品清单"。②

---

① 卫慧：《音乐是种毒》，见卫慧《欲望手枪》，上海三联书店 2004 年版，第201—202 页。

② 旷新年：《后殖民时代的欲望书写》，《天涯》2004 年第 3 期。

而这也是卫慧所理解的上海,进入"第二波西化浪潮"的后殖民时代的上海,与国际接轨的上海,异国情调的上海,这样的上海有操着各国语言的异域人,让人感觉"时空交移,恍若一次跨国旅行"。

　　这样的上海滋长出来的都市新人类,其先锋、时尚的表现之一,就是对西方文化的了解与熟谙,——而且这也是一种高雅知识分子的标志。正如她的小说中所坦言的:"对于我,听曼托凡尼、看印象派画展、吃西餐、穿不败的灯芯绒裤之类的行为,虽有自我标榜的嫌疑,但却是一种晦涩的标志,使我从内心深处区别于那些或困窘平庸或时髦得形迹可疑的女子。"①

　　卫慧在这里强调,她对西方文化的推崇和膜拜,是"从内心深处(着重号为引者所标)区别于那些或困窘平庸或时髦得形迹可疑的女子"的标志。而实际上,这些西方文化品牌在卫慧的作品中就像卫慧笔下的主人公所炫耀的世界品牌的衣饰一样,也只不过是一种装饰品,不过这种装饰品所指称的是一种高贵、有品位,有智慧,是另外的一种文化身份的象征。穿戴世界名牌,似乎是每一位面目娇好的女子甚至是妓女都可以做到的事情,但随口说出这么多西方品牌文化词汇,却是只有聪明的、智慧的女孩才能做到,卫慧由此昭示她笔下人物的出类拔萃及与众不同。卫慧力图用这种文化品牌的包装,使她笔下都市新人类所谓的特立独行行为——诸如吸毒、傍大款、色情、放荡、谎言等行为穿上先锋的时尚外衣。尽管究其实质,这些人物的行为或许与流氓、妓女——与卫慧所鄙视的困窘平庸或时髦得形迹可疑的女子的行为没有什么不同。

　　卫慧对其笔下人物出类拔萃及与众不同的智慧描述在某种

---

　　① 卫慧:《纸戒指》,《卫慧作品全编》,漓江出版社 2000 年版,第 70 页。

意义上表达了作者对这些人物生活方式的认同。在卫慧的观念里，这似乎是真正的走在时代前沿的应该受到肯定的"先锋"形象。

这些都市新人类特立独行，大多是现行社会体制的反叛者。他们聪明、博学、高智商，拥有与庸众不同的观念与思想。而这似乎也是夸言先锋的必需条件。这些人往往出身良好或受过高等教育，或是因为其独特个性受不了扼杀天性的教育制度的退学者。卫慧《上海宝贝》中的倪可就是名牌大学的毕业生，当过杂志记者，现今的头衔是"作家"，——总之是社会中的文化人、高智商者。《愈夜愈美丽》中弄堂人眼里的怪女孩，精通音乐、绘画、哲学，熟知尼采、海德格尔。棉棉的《糖》里的主人公"我"，是一个高中退学、在酒吧从事暧昧职业的少女，出生于知识分子家庭，有受良好家庭教育的机会，因为受不了循规蹈矩的呆板生活而离家出走——也是有个性有智识的另类。他们"向往西方60年代的那种狂欢的诗歌沙龙"，喜欢"奇思异想"，喜欢一种"衣着优雅而有颓唐之气"的气质，喜欢女孩身上"来路不明的性感和优雅的风尘味"。总之他们喜欢都市的恶之花——浪漫、冷酷、色情、糜烂、放荡、戏剧、谎言、病痛和失真的美丽。他们喜欢的这一切构成了一种先锋氛围和气质，由此也给小说抹上了先锋的格调。然而真正的先锋是一种创新，是前所未有的独特性。而考察卫慧、棉棉笔下对都市恶之花的陶醉，对情欲的迷恋，早在19世纪以王尔德为代表的唯美主义作家乃至其后的波德莱尔笔下已有淋漓尽致的展现。

我们再来考察一下卫慧、棉棉笔下这些所谓社会秩序的反叛者们所寻求的是否是更自由而有价值意义的生活？没有！这些人大多是靠寄生过活，或者是继承某人的遗产，或者是由在国外经商的父或母（也是一种高档身份的标签）供养，或者干脆就是傍大款由男人供给其挥霍。他们所作的反叛只不过是一种姿态，并没有精神层面的实质内容。这些都市新人类的生活空虚而糜烂，所寻求的只是欲望的满足。他们日复一日的生活主要内容是吸毒、蹦迪、飙车、摇滚、性交（杂交）、派对、泡酒吧。《上海宝贝》中的倪可，为了度过一个激情的夜晚，一时心血来潮可以坐飞机去北京参加一场摇滚。这些人无须为生计奔波，唾手而来的钱似乎源源不断。他们日常消费的物品都是世界名牌：tedlapi-dus 牌香烟、吉列剃须刀、ck 香水、"三得利"牌汽水、苏格兰威士忌酒、马丁尼酒、ZOI 牌领带，等等。当卫慧在小说中不厌其烦地展示着各式各样名牌消费品时，我们会感觉到，她笔下人物精神上的虚弱。他们只是贴着高档商品标签被物化的活动的物品，其精神内质已完全被抽空，沦落为空洞灵魂的虚壳。而没有内在精神追求的人物，也构不成真正的具有先锋精神的人物。对90 年代全球化时代的上海滋生的都市新人类的这种书写，也表明，卫慧、棉棉们对上海的书写是虚浮的、概念化的，并没有真正抓住 90 年代上海的精神内质。

三　模式化：传媒语境下文学中的上海

那么，卫慧、棉棉的作品是怎样与现实商品社会达成了共谋，成为媚俗之作的？联系现实，可以略窥一二。

在现实的语境中，90 年代世纪末的上海——作为卫慧、棉棉写作背景的上海，已进入一个以消费为主导的商业社会，人们对闲暇、舒适、欲望的追求开始合法化，随着广告和传媒对消费的打造与宣扬，这种消费欲望最终达到了膨胀状态，成了人生的重要目的。正如一位学者所说，"广告的轰炸诱导，当代人不断膨胀自己的欲望，纷纷抛弃了独立思考的原则而加入到听从广告消费的物质饕餮大军之中，更多地占有更多地消费更多地享受成为消费社会中虚假的人生指南，甚至消费活动本身也成为人获得自由的精神假象"①。这个时期,对欲望的攫取不再掩饰在道德的面纱下羞羞答答,而是理直气壮、堂而皇之:"欲望! 欲望! 欲望像一头野兽一样来到了我的身了。自从我来到了这座城市,那种企图攫取的欲望就从来没有停歇过"。②

这种消费观念的变化应合着上海始于 80 年代末到 20 世纪末依然如火如荼的"怀旧"热,使"欲望"的上海扑朔迷离,如烟如梦,引人神往。上海所怀的"旧",还是三四十年代繁华的大上海所具有的风韵和情调,租界年代的哥特式洋楼,以及当年的富豪大亨,名门闺媛,和十里洋场的繁华锦绣,都被追忆,成为人们渴望的对象。我们知道,三四十年代的上海从来就是一个多层面的上海,有左翼的血腥的上海,还有棚户区贫陋的上海,五方杂处黑染缸的上海,但怀旧的上海滤去了一切的血腥和暴力及贫陋,尽力渲染上海的繁华锦绣,正是归因于消费社会人们在内心深处对欲望——确切地说是对一种贵族的奢靡生活的向往所致。卫慧、棉棉作品中强化、突显了上海这座城市的欲望的成分,应和了商品社会中对欲望的追求。

怀旧作品中怀恋的那个上海,还是那个被称为"东方巴黎"的上海,是那个有租界有殖民地存在的洋场社会。怀旧作品中对"西方风情"的怀恋占据了很大的书写空间。90 年代对上海洋场社会的怀旧,应和的是在全球化语境中人们渴望发展、渴望融入发达国家之行列的心理,在世纪末的中国,这种发展的焦虑如此迫切,所以怀旧才如此如火如荼。卫慧在小说中对异国情调之上海的渲染与推崇,在某种程度上也应和了人们对东方明珠的上海的想象与期盼。

90 年代世纪末的上海,同时也是一个以影像传媒为主导的

---

① 王岳川:《消费社会的文化权力运作》,《北京大学学报》2002 年第 4 期。

② 邱华栋《白昼的骚动》。

带有后现代色彩的消费社会。依据鲍德里亚的理论,在这样的消费社会里,"消费所体现的并不是简单的人与物的关系,而是人与人之间的社会关系。人们试图在物品中,并通过物品的消费来建立彼此的关系,物作为一个符号系统,对它的消费构成了对社会结构和社会秩序进行内在区分的重要基础"。^① 由于影像传媒(广告、商品促销)的介入,普通的作为使用价值的物品被赋予文化的社会的意义,成为代表某种社会阶层品位和教养的文化符号,由此物品不再是单纯的消费物,更重要的是某种身份和地位的标志。某种消费形式,如对公园、旅游、娱乐中心的消费或者是参加博物馆、美术馆等,也成了某种身份和地位的象征。在90年代现实上海的城市形态上,"老上海遗风"和"异国情调"融于一体的咖啡馆、酒吧处处可见。出入高档场所,在如梦如幻的咖啡厅喝茶,听高雅优美的音乐,在星级酒店消费,不仅是高贵身份的标志,也是优雅而有品位有情调的小布尔乔亚生活的象征。卫慧、棉棉正是应和着消费社会的这种物品运行逻辑,采用商品经济的写作策略,以小说人物消费品位的优雅与独特——德国古典音乐、梵·高的绘画、波德莱尔的诗句、尼采与海德格尔哲学——由此给人物构筑了一种先锋精神;同时又以其所消费的名牌、所出入的高档娱乐消费场所、迥异于传统的生活方式突出其人物的特立独行、不同凡俗,从而组接拼贴了一幅前卫的后现代的先锋图景,由此与时代商业文化达成了合谋,成为商业社会中媚俗的一个音符。

根据詹明信的说法,后现代艺术最突出的,首先是一种平面化,无深度性,是不折不扣的表面的呈现,一些没有生命的物象,以一种夺目的光滑性——广告世界用的闪闪生光的色彩——

————————

① 罗钢:《探索消费的斯芬克斯之谜》,《消费文化读本》,社会科学文献出版社2003年版,第34页。

来构成一组唤不起原物的幻影或拟像。卫慧、棉棉们的小说在某种程度上可以说是西方的后现代文化在中国的移植。卫慧在小说中所罗列的西方先锋与时尚文化的代表，诸如梵·高的绘画、波德莱尔的诗句、亨利·米勒、PunK派等等，也仅仅只是一些用作标志的物象，或者说是一种拟像。在西方社会，现代派艺术是作为与社会体制的反叛者而兴起的。作为现代主义之一翼的先锋前卫艺术，更是以惊世骇俗的姿态出现。他们反对的都是工业社会文化的物化、商品化、目的规划化的文化取向。这种现代派艺术因其自身的独特性而被作为时代的先锋精英被推崇被膜拜。而在进入"无深度"、"平面化"的后现代的影像社会，由于广告性、商业性的介入，作为高雅艺术的先锋的言说策略、艺术方式被模仿并被普及推广，于是导致了先锋艺术崇高性的破灭。先锋仅仅变成了一种"没有生命"的时尚文化的呈现，以一种"拟像"或"幻影"的方式存在。在后现代的碎片文化包裹中，艺术中的先锋完全成为了一种时尚。卫慧、棉棉的小说，正是应和着商品社会的规则，采用先锋的言说策略和艺术技巧，用各式各样的时尚先锋拼贴出的文化消费品。

总之，卫慧、棉棉们笔下的上海，究其实质，是一种模式化的上海，是由30年代的海派和后现代先锋为底稿拼贴组接而成的上海。这样的上海物质发达，与国际接轨，到处是灯红酒绿，充满刺激和冒险，都市另类们在其中可以如鱼得水，游刃自如。这也是90年代一部分影视传媒想象中的上海。90年代怀旧热演绎的也是这样的上海。而上海真正的特色在哪里？或者说上海有它真正的特色吗？特色的不明显乃至消失，这是传媒语境下城市必然的命运。当代的城市是按照同一的理念而建设的，从外在的城市形态到内在的城市文化、市民的生活方式，当代城市因为交通的便捷、信息的发达而模式化了。哈贝马斯曾提出"生活世界殖民化"的观点，他认为构成现代社会的病态的其中一个主因，是个人生活世界里的各种价值观、信念，以及理想慢慢地给社会体制侵蚀了，社会体制的强大力量使我们渺小的个人没有选择的自由，尤其是在思想层面上，人类的思考方式和在价值及生活上的选择被现代社会的体制主宰着。这是文明社会不可避免的现实。在交通信息媒介极度发达的现代都市，这种状况更为突出。在日渐程式化、技艺化的现代都市社会，大众传媒以不可抗拒的力量覆盖了人们的生活，使人们的思想、情感、习惯、审美在日复一日、年复一年的浸染中趋于统一。作为上海的作家，王安忆对这种状况有切身的体会。她曾这样评价过上海："上海的变化太大了，人们的生活方式变得越来越格式化，比如那些白领上班族，他们上班、吃饭、购物，可能都在某一个地方。人间常态变得那样标准化、格式化，走在街上，看到人与人之间是这样的相像！发型、化妆、说话、情感表达方式……这个社会看起来物质丰富，实际上极其单调，生活常态已经变异了。"①

　　90 年代的中国文化貌似多元，其实我们都能找到它的源头，尤其是在文学领域，各种所谓新异思想都有西方哲学思想的影子，所谓的个人化小说也有着浓厚的西方后现代思想的投影。经受同一的西方文化冲击的都市小说，也不可避免地有其不约而同的同质性，如北京的邱华栋，上海的朱文，南京的韩东，昆明的海男，等等作家，我们毋庸再一一列举，便可以发现他们很少有所谓的地域特征。他们都是城市文明的产物，而他们的作品所展现的城市人有同样的寻求、同样的迷茫，同样的对于现实的不满，以及同样的生存欲望。或许 90 年代文学的地域特色只能在边远山区，在还没有全然被所谓的文明浸染的山村，在独特风俗犹存的少数民族部落。在这种状况下，我们谈上海文学的独特性只能以它的前身——新中国成立后三十年的文学为参照点。也因

---

① 《文汇读书周报》2002 年 4 月 5 日。

为此，90 年代的上海文学虽然有它的奇异之处，然而最终只能作为中国文学的一翼而存在，在信息发达、机械复制的时代，已经不可能有空间意义上的中心。

第 四 章

上海怀旧

——全球化语境中的现代性想象

　　90年代一个突出的文化现象是对上海的怀旧。对上海的怀旧非常典型地表明了90年代的中国人对现代性的渴望。对于上海的怀旧肇始于20世纪80年代后期的"张爱玲热"。张爱玲笔下的上海是二三十年代繁华的洋场社会。于是繁华精致、扑朔迷离的上海进入读者、评论家的视界。随着张爱玲热的迅速升温，研究者们的深入推进，老上海魔幻迷离的面纱撩拨着人们的怀旧情怀，上海热便瞬间传遍大街小巷。90年代对老上海怀旧书写在1996年达到高峰，这一年素素的《前世今生》出版，书中涉及的是老上海妓女、女学生、女明星、名太名媛及文化界女子的时尚生活场景，并配以古色古香的照片。此书一出，短短一年间发行量达68700册，获取了丰厚的利润。此后，陈丹燕的《上海的风花雪月》、《上海的金枝玉叶》、《上海的红颜遗事》，程乃珊的《上海女人》、《上海沙拉》、《上海探戈》等书也相继出版，形成了一股怀旧热潮。这些作品着力渲染的都是那个浮华璀璨、灯红酒绿，被称作"东方巴黎"的旧上海。而在影视文化界，一批老上海题材的影视也展露风采，如《摇啊摇，摇到外婆桥》、《风月》、《苏州河》等。90年代末，在香港，一部《花样年华》更把上海的似水柔情、如梦如幻、典雅而忧郁的贵族气派渲染到极致。属于居家女子所有的老式旗袍，古色古香的悠长而寂寥的小巷，以及女主人公在深深闺阁里的暗香浮动，流溢着的全是繁华旧上海的万种风情。

我们知道，现代历史上的上海贫富悬殊的情况极其严重，一面是十里洋场的繁华和一掷千金，一面是棚户区的贫困和衣不遮体；既有优雅和精致，也有粗鄙和简陋，更有血腥和暴力。而90年代的怀旧作品为什么滤去了现代历史中的上海之贫穷和血腥的一面，尽力渲染其繁华的一面？其中包含着怎样的心态？

第一节　怀旧缘由之一种
——对完美现代性的向往

关于"怀旧"，已有不少研究者指出其源于对现代化进程的质疑，是对当下钢筋水泥、玻璃幕墙、工业废气等庸俗现代性的反对。马尔科姆·蔡斯（Malcolm Chase）和克里斯托弗·萧（Christopher Shaw）在《怀旧的不同层面》一文中认为：

> 构成怀旧的存在有三个先决条件：第一，怀旧只有在有线性的时间概念（即历史的概念）的文化环境中才能发生。现在被看做是某一个过去的产物，是一个将要获得的将来。第二，怀旧要求"某种现在是有缺憾的感觉"。第三，怀旧要求从过去遗留下来的人工制品的物质存在。如果把这三个先决条件并到一起，我们就能很清楚地看到怀旧发生在社会被看做是一个从正在定义的某处向将要被定义的某处移动的社会环境这样一种文化环境中，换句话说，怀旧是现代性的一个特征；它同时为确定性和解构提供肥沃的土壤，它是对现代性中的文化

冲突的一种反应。①

　　马尔科姆·蔡斯和克里斯托弗·萧在这里强调怀旧是现代性的一种特征，因为它产生于线型发展的时间观，有过去和现在的对比，要有过去遗留下来的"人工"制品存在。是对"现代性中的文化冲突的一种反应"。

　　詹明信曾说，怀旧，就其本质而言，是作为对于我们失去的历史性以及我们生活过正在经验的历史的可能性，积极营造出来的一个征状，是力图重现"失落掉的欲念对象"，② 总之，是一种历史感匮乏的表现。对老上海的怀旧潮流中，人们将怀恋的对象单一化为 30 年代繁华四溢的上海，在某种程度上反映了人们对曾经有过的亚洲第一都市及"东方巴黎"之城市身份的向往和自豪感，同时也是人们对目前状况的不满及对一种完美之现代性的渴望。正像马尔科姆·蔡斯和克里斯托弗·萧所说的，怀旧要求"某种现在是有缺憾的感觉"。上海的繁华景象在新中国成立后被画上休止符，此后那种现代性一直处于断裂和匮乏之中，90 年代经济腾飞也难以再现其魅人光彩。所以 90 年代对上海繁华的怀旧书写也源于现实中的某种"匮乏"，同时也是人们对未来上海发展的一种完美现代性的期许。这种完美的现代性主要有如下几方面：（1）精致而审美的日常生活；（2）浪漫而自由的文化氛围。

一　对精致而审美的日常生活的怀恋
　　作家往往以对 30 年代日常生活之物品的精致描写来表达对

---

① 转引自《上海酒吧——空间、消费与想象》，江苏人民出版社 2001 年版，第 137 页。

② 詹明信：《晚期资本主义的文化逻辑》，三联书店 2003 年版，第 456—462 页。

一种精致生活的赞叹、欣赏和向往之情。怀旧作品中出现的旧照片、旧洋房及各式各样的旧器具，都被挖掘并被视为一种精致生活的象征。在陈丹燕笔下写到的老公寓里面的东西："棕黄色的长条子地板"，"踩了八十年了，一打上蜡，还是平整结实，油光可鉴"；"厚重结实的房间门"是用褐色的好木头做成的，"上面的黄铜把手，细细地铸着二十年代欧洲时髦的青春时代的花纹，用了上百年了，还纹丝不乱"；还有"走廊的一面嵌在墙里的穿衣镜"，也是"水银定得那么好，玻璃压得那么平，隔多远照人，也不走样——"①在王安忆的《长恨歌》中，也处处写到古物的风韵，如在平安里，作者不惜笔力地写到严师母家里的"富丽世界"：

> 走过一条走廊，一边是临弄堂的窗，挂了一排扣纱窗帘，通向客餐厅。厅里有一张椭圆的橡木大西餐桌，四周一圈皮椅，上方垂一盏枝形吊灯，仿古的，做成蜡烛状的灯泡。周遭的窗上依然是扣纱窗帘，还有一层平绒带流苏的厚窗幔则束起着。……严家师母推开二楼的房门，王琦瑶不由怔了一下。这房间分成里外两进，中间半挽了天鹅绒的幔子，流苏垂地，半掩了一张大床，床上铺了绿色的缎床罩，打着招皱，也是垂地。一盏绿罩子的灯低低地悬在上方。外一进是一个花团锦簇的房间，房中一张圆桌铺的是绣花的桌布；几张扶手椅上是绣花的坐垫和靠枕，窗下有一张长沙发，那种欧洲样式的，云纹流线型的背和脚，桔红和墨绿图案的布面。圆桌上方的灯是粉红玻璃灯罩。桌上丢了一把修指甲的小剪子，还有几张棉纸，上面有指甲油的印子。窗户上的窗幔半系半垂，后面总是扣纱窗帘。……严家师母拉王

---

① 陈丹燕：《上海的风花雪月》，作家出版社 2000 年版，第 81—82 页。

琦瑶坐下，张妈送上了茶，茶碗是那种金丝边的细瓷碗，茶是绿茶，又漂了几朵菊花。光从窗帘的纱眼里筛进来，极细极细的亮，也能照亮一切的。外面开始嘈杂，声音也是筛细了的。王琦瑶心里迷蒙着，不知身在何处。①

餐桌、皮椅、吊灯、窗帘以及卧室里的精美布置，具体到金丝边的细瓷茶碗，王安忆娓娓道来，不难看出其中所尽力渲染的贵族生活的精致富丽。令王琦瑶心里迷醉的，恰恰便是这种体现在日常生活器具上的精致。而这些精致的器具和古物往往也成了物品拥有者身份的象征。如康明逊看到在平安里生活的王琦瑶的不同寻常，是因为看到其房间里的几件家具。王琦瑶女儿薇薇的男朋友小林在薇薇家也是通过零星半点的旧家具，看到些"货真价实"的老日子。而王琦瑶看小林"是好人家孩子的面相"，也是因为其所居住的"新乐路上的公寓房子"。"他家的公寓，王琦瑶不用进也知道，只凭那门上的铜字码便估得出里面生活的分量，那是有些固若金汤的意思。……那是安定，康乐，殷实，不受侵扰的日子，是许多人争取一生都不得的。"② 而具有识别古物的眼力，也在某种程度上表明了一个人的身份和见识。如《长恨歌》中写到的小林在王琦瑶家的举动："小林在她家房间里走来走去，指着那核桃心木的五斗橱说：这是一件老货。又对了梳妆桌上的镜子说：这也是老货，一点不走样的。薇薇就说：有什么镜子会走样？小林笑笑，不与她分辩，又去看那珠罗纱的帐子，结论是又是一样老货。薇薇对他质问道：照你这样说，我们家成了旧货店了？小林知她理解错了，也不作辩解。"③ 在这里

①　王安忆：《长恨歌》，作家出版社 1999 年版，第 159 页。
②　同上书，第 290 页。
③　同上书，第 292 页。

对古物慧眼独具的鉴别能力，成了对一个人出身修养和聪慧程度的评判手段。作者通过对小林和薇薇对古物的态度，反映出两者在资质、聪敏方面的差别。

王安忆在其小说《"文革"轶事》里，曾这样写到审美化的上海日常生活：

> 这里的每一件事情都是那样富于情调，富于人生的涵义：一盘切成细丝的萝卜丝，再放上一撮葱的细末，浇上一勺热油，便有轻而热烈的声响啦啦啦地升起。即便是一块最粗俗的红腐乳，都要撒上白糖，滴上麻油。油条是剪碎在细瓷碗里，有调稀的花生酱作佐料。它把人生的日常需求雕琢到精致的极处，使它变成一个艺术。……上海的生活就是这样将人生、艺术、修养全都日常化，具体化，它笼罩了你，使你走不出去。[①]

在王安忆的《长恨歌》中，作家也尽力渲染历经过繁华场面的王琦瑶精致而讲究的日常生活。即便是沦落为芸芸众生之平民，王琦瑶也仍然保持着曾经的贵族生活习气——这也是王安忆所欣赏的一种生活情调。在平安里生活中的王琦瑶，依然用心地打麻将、喝下午茶、围炉夜话，——而这都是有闲阶级的遗风余韵。乃至在妆扮上独具的见识，那份浓妆淡抹总相宜，在吃上的精致和花样翻新，以及在用上的讲究和精细，这一切的小资情调和贵族做派都令人赞叹。而精美的日常生活中的这一切都在悄然发生改变。在《长恨歌》中，王安忆对上海在日常生活方面的今昔之剧变作过不厌其详的书写，我们来看这种书写：

---

① 王安忆：《"文革"轶事》，见《香港的情和爱——王安忆自选集之三》，作家出版社1996年版，第467页。

薇薇她们的时代，照王琦瑶看来，旧和乱还在其次，重要的是变粗鲁了。马路上一下子涌现出来那么多说脏话的人，还有随地吐痰的人。星期天的闹市街道，形势竟是有些可怕的，人群如潮如涌，噪声喧天，一不小心就会葬身海底似的。穿马路也叫人害怕，自行车如穿梭一般，汽车也如穿梭一般，真是举步维艰。这城市变得有些暴风急雨似的，原先的优雅一扫而空。乘车，买东西，洗澡，理发，都是人挤成一堆，争先恐后的。谩骂和斗殴时有发生，这情景简直惊心动魄。仅有的几条清静街道，走在林阴之下，也是心揣不安，这安宁是朝不保夕，过一天少一天。西餐馆里西餐也走样走得厉害，杯盘碗碟都缺了口，那调面的器具二十年都没洗似的，结了老厚的锅巴。大师傅的白衣衫也至少二十年没洗，油腻染了颜色。奶油是隔夜的，土豆色拉有了馊气。火车座的皮面换了人造革，瓶里的鲜花换了塑料花。西式糕点是泄了秘诀，一下子到处都是，全都是串了种的。中餐馆是靠猪油和味精当家，鲜得你掉眉毛。热手巾是要打在菜价里的，女招待脸上的笑也是打进菜价的。荣华楼的猪油菜饭不是烧烂就是炒焦，乔家栅的汤团不是馅少就是漏馅。中秋月饼花色品种多出多少倍，最基本的一个豆沙月饼里，豆沙是不去壳的。西装的跨肩和后背怎么都做不服帖了，领带的衬料是将就的，也是满街地穿开，却是三合一作面料的。淑女们的长发，因不是经常做和焗，于是显得乱纷纷。皮鞋的后跟，只顾高了，却不顾力学的原则，所以十有九又是歪的，踩高跷似的，颤颤巍巍。什么好东西都经不得这么滥的，不粗也要粗了。①

---

① 王安忆：《长恨歌》，作家出版社 1999 年版，第 274—275 页。

由原先优雅的生活变粗鲁，由原先宁静的生活变喧嚣，由曾经衣食住行方面的讲究变成现今的敷衍马虎，这些都是怀旧的理由。新中国成立后上海经历了彻底的改造，原来的消费的城市变成生产的城市，日常生活也纳入主流意识形态并成为社会改造的重要对象。主导政治话语对资产阶级所具有的日常生活方式——一种精致讲究且注重享受的生活方式进行了批判并号召社会主义新人们断然拒绝。在新中国成立后50、60年代的作品中，作家们所宣扬的英雄人物都是具有无私的品质，自觉地放弃个人的私人生活，把自己的生存意义、个人生活和整个社会的理想联结在一起。所有的话语都在经营着日常生活神圣化的神话，革命者应该把全部的精力放在为革命的工作事业上，而不应把精力浪费在日常生活上，日常生活在人的生命中的意义就此被消解。在这种思想的倡导下，文学作品中所描写的全心全意为人民服务的英雄们无不是为工作贡献自己的身心，把为党的工作放在至高无上的地位，日常私人生活中的一切都服从这一需要，以至于日常生活的每一时间、每一行为、每一思想、每一动机都与社会的总体目标联在一起，与此相关的私人生活空间也相对减少乃至于消失。

日常生活由此和宏大目标结合在一起并被赋予崇高的意义，和日常生活有关的物质话语也因之被贬抑。在革命话语那里，"物质"是资产阶级的东西，是腐化堕落生活的明证。革命者只有摈除物质上的诱惑，才能全身心地投入到革命战争中。在新中国成立后30年间的文学书写中，物质几乎成了一个判定好人/坏人、先进/落后的标准。英雄人物都是两袖清风，视物质如粪土，一心一意只为宏伟目标而奋斗的人；反面人物总是一些利欲熏心，只想着升官发财，只为个人私利盘算的人。在《霓虹灯下的哨兵》中，拣回一双补了几层的袜子意味着拣回了艰苦朴素的革命传统，而扔掉它就是腐化堕落的危险信号。艰苦朴素、甘于清贫成为正面人物的优秀品质，一种简朴节约粗陋的生活被推崇。

改革开放之后，日常生活重新浮出水面，人们的物质欲望也被激发起来。这个时候主流话语宣扬的是发家致富，是对物质财富的生产和占有。物品愈丰富愈好，创造财富的人成为英雄。人们对物质财富的追求和享用开始合法化。80年代末到整个90年代，神州大地一个又一个短期暴富的神话相继而起，"半张脸"的成功人士的神话也不断涌现。在社会改革进程中，人们的浮躁心态也日趋严重。假冒伪劣商品到处可见，豆腐渣工程也一批批出现。在这样的社会现实中，人们对结实耐用并美观精致的精雕细刻的物品的怀念就有了它最合理的理由。在《长恨歌》中，王安忆也指出怀旧缘由之一是眼下"时尚的粗陋鄙俗"。"一窝蜂上的，都来不及精雕细刻。又像有人在背后追赶，一浪一浪接替不暇。一个多和一个快，于是不得不偷工减料，粗制滥造，然后破罐破摔。只要看那服装店就知道了，墙上，货架上，柜台里，还有门口摊子上挂着大甩卖牌子的，一代流行来不及卖完，后一代后两代已经来了，不甩卖又怎么办？"①

90年代，商品经济进一步发展，物品更加丰富，在像上海这样的大都市，步入了以消费为主导的社会。商店橱窗里的东西琳琅满目，人们处在物品的包围中。但充斥在现实生活中的只是现代流水线上按照同一模式生产出来的复制品，失去了其原初该有的"光晕"。这些物品千篇一律，不再是体现情感和个性的日常生活用品，也只是市场价值的一种呈现形式。

海德格尔在《诗人何为》中，曾引述过里尔克的一些话：

> 对我们祖父而言，一所房子，一口井，一座他们熟悉的塔，甚至他们自己的衣服，他们的大衣，都还是无限宝贵，

---

① 王安忆：《长恨歌》，作家出版社1999年版，第326页。

无限可亲的；几乎每一事物，都还是他们在其中发现人性的东西和加进人性的东西的容器。现在到处蜂拥而来的美国货，空泛而无味，是似是而非的东西，是生命的冒牌货！……①

现代人看到日常生活物品，大概首先想到的是它的市场价值，而不会想到和美、人性及感情有关的一些内容。在 90 年代的消费语境中，物品更是失去了它的本来面目，毫无情感，只是商品价值的一种体现。即使是一些所谓精品店、品牌专卖店里的物品，也逃脱不了其疯狂逐利的真实面目。种种所谓时髦、时尚、前卫、个性，其实是一些被设计被操作的媚俗之物，在其背后，隐藏着的仍然只是商家的商业利益。

再者，在 90 年代的机械复制时代，电脑制作、信息处理、数码合成等高科技手段，使一切的有形或无形的物品都可以被复制，原初的与生命贴近的"真实"的东西由此遭遇暧昧不明的命运，一切的真迹都可以被仿作、被改造，客观的"真实"面目反而变得身份可疑，人们处身于"仿真"的社会，有关"实在"的体验已经不复存在。这种状况引发了人的无根感，焦虑便由此而生。从这一角度看，"怀旧"也是对沸沸扬扬而无情调的仿制品的厌弃，是对失去本真的异己的世界的拒斥，表露出人们内心深处对一种温情而浪漫的生活的怀恋。

总之，怀旧小说中极力展示旧物品的精致有意味，铺陈旧物品所给予人的那种美感、温情、陶醉，而这一切都是 30 年代繁华生活的折射。怀旧小说中的物品由此成了最真实可触摸的 30 年代繁华生活的见证。所以，八九十年代的怀旧是对新中国成立

---

① 海德格尔：《诗人何为》，见《林中路》，上海译文出版社 1997 年版，第 296 页。

后 30 年间遮蔽日常生活和过分轻视物质欲望的反拨，是对一种精致而优雅之日常生活的渴望的表现。

二　对浪漫而自由的文化氛围之怀恋

王安忆在《长恨歌》中，时时写到旧上海的"氛围"、"气息"，这种氛围和气息是引人怀恋的缘由之一。这种氛围和气息只能意会，不可言传，它所囊括所蕴含的是千姿百态的上海。总而言之，是老上海的一种文化精神，是一种浪漫而自由的文化氛围。

王安忆曾说，在《长恨歌》里她写了一个女人的命运，"但事实上这个女人只不过是城市的代言人，我要写的其实是一个城市的故事"。① 是"城市的街道，城市的气氛，城市的思想和精神"。王琦瑶最辉煌的时期是在 40 年代被选为"上海小姐"并作政界要人的情妇住进爱丽丝公寓的短短时间，而她的一生就定格在这一繁华时段。王琦瑶这一刻作为上海贵族的短暂的繁华，以及繁华中所沾染的那种风情，所蕴含着的那种气息，成为其日后生活的资本。她今后的命运无一不受其影响。从周围的人际交往，到生活情趣，到婚姻状况及最后命运结局，无不是上海小姐的余音缭绕。在平安里，与她相熟的严师母肯与王琦瑶为伍的原因是因为王琦瑶的繁华场上的气质："她第一眼见王琦瑶，心中便暗暗惊讶，她想，这女人定是有些来历。王琦瑶一举一动，一衣一食，都在告诉她隐情，这隐情是繁华场上的。"② 而康明逊的被王琦瑶吸引，也是因为后者能迎合他的繁华旧梦。王琦瑶是那昔日情怀的"一点影，绰约不定，时隐时现"。"他在王琦瑶的素淡里，看见了极艳，这艳洇染了她周围的空气，云烟氤氲，他

---

① 王安忆：《重建象牙塔》，上海远东出版社 1997 年版，第 192 页。
② 王安忆：《长恨歌》，作家出版社 1999 年版，第 153 页。

还在王琦瑶的素淡里看见了风情，也是泅染在空气中。"80年代老克腊对她的畸形爱恋，也归根于他对上海都市之"光华和锦绣"的强烈爱恋。和赵永红的友谊，也是基于同样的海派情调，而她正是死于赵永红带来的男人手中。

在《长恨歌》中，王琦瑶成为上海这座繁华城市的隐喻。周围人对她的应和以及被她吸引，莫如说是被老上海的那种繁华那种风情那种气息所吸引，王琦瑶应和了人们对上海的怀旧心理。如康明逊就是"人跟了年头走，心却留在了上个时代"的"空心人"，而王琦瑶"把他的心给带回来了"。

基思·泰斯特在《后现代性的生活和时代》一书中，关于怀旧的缘由，曾有这样的观点："怀旧感隐含了对某种不在场事物（事情）的双重渴望。第一，怀旧意味着某种乡愁。乡愁预先假定渴望的主体在一定程度上要么无家可归，要么在国外。也就是说，没有移动和改变，怀旧是不存在或不可能的。第二，怀旧隐含了对某种在远处或从前的事物的渴望。现在与过去存在着质的差别。换句话说，相对于被具体化的过去，现在是一个反射式的成就。"基思·泰斯特指出了怀旧的一个条件是在时间向度上，过去和现在应该有所改变，而且这种改变"要有质的差别"。①

王琦瑶的怀旧包含了一种无家可归的悲哀。因为"上海小姐"及某要人外室的经历，王琦瑶在新中国成立后被归为"另类"女人，在新中国成立后漫长的时间段中，她都是个脱离于正常秩序之外的无处可归的女人。因其如此，短暂的繁华生活往是让她魂萦梦绕，所以她对上海的怀恋也是痛切的：

　　　　上海真是不能想，想起就是心痛。那里的日日夜夜，都

---

① 转引自李陀主编《上海酒吧——空间、消费与想象》，江苏人民出版社2001年版，第138页。

是情义无限。……上海真是不可思议，它的辉煌教人一生难忘，什么都过去了，化泥化灰，化成爬墙虎，那辉煌的光却在照耀。这照耀辐射广大，穿透一切。从来没有它，倒也无所谓，曾经有过，便再也放不下了。①

小说中写到王琦瑶避乱暂居邬桥乡下，仍时时忘不了曾经的繁华和辉煌：

上海的双妹牌花露水、老刀牌香烟，上海的申曲……这些零碎物件便都成了撩拨。王琦瑶的心，哪还经得起撩拨啊！她如今走到哪里都听见了上海的呼唤和回应。她这一颗上海的心，其实是有仇有怨，受了伤的。因此，这撩拨也是揭创口，刀绞一般地痛。可是那仇和怨是有光有色，痛是甘愿受的。震动和惊吓过去，如今回想，什么都是应该，合情合理，这恩怨苦乐都是洗礼。她已经感觉到了上海的气息……栀子花传播的是上海夹竹桃的气味，水鸟飞舞也是上海楼顶鸽群的身姿……她听着周璇的《四季调》，一季一季地吟叹，分明是要她回家的意思。②

对繁华上海的回忆虽然是"揭创口，刀绞一般地痛"，但"那仇和怨是有光有色，痛是甘愿受的。"这表明，上海辉煌之光晕已深深侵入王琦瑶的肌理骨髓，而上海那种魔幻般的气息只有王琦瑶自身才能体味。正是留连于这种气息，王琦瑶才继续存留上海。

小说中写到50、60年代康明逊感觉中的上海都市氛围的剧

---

① 王安忆：《长恨歌》，作家出版社1999年版，第144页。
② 同上书，第145页。

烈变迁：

> 他想，这城市已是另一座了，路名都是新路名。那建筑
> 和灯光还在，却只是个壳子，里头是换了芯的。昔日，风吹
> 过来，都是罗曼蒂克，法国梧桐也是使者。如今风是风，树
> 是树，全还了原形。他觉得他，人跟了年头走，心却留在了
> 上个时代，成了空心人。①

康明逊感觉中的 50、60 年代的上海丧失的是一种特殊的城
市氛围，是一种罗曼蒂克的激情感觉，是殖民地时代所具有的异
国风情。从中，可以看到，康明逊对于这种改变所经历的惨痛心
理。而陈丹燕在《上海的风花雪月》中，也写到怀旧作品中所向
往的上海，还是一个自由的包容许多生命形态的上海。像如前所
述的在淮海路街口摇着一头长发的新音乐制作人，对 20、30 年
代上海的那种向往，是基于"那时候，你想要成为什么样的人，
想要有什么样的生活方式，就去做……"② 的一种自由。

对浪漫、自由上海的怀旧也归根于新中国成立后单位体制下
"自由"生活方式的匮乏。单位体制下，人们的日常生活也单一
化程序化，每天是固定的上班下班的生活。不仅是生活单一化，
人们的感情思想也有单一化的倾向。一切资产阶级的情感娱乐方
式也遭排斥。尤其是对爱情，新中国成立后文学作品中所书写的
爱情必须是和宏伟目标结合在一起，才有书写的必要和可能。在
主流话语所宣扬的观念里，爱情是一种专为个人考虑的男女私
情，是一种小资产阶级的思想感情。社会主义大家庭中的人们只

---

① 王安忆：《长恨歌》，作家出版社 1999 年版，第 191 页。
② 陈丹燕：《张可女士》，见《上海的风花雪月》，作家出版社 2000 年版，第
230 页。

许有无产阶级兄弟姐妹之间的感情，而不能涉及男女私情。所以在文学作品中，对浪漫爱情的书写是一种不能触碰的禁区。在单位体制下，单位对个人的监控甚至具体到个人的私生活领域，具体到个人的男女爱情。在某种程度上，单位甚至是一种身份的确认。脱离了单位，人将无所归宿。新中国成立后一直到20世纪80年代，人们都被严格地控制在单位里。就是在90年代，人们还有强烈的单位归宿心理，比如大学生毕业找工作，还是要到事业单位或是国营单位中去，正是长期单位心理的影响所致。

单位体制使人们感受精神生活的多重匮乏。陈丹燕在《木已成舟》中这样表达对浪漫而又有绅士风情的欧洲具有特殊情感的原因："在我成长的时代，中国的门和窗全都被关死"，"有时候我想，就是因为我这样长大，才会……如此热衷吧"。也许陈氏对旧上海的热衷，也是基于此种匮乏。她在《张可女士》中写到正是旧上海的多姿多彩才给人无限想象：

> 繁华如星河灿烂的上海，迷沉如鸦片香的上海，被太平洋战争的滚滚烈焰逼进着的上海，对酒当歌、醉生梦死的上海。那个乱世中的上海，到了现在人的心中，已经包含了许多意义。抱着英雄梦，想象自己一生的人，在那里面看到了壮怀激烈的革命；生活化的人，在里面看到了盛宣怀华丽的大客厅和阳光灿烂的大浴室；向往西方的人，在里面看到了美国丝袜，法国香水，外国学堂，俄国芭蕾舞；就是街头小混混，也在里面找到了黄金荣桂子飘香的中国式大园子……①

---

① 陈丹燕：《张可女士》，《上海的风花雪月》，作家出版社2000年版，第230页。

而正是这样一个多元的自由的上海，才如此令人魂牵梦萦。所以，从这一层面来说，怀旧，是人们渴望打破常规、冲决秩序内日复一日毫无变化的心理需求，是心底对一种宽松而又有激情具有多种发展可能性的生活方式的向往，"想要成为什么样的人，想要有什么样的生活方式，就去做"，是对现有体制所给予的单一人生类型的反叛。

第二节　全球化语境中的现代性想象

　　有一点需要注意的是，怀旧作品中怀恋的那个上海，被称为"东方巴黎"的上海，是那个有租界有殖民地存在的洋场社会。

　　怀旧作品中对"西方风情"的怀恋占据了很大的书写空间。现代历史时期的上海，异域人纷然杂处，西洋景随处可见，异国情调浓厚。而这些西方风情、异域情调构成了 90 年代重要的怀旧成分。没有经过 30 年代繁华生活的八九十年代的人凭什么怀旧呢？王安忆这样说：

　　　　虽然他们都是新人，无旧可念，可他们去过外滩呀，摆渡到江心再蓦然回首，便看见那屏障般的乔治式建筑，还有哥特式的尖顶钟塔，窗洞里全是森严的注视，全是穿越时间隧道的。他们还爬上过楼顶平台，在那里放鸽子或者放风筝，展目便是屋顶的海洋，有几幢耸起的，是像帆一样，也是越过时间的激流。再有那山墙上的爬山虎，隔壁洋房里的钢琴声，都是怀旧的养料。[①]

　　在这里外滩被视为是怀旧的重要养料。那"乔治式建筑"、

---

　　①　王安忆：《长恨歌》，作家出版社 1999 年版，第 326 页。

"哥特式的尖顶钟塔","以及洋房里的钢琴声",都是怀旧情怀之寄托处。在陈丹燕的《上海的风花雪月》里,作家津津乐道的还是西式的咖啡馆、酒店、洋房及西装丽人。可以说,对老上海的怀旧之所以形成风潮,殖民地遗留下的异国情调是其重要原因。从新中国成立之后上海被改造之日起,外国企业、银行、侨民纷纷撤离,灯红酒绿的夜上海氛围一扫而空,上海从五光十色变成一种颜色,上海的异国情调也只留下破败的西式建筑遗址。但那种洋场社会里所有的风情胭润在曾经经历过那个时代的人心中,而后来者只能从遗址中想象那个浮华四溢、纸醉金迷、风情万种的洋场社会。王琦瑶所见识到的严师母家的"富丽世界","西餐桌"和"欧洲样式"的长沙发是其重要的富丽情调的象征。在《"文革"轶事》中,王安忆写到赵志国有一天晚上"像梦游者一样走上晒台",看到被横扫过的上海显露出的异国情调的旧址,竟然"热泪盈眶":

> 他就像梦游者一样走向晒台,他穿过薄肖的夜幕,看见远处俄式建筑顶上的红星,他忽然间热泪盈眶。他想起那里原是哈同花园的旧址,"哈同"这名字带有上海这城市起源的味道,还带有上海传奇的味道。他想这城市衰败的了这样,却还那么情义绵绵,空气令人销魂。他这会儿看见了这城市上方浮动着微明的市光,这是这不夜之城最后的微弱的余光,是光的余烬飘散在空中。①

西式建筑代表的是一种曾经有过的令人销魂的城市氛围,是一种传奇而令人激荡的生命形态的表征,是优雅而又有激情之生

① 王安忆:《"文革"轶事》,见《香港的情和爱——王安忆自选集之三》,作家出版社 1996 年版,第 468 页。

活象征。在这种氛围情调缺失的环境中，异国情调不再仅仅是具体的感性对象，它成为了一种想象方式：经历过那种情调的人在心底唤起的是种感动和激情，后来者从中看到的是有关现代性的丰富想象，这种想象是在"世界接轨"的呼声中与西方认同、与世界同步的一种心理需求。所以 90 年代对上海洋场社会的怀旧，应和的是在全球化语境中人们渴望发展、渴望融入发达国家之行列的心理。正像有论者所指出的，有着异国情调的上海形象本身并不是人们所追寻的终极的目标，"它只是一个媒介，一座桥梁。人们之所以会对上海的都市风景线啧啧称奇，并不是因为上海这座都市本身所独有的魅力与光芒，而是它作为一个符号，指涉着一个尘世间终极性的目标：西方/欧洲/巴黎……上海在这里只不过是上述理念物（西方/欧洲/巴黎）的摹本，一个折射出来的飘忽不定的投影"。[①]

所以说对上海的怀旧聚焦于霓虹灯内繁华四溢的洋场社会，也在某一层面上反映出在全球化语境中人们对于现代化发展的焦虑。改革开放后，人们目睹西方发达国家令人叹为观止的现代化图景，急起奋追、力求发展的焦虑心态处处可见，"与世界接轨"的口号正是反映了中国在经济上落后的恐惧以及渴望进入全球化进程的强烈愿望。戴锦华认为："如果说，伴随着怀旧幽情的仍是'接轨'的呐喊，那么，中国怀旧情调的暗流对世界（发达国家）范围内的怀旧时尚的应和，则成了文化'接轨'的一个明证。"[②] 有许多论者已经指出"接轨"这一口号所隐含的文化认同的困境，毫无疑问，与世界接轨中所谓的世界，对于中国来

① 李陀主编：《上海酒吧——空间、消费与想象》，江苏人民出版社 2001 年版，第 102 页。

② 戴锦华：《想象的怀旧》，见《隐形书写——90 年代中国文化研究》，江苏人民出版社 1999 年版，第 108 页。

说，是一个他者、异己的对象。这个世界并不是指地球版图所在的所有国家，而只是指西方或西方式的发达国家。更重要的是，正如有的论者所说，这个所谓的世界，"是中国界定自身的标准和参照系统。世界/中国的关系是一种等级上的差异关系，中国只有改变自己才能与世界的要求相适应"。[①] 所以，"'与世界接轨'，是一种定义世界、定义自我、定义世界与自我的关系相混杂的模糊认识，是一种确立标准、承认差异与消解标准、铲除差异相交织的复杂努力。'与世界接轨'，一方面是中国朝向西方发达国家的一种从边缘到中心的努力；另一方面也表现了中国通过西方折射式地认识自我的尝试，甚至是完全内化了的西方视野中的世界图景"。[②]

以西方经济文化的视角来审视中国社会所存在的问题与不足，并以西方的经济发展理念标准来衡量和要求中国经济的发展，这其中透露着赶超欧美、惧怕落后的焦虑，也带有一味盲从的无措。改革开放后，中国社会在发展理念上，过多地强调了经济发展而忽视了与之相关的生态环境及民众道德、素质问题。在"发展才是硬道理"的发展理念下，讲求经济的"腾飞"，只重视扩大规模，一味地求快，求量，而忽视了社会发展的合理生态问题。特别是忽视了人的发展问题。与此相俱出现了许多问题，如环境污染问题、道德滑坡问题，等等。90 年代，中国社会进入众声喧哗的多元化时代，经济进一步发展，高楼大厦相继崛起，人们的生活水平渐次提高。特别是在上海，短短的十几年的时间，拆建、修路，建立了一个崭新的世界大都会。豪华酒店林立，装潢富丽的商场迭起，精致富有情调的酒吧一条街接一条

① 李陀主编：《上海酒吧——空间、消费与想象》，江苏人民出版社 2001 年版，第 149 页。

② 同上书，第 150 页。

街，各种娱乐、休闲场所也随时可见。上海似乎建成了一个真正的现代化大都市。

但如果深入探究一下，我们就会发现，上海确实是发展了，但城市中林立的都是混凝土建筑，即使是一些体现异国风情的西式建筑，也只是房屋的一种构筑方式而已，毫无韵味和情调可言，更谈不上有文化底蕴。怀旧作品中所强调的那个有着异国情调的上海同时又是情义无限的，旧上海中外滩的欧式建筑，法租界的悬铃木，其中所浸润所氤氲着的都是无限的异域风情，是一种中西交杂、流动不居、包容万状而又魅惑迷人的都市文化情态。总而言之，怀旧中30年代的上海，包孕着深不可测的质素在里面，韵味无穷，所以不同经历的人都能在其中看到不同的意味。但现今的高楼林立的上海，丧失的正是那种韵味及情调，失去的正是那种30年代繁华上海独具的风格和特色。特别是90年代的上海，更是一个亦步亦趋跟随西方现代性国家盲目运行的上海，是西方现代、后现代文化的大拼盘。各种文化形式，无论是从建筑、服装到绘画、音乐，都是对西方后现代的拼贴、移植。尤其在文学领域，从文学批评到写作，也都是西方后现代话语的杂语喧哗。都市中活动的人变成了花花绿绿的消费大军，人们追逐的各种时尚，也大都是西方时尚之遗风流韵。

上海经济上确实是发展了，在外在的城市形态上，上海确实是一个现代性的大都市，但掩饰不住其中透露出来的某种空洞。那就是作为现代性都市文化底蕴的缺失。90年代发达了的上海没有自己的价值体系，它只是一个经济学上的概念，只是一个简单的GDP数字，一种物化的现代性。但它在文化、价值，及关于生命的理念及意义方面完全是一个空洞的东西。上海完全作为一个经济学上的现代性符码而存在，而在价值理念上一种真正的现代意识却是处于极度缺失状态。人们受利己主义、享乐主义的影响，对理想信念、生存意义、生命终极关怀等命题的思索失去兴趣和信心，成了一群消费动物。正如有的论者所说的："现在，在全球化的今天，中国在很多方面的确赶上去了，融进去了，成了当代的'世界工场'；但偏偏在根本的价值认同问题上'空洞化'。"① 上海正是和这句话里的"中国"一样的命运。

现代文明要走向何处？上海要走向何处？这是引人深思的问题。

---

① 张旭东：《韦伯与文化政治》，转引自张旭东《批评的踪迹》，三联书店 2003 年版，第 217 页。

结　语

　　百年来中国的现代性追求，从中国本身来说，主要是亡国灭种的危机意识和忧患意识的刺激。从 19 世纪开始，西方近代文化在全球内实行殖民扩张，殷海光说："自十九世纪中叶以来，因着工业成就的推动，西方近代文化像一个发酵的面包，向地球上的各方面膨胀，于是无可避免地和地球表面的许多不同的文化接触。中国文化不过是其中之一而已。"[①] 在这样的世界语境中，"不接受现代化，只有灭亡"。[②] 但中国文化又和地球表面的其他文化有不同之处。美国学者吉尔伯特·罗兹曼说："在世界历史的大部分时间里，中国一向是整个东亚社会的文化巨人，其所扮演的角色，集西方人在文化上无限景仰的古希腊罗马和作为现代欧洲文明中心而备受倾慕的法兰西于一身。悠悠 2000 载，中国人表明自己拥有程度极高而造诣极深的多样化文化价值，拥有控制、协调和管理幅员辽阔而人口众多的国家的能力，拥有有效地把技术开发应用于生产的扩大并维持数倍于 19 世纪欧洲国家人口的组织天才。中国人过去的生活标准是其他民族根本无法与之

---

　　① 殷海光：《中国文化的展望》，上海三联书店 2003 年版，第 394 页。
　　② 同上书，第 406 页。

比拟的。"① 也是因为这样的现实，中国人在面对外国的文化时，一直是一种天朝大国的心态。与同被欧美打开国门的日本相比，从明治维新开始，直到第二次世界大战以前，日本在政治和经济方面的西化之速度和成就，于亚洲是首屈一指的。为什么日本能在短期内迅速西化并以此来反击西方而中国不能呢？是因为发展已很完备并已渗透进中国人骨髓里的中国文化。"中国文化的基本价值是以政教礼俗为天下最美，而且在经济上什么都有、无待外求。中国人是长期被封锁在这个自足的"价值之幕"里"。②所以西方文化的冲击来了，中国人并不能很快地适应并为我所用。

　　就上海这个现代性发展样板的都市来看，晚清时期外国殖民势力侵入，在经济、政治、文化各方面向上海渗透、漫延，上海民众面临着一个价值观念崩溃及重建的混乱状态。在混沌中我们依然可以看到民众对发展的热切希望，这表现在对西方科技器具的向往、对西式现代性理念的追逐以及对强大的民族国家的想象与渴望上。随着上海经济、文化的发展，西方现代性理念的逐渐深入人心，到现代历史时期的上海已成为一个风格独具的现代化大商埠，系世界第六大都市。但这个时期上海的发展并不完善，繁华与贫困并存，文明与各种病态、畸形共生。五方杂处、各色人等都有。现代性的自由理念在这里得到极度的发展与膨胀，使得都市上海成为自由和激情的展现空间。人们沉醉于生命的享乐，追逐一种激情的生命形态。在现代科技所构筑的都市里，多数人不去注意发展都市中的病态与畸形，只是盯着一己的享乐，尽情狂欢。

---

　　① ［美］吉尔伯特·罗兹曼：《中国的现代化》，江苏人民出版社 2003 年版，第15 页。

　　② 殷海光：《中国文化的展望》，上海三联书店 2003 年版，第 408 页。

上海的发展历经新中国成立后 30 年的停滞时期，在改革开放后又重新展现繁华，但发展中的上海仍然注意的只是经济指标的上涨，而没有顾及到环境、生态、文化等全方位的发展。

中国在世界上一直所处的优越地位，也使得中国人在借鉴西方的现代性经验时有一种急于求成的焦虑心态，这使中国人在启动现代性工程时只注意了经济的发展而没有顾及文化、教育等事业的全面发展。而中国走向现代之路，从晚清时起，面对的只有走向现代化已卓有成效的西方这样的参照系。中国人所借鉴的西方的现代性，本身就是存在多方面的局限性的。现代性的典型代表，诸如启蒙，诸如理性，诸如科技，在发展到一定程度时都会反过来成为束缚、奴役人的工具。霍克海默说："在通往现代科学的道路上，人们放弃了任何对意义的探求。他们用公式替代概念，用规则和概率替代原因和动机。原因只被当作衡量科学批判的最后一个哲学概念：或许因为它是唯一能够继续为科学批判提供参照的古老观念，是创造性原则的最后一个世俗化形式。"①现代性是一把双刃剑，它带来了前所未有的繁荣景象，同时又有无法避免的弊端。诸如现代性将会宣告"个体的终结"，科层制将会造成单向度的社会，人们将进入"意义消解"的后现代的"虚无主义"时代，在"模拟"、"仿真"中堕入虚空，等等。西方的现代性有这样那样的局限与不足，那么，我们借鉴的时候就应该有一种审慎的心态。

审视百年上海现代性的发展历程，我们要深思的是，我们需要有什么样的发展理念？

丹尼尔·贝尔说："每个社会都设法建立一个意义系统，人们通过它们来显示自己与世界的关系。……这些意义体现在宗

---

① 马克斯·霍克海默、西奥多·阿道尔诺：《启蒙辩证法》，上海人民出版社2003 年版，第 3 页。

教、文化和工作中。在这些领域里丧失意义就造成一种茫然困惑的局面。"① 按照贝尔的说法，文化的使命是一种终极关怀，其基本旨趣，在于通过意义解释系统的构建给面临生存困境的人类提供价值指引。而上海在建构过程中，由于内部文化和外在缺陷等各方面的原因，没有形成一个完整而有体系的意义系统，这是在以后的发展中值得引人注意的。

合理的科学发展观应该以人的价值、人的需要、人的潜力发挥为中心，不仅注重经济增长，而且要顾及政治民主、文化价值观念、自然协调、生态平衡等各方面的因素，最终造就具有优良素质的国民。韦伯就曾这样表述过他的社会发展理念："我们所渴求的并不是培养丰衣足食之人，而是要培养那些我们认为足以构成我们人性中高贵的伟大的素质。"② 在社会发展中经济的发达诚然必要，但我们更不能忽视的是人的精神风貌、人格素质的培养，我们更需要培植一种涵盖人的心智的文化氛围，需要那些与生命意义与价值有关的哲学思考。社会的发展、文明的进程归根到底是为满足、丰富人的生活，最终的着眼点应该在"人"本身，正如俄国哲学家尼古拉·别尔嘉耶夫所说"文化及其所有价值都是人的精神生命、精神上升的手段"③。

① 丹尼尔·贝尔：《资本主义文化矛盾》，三联书店 2003 年版，第 197 页。
② 转引自张旭东《批评的踪迹》，三联书店 2003 年版，第 214 页。
③ 尼古拉·别尔嘉耶夫：《论人的奴役与自由》，中国城市出版社 2001 年版，第 152 页。

参 考 文 献

一 史料类

1.《新青年》。

2.《新潮》。

3.《良友》。

4.《现代》。

5.《新上海》。

6.《万象》。

7.《中国近代文学大系》，上海书店 1992 年 12 月版。

8.《吴趼人全集》，北方文艺出版社 1998 年 2 月版。

9. 阿英编：《晚清文学丛钞》，中华书局 1982 年 9 月版。

10. 包天笑：《钏影楼回忆录》，《钏影楼回忆录续编》，山西古籍出版社、山西教育出版社 1998 年版。

11. 陈平原、夏晓虹编：《图像晚清》，百花文艺出版社 2001 年 12 月版。

12. 张伟编：《花一般的罪恶——狮吼社作品、评论资料选》，华东师范大学出版社 2002 年 2 月版。

13. 马逢洋编：《上海：记忆与想象》，文汇出版社 1996 年 5 月版。

14. 柯灵主编：《民国名刊精选》（总十册），上海古籍出版社 2000 年 9 月版。

15. 海上漱石生（孙玉声）：《海上繁华梦》（附续梦），上海古籍出版社 1991 年 5 月版。

16. 海上说梦人（朱瘦菊）：《歇浦潮》、《新歇浦潮》，上海古籍出版社 1991 年 5 月版。

17. 《上海的将来》，中华书局 1931 年版。

18. 《上海研究资料》，上海通社编，中华书局 1936 年版。

19. 陈伯熙编著：《上海轶事大观》（民国史料笔记丛刊），上海书店出版社 2000 年 6 月版。

20. 郁慕侠：《上海鳞爪》（民国史料笔记丛刊），上海书店出版社 2000 年 6 月版。

二　著作类

1. ［美］马泰·卡林内斯库：《现代性的五副面孔》，商务印书馆 2003 年 4 月版。

2. ［美］马歇尔·伯曼：《一切坚固的东西都烟消云散了》，商务印书馆 2003 年 10 月版。

3. ［美］丹尼尔·贝尔：《资本主义文化矛盾》，三联书店 2003 年 9 月版。

4. ［美］詹明信：《晚期资本主义的文化逻辑》，三联书店、牛津大学出版社 2003 年 8 月版。

5. ［美］弗洛姆：《逃避自由》，工人出版社 1987 年版。

6. ［美］罗兹·墨菲：《上海——现代中国的钥匙》，上海人民出版社 1987 年 10 月第 2 版。

7. ［美］韩南：《中国近代小说的兴起》，上海教育出版社 2004 年 5 月版。

8. ［美］李欧梵：《上海摩登——一种新都市文化在中国》，北京大学出版社 2001 年 12 月版。

9. ［美］王德威：《想像中国的方法》，1998 年 9 月版。

10.〔英〕马·布雷德伯里、詹·麦克法兰编：《现代主义》，上海外语教育出版社 1992 年 6 月第 1 版。

11.〔英〕安东尼·吉登斯：《现代性与自我认同》，上海三联书店 1998 年 5 月版。

12.〔俄〕尼古拉·别尔嘉耶夫：《论人的奴役与自由》，中国城市出版社 2002 年 1 月版。

13.〔德〕马克斯·霍克海默、西奥多·阿道尔诺：《启蒙辩证法》，上海人民出版社 2003 年 2 月版。

14.〔德〕马克斯·韦伯：《儒教与道教》，商务印书馆 1997 年 3 月版。

15.〔德〕海德格尔：《海德格尔选集》，上海三联书店 1996 年 12 月版。

16.〔法〕让·波德里亚：《消费社会》，南京大学出版社 2001 年 5 月版。

17.〔法〕乔治·巴塔耶：《色情史》，商务印书馆 2003 年 8 月版。

18.〔加拿大〕查尔斯·泰勒：《现代性之隐忧》，中央编译出版社 2001 年 6 月版。

19.〔英〕约翰·格雷：《自由主义的两张面孔》，顾爱彬、李瑞华译，江苏人民出版社 2005 年 1 月版。

20.〔德〕本雅明：《发达资本主义时代的抒情诗人》，张旭东、魏文生译，三联书店 1989 年 3 月版。

21.〔法〕波德莱尔：《波德莱尔美学论文选》，郭宏安译，人民文学出版社 1987 年 9 月版。

22. 刘小枫：《现代性社会理论绪论》，上海三联书店 1998 年 1 月版。

23. 张凤阳：《现代性的谱系》，南京大学出版社 2004 年 4 月版。

24. 李书磊：《都市的迁徙》，时代文艺出版社 1993 年版。

25. 王一川：《中国现代性体验的发生》，北京师范大学出版社 2001 年 10 月版。

26. 唐振常：《近代上海探索录》，上海书店出版社，1994 年版。

27. 费孝通：《乡村中国·生育制度》，北京大学出版社 1998 年 5 月版。

28. 李长莉：《晚清上海社会的变迁——生活与伦理的近代化》，天津人民出版社 2002 年 8 月版。

29. 肖同庆：《世纪末思潮与中国现代文学》，安徽教育出版社 2001 年 4 月版。

30. 陶东风：《社会转型与当代知识分子》，上海三联书店 2001 年 1 月版。

31. 高瑞泉、［日］山口久和主编：《中国的现代性与城市知识分子》，上海古籍出版社，2004 年 3 月版。

32. 张仲礼主编：《近代上海城市研究》，上海人民出版社 1990 年 12 月版。

33. 刘建辉：《魔都上海——日本知识人的近代体验》，上海古籍出版社 2003 年 12 月版。

34. 赵园：《北京：城与人》，北京大学出版社 2002 年 10 月版。

35. 李陀主编：《上海酒吧——空间、消费与想象》，江苏人民出版社 2001 年 9 月版。

36. 吴福辉：《都市旋流中的海派小说》，湖南教育出版社 1997 年 11 月版。

37. 李今：《海派小说与现代都市文化》，安徽教育出版社 2000 年版。

38. 赵澧、徐京安主编：《唯美主义》，中国人民大学出版社

1998 年 2 月版。

39. 朱寿桐主编:《中国现代主义文学史》,江苏教育出版社
1998 年版。

40. 周小仪:《唯美主义与消费文化》,北京大学出版社 2002
年 11 月版。

41.《视觉文化读本》,广西师范大学出版社 2003 年 12
月版。

42. 陈建华:《革命的现代性——中国革命话语考论》,上海
古籍出版社 2000 年 12 月版。

43. 逄增玉:《现代性与中国现代文学》,东北师范大学出版
社 2001 年 8 月版。

44. 解志熙:《美的偏至——中国现代唯美—颓废主义文学
思潮研究》,上海文艺出版社 1997 年 8 月版。

45. 陈平原:《中国小说叙事模式的转变》,北京大学出版社
2003 年 7 月版。

46. 姜义华:《理性缺位的启蒙》,上海三联书店 2000 年 10
月版。

47. 张旭东:《批评的踪迹》,三联书店 2003 年 8 月版。

48. 殷海光:《中国文化的展望》,上海三联书店 2003 年 1
月版。

49. 汪晖:《汪晖自选集》,广西师范大学出版社 1997 年版。

50. 许纪霖编:《二十世纪中国思想史论》上、下卷,东方
出版中心 2000 年版。

后　记

本书是在我的博士论文基础上修改完成的。

我的博士论文的题目是《被书写的现代——20世纪中国文学中的上海》。本书在原有基础上添加了第四章的内容。其中有一部分内容来自我和导师朱寿桐合写的论文《上海，逊位了的都市文学中心》，发表在《湖北大学学报》2003年第4期。很高兴能有机会和导师合作写文章，在此，借书出版的机会，对培养我的朱寿桐老师表示感谢。

朋友说，第一次出书，应该写后记，但，有哪些想说的话呢？

年少的时候，一直作着浪迹天涯的梦，那时喜欢唱的一首歌是《橄榄树》，喜欢歌中所渲染的流浪的感觉。"为什么流浪，流浪远方"？为什么那么渴望流浪呢，现在想来，是因为一直渴望自己成为纳百川的江海吧。

至今，我仍然记着1996年那个春天的下午，我接到了扬州大学的吴周文先生和研究生处的王震处长打给我的电话。说扬州大学接受我的研究生转校申请，要我去面试。依然记着那时明媚的心情。扬州！在唐诗宋词中，见过太多的扬州，那是一个令人神往的美丽地方。感觉自己真的就像梦一样地，漂到了江苏，漂到了扬州。

那时，似乎只是想多些阅历，多见识外面的世界。读万卷书，行万里路，当时想的只不过是获取更不同寻常的生命体验，而并没有想到走学术之路。——而后来，竟然一步一步，做了高校教师，又投考在南京大学中文系朱寿桐先生的门下。——也还记得当时得知自己可以上博士的心情，睡梦里都是一片星光灿烂！

自小填简历时，在兴趣爱好一栏，我总是认真地写上：文学、音乐。可以整天地读我所喜欢的那些文学书籍，想想真是一种生命的奢侈！我是幸运的，因为我的专业是我所喜欢的。而选博士论文题目的时候，我也是更多地考虑自己的兴趣而不是去考虑课题的价值、意义。这似乎是一件惭愧的事情。但在天地间若尘埃一样的我，只能尽力发散属于我的生命光亮。在学术领域中，也只能表达与自己生命体验相关联的一些思想。想及此，心底便坦然。

对海派文学的兴趣似乎也是与我的天性有关。生活中我是一个规行矩步的人，但心底里一直对先锋、另类的思想、体验及行为有极大的探究欲望。感觉中的海派文学充满的就是一种与平常生活不一样的丰富多彩、众声喧哗的生命形态，所以在论文写作的过程中虽然有诸种困难，但我一直坚持着这一选题。

不过学术研究终究不是文学创作，单靠对文学的爱好及兴趣还是远远不够的。学术研究是客观公正的，要有史料的支撑，要尽量符合真实的历史语境。面对20世纪中国文学中的上海庞杂的历史与文学、影像资料，其间所经历的困惑与无措是无以言诉的。感谢朱寿桐老师，正是他的悉心指导才使我梳理出了一条合理的言路，并完成了论文写作。

在论文初稿修改过程中，南京大学的沈威威教授、王继志教授、王彬彬教授都曾经作为指导教师给予过指导，在此一并致谢。另外，在论文写作过程中，张清华博士、张光芒博士、张全之博士、潘正文博士也曾给予过帮助，学弟于九涛也曾提供资料，在书稿修改过程中，同事唐小林博士也提出中肯的建议，——也容我借这一纸角，表达谢意。

在博士论文答辩过程中，吴功正先生、孔繁今教授、朱晓进教授、沈威威教授、范培松教授都对论文提出了宝贵的意见。在此，向诸位先生表示感谢。在这里尤其要感谢的是朱晓进先生。2002年考博士时，曾得到过朱先生的鼓励与帮助。永远记得那个油菜花盛开的春天，复习准备考博士的那些时光。那时天空中有灿烂的晚霞，空气里有树叶的芬芳……那时我还在南通大学校园。朱先生的鼓励让我心底有了更为坚定的信念，年轻时的梦又浮现出来，往远方去，往远方去，风光在险峰。那时我知道了，人世间最美丽的风景，存在于人的智慧中，存在于历尽沧海后所体会的对于生命的感觉中！

在此，也感谢南通大学文学院对我的培养。在南通大学工作的六年，也是我埋首书堆成长的六年。这六年中，南通大学文学院提供了很好的教学及学术环境，让我终身受益。

至今，依然怀念在南京大学读书的那段时光。怀念春天校园里的各种花木，怀念秋天金黄的银杏叶子。还有一起读书的那些同学。还记得，许多次和马航飞、江倩在花香弥漫的校园里散步，许多次和师姐谢昉、王艳芳在灯下谈心。忘不了，和吕林、王理行等师兄们的品茗畅谈；忘不了一行人曾去周庄，去太湖踏青寻梅。还有钟山风景区里面的留连，梅花山上的心醉神驰……有悦人心的书籍，有悦人目的美景，有心意相契的朋友——人生复何求？

感谢何剑平君，多年来他不仅是我相濡以沫的爱人，还是我精神上的导师，生活上的兄长。因为他的存在，所有的春花秋月都有别样的风味。

感谢我的家人，给我无私的关爱和珍惜。

别人说，大恩不言谢。所有那些进入我生命中的人，那些给予我生命的感动与欣喜的朋友，我都会铭记在心。

一直喜欢吟唱在山巅水涯的那种感觉。2003年"非典"时期，我曾经在南京大学小百合建过博客，博客的名字就叫天涯歌女。——而且似乎，一直对天涯歌女这个名字报有无限的亲切与感动。人生一世，草木一生，每个人都会按照自己喜欢的方式去生活吧。在这短暂的一生中，我最希求的是什么呢？我想，就是在奋斗的过程中，获取生命的喜悦与感动，获取生存的智慧，获取那些美丽的，对于大自然的或者是对于人世间的情愫。

就像我的博士论文，有时候可以说，表达的就是自己对于生命的体认与感知。作为一本学术著作，其感性的成分多了一些，理论的构架少了一些，这些，亦是我在以后的学术道路中要加以克服的。希望得到各位学界前辈和同仁的批评指正。

在后记落笔之际，收到了我的博士生导师朱寿桐寄来的序。读后颇为感动。感动之余，又有无限的羞愧。作为治学谨严的导师，朱先生期望我能走向学术道路，其殷殷之情，溢于言表。视学术为神圣的他不会想象到我时不时存有的对学术的这种消遣、娱乐心态。不过，何君说，这种无功利的心态或许于我也是一种幸运，做我喜欢做的那些学问，写我喜欢写的那种文章，表达属于我自己的一种人生及学术观点。——朱老师，也许我只能这样了。朱老师永远给我一种高山仰止的感觉。我会铭记您的教诲与期望，尽我所能，走向丰厚与博大。

本书受到四川师范大学学术著作出版基金及四川师范大学文学院资助，同时又被立项为四川省教育厅2006年度社会科学基金资助项目和四川省社会科学研究"十一五"规划2007年度课题。中国社会科学出版社的编辑罗莉女士也为此书的出版付出了心力。在此一并致谢。

毕业已经两年多了，两年间，也经历了一些人事上的变化，时不时有恍若梦幻的感觉。有时候，依然会登陆南京大学小百合，阅读我的"天涯歌女"博客里的文字。——那也是在南京读书时留下的有形的东西了。读博士时期的生活渐行渐远，曾经的生命感动却历久弥新。在此，请允许我用曾经博客里的一段文字，用作对那段生活的纪念，并祝福所有的为学术而奔波的学姐学弟们，愿快乐、幸福与你们同在。

无名花开

回来的路上我戴上了那只戒指。那只雨花石的戒指。

是我清理抽屉的时候找出来的，一直被我遗弃在阳光照不到的角落。

在火车上我像那个临水照花人，翻来覆去地看我手中的戒指。

还有我涂红的指甲。

临夜，卧铺车厢的灯已灭，在月亮空朦的光里，我依然拉开窗帘，看窗外万物峥嵘。

我依然看我手中的戒指，绿绿的，盈盈如一江春水的，如果有筝曲流过，会有那么如丝如瓷的感觉的。

精致的细瓷的感觉。

我还可以如此这般地矫情么？

在碎心的音乐中想着我还可以矫情多久，还可以美丽多久。

想着那些被我忽略的春花灼灼秋月明朗的日子，那些日子里没有你。

流浪的感觉，一直是一种流浪的感觉，一直是在路上。

你说，我们都在路上，都在流浪。

而你看不见我的那件蓝底小碎花的棉布裙，你看不见我配上黑绸短衣穿上它的样子。

是离你如此遥远的一个女子。还能为你美丽多久。

270

我只是要你等待我的那种感觉，

我只是要牵系你的那种快乐，

而山峦重重，千帆过尽，那个倚门的女子，在千百次的等待之后，会不会坠入空茫。

在 N 城的那夜，我又看到了月亮。大而圆的红月亮。空气中有青草和玉兰花的清香。那种清香让人心泪怦怦。

而我依然是对影成双人。

寂寂的芳菲弥漫的夜，我只有拉开粉色碎花布的窗帘，让月光进来，让芳菲进来——那夜，月光一直伴我入眠，良辰美景……赏心悦事……你总说我是个渴望太多的女子。

我确实是一个渴望太多的女子，就如我的选择流浪。我或许可以选择在你的身边，为你烧一条又一条美味的鱼。我可以做你身边的那个絮絮私语的小女子，在每一个有月亮的晚上，与你倚窗而望——，我或许可以做依人的小鸟，在你的身边，在你的身边……

但是，那是否就是你所渴望的？我知道那不是。当初，你吸引我的就是你身边的那种——新奇与先锋的味道，那种历经沧桑的容颜。我知道，你是那种类型的人，最大的乐趣就是追求的快乐，发现的快乐，你有无止境的渴望新奇的欲望——对这个世界探究的欲望，那是你最大的生的快乐。

我何尝不是如此。我何尝不是渴望着生命的丰富与完美——在流浪的途中，我收集许多许多的对于生命的感动，与你不同的对于生命的感动。

我想成为那个与你有着不同的生命体验，让你时时新奇的那样的女子。

有着丰盈的生命内容的，心智澄澈的那样的女子。

在 N 城的那夜，心里一直在流淌着苏堤春晓的音乐。——与你一起听过的那首忧伤的纯美的音乐。你曾说，传统中国的美丽的音乐都有一种凄美在里面的。凄美的音乐。凄美的感动。凄美的体验。

在那些有美丽的感动浸满全身的月夜，你不在我身边。

你不在我身边。你离我如此遥远。

许多次的流浪是否只是为了一个更美丽的梦，和你在一起的更美丽更长久的梦。

我知道你一定会在前方等着我，我们一起成长，一起走向生命的丰富与圆满……

刘永丽

2007 年 10 月于成都四川师范大学

Contents

Chapter Three   Shanghai Embodied in contemporary Chinese Literature

1. thirty years' Shanghai narration in Literature after the founding of People's Republic of china
2. Shanghai in Literature after reform and opening-up

Chapter four   Nostalgia for old Shanghai in the 90s in the context of globalization

1. one reason for Nostalgia for old Shanghai—Pursuit for perfect modernity
2. modernity imagination in the language situation of globalization

General Conclusion
Literature cite
Postscript